달빛의 향기

서충원

경기도 안성에서 태어났다. 서울예술대학교 문예창작과를 졸업했다
2002년 월간『문학 21』에 단편소설「잿빛나비」로 데뷔했다. 저서로는
『스물 넷에 만난 전혜린』, 장편소설『사랑이 아닌 것은 아름답다』,
역사 장편소설『윤비』(2016년 세종도서 문학나눔 선정도서)와 동화집
『두고 온 방긋이』가 있다.

날빛의 향기

초판 인쇄 / 2023년 11월 17일
초판 발행 / 2023년 11월 24일

지은이 / 서충원
펴낸곳 / 도서출판 말벗
펴낸이 / 박관홍
신고일 / 2007년 11월 2일

주소 / 서울 노원구 덕릉로 127길 25 상가동 2층 204-384호
전화 / 02)774-5600
팩스 / 02)720-7500
메일 / malbut1@naver.com
ISBN 979-11-88286-39-3 03810

www.malbut.co.kr

달빛의 향기

서충원

작년 봄이었던가. 나는 빈 밭에 뭔가를 뿌리기 시작했다. 마음의 비는 내리고 있었다. 산문이라는 씨앗은 그렇게 해서 커왔다. 각기 다른 추억도 좋고, 살아가면서 느꼈던 단편적인 생각들을 밭이라는 자판에 두들겨 심었다.

이제껏 살아온 일들은 특별할 것도 없다. 하지만 내가 겪어온 이야기이므로 나에게는 각별한 시간의 기억들이다. 자연히 이 기회에 더 나를 들여다보게 되었다.

다행히 인간은 어려서의 기억도 오롯이 떠오르게 되니, 그 떠올림은 참 아름다웠다. 살아가면서 지나간 유년을 떠올릴 기회가 얼마나 될까. 삶은 늘 쫓기게 되니 말이다. 이제 나이도 나이거니와 이런 추억거리를 써보는 것도 그다지 나쁘지 않아 보였다.

그러나 나는 내가 어디 내세울 만한 사람이 못 되는 것을 내 스스로 안다. 그저 평범하게 살아온 탓이다. 그런 게 자랑거리가 못 되는 것이고, 그래서 좀 겸연쩍기도 하다.

이 글이 내가 뿌린 나의 자화상이라고 해도 타인에게는 어떻게 다가올지 알 수 없다. 사람은 취향과 생각이 같을 수 없기 때문이다. 그렇더라도 본심의 날것이고, 미소한 것들이어서 부족하더라도 너그럽게 봐줬으면 싶다. 이제는 다 지난 일이 되었지만 애틋하고도 아늑한, 다시 돌아갈 수 없는 그 시절이 내게는 정겹게 다가올 수밖에 없다.

자랄 때는 그렇지 않더라도 사람의 사는 일에는 행복한 일들이 많지 않으며, 행복도 생각하기 나름이고 또 일구이 기는 것임을 잘 안다. 하지만 이제는 이타심을 갖고 좀 더 멋있게 살아야 하는데, 그런 것에는 어떤 것이 있을까 고민도 하게 된다.

선인이 아닌 이상 인생의 경험도, 배움도 끝없이 펼쳐진 뱃길의 항로처럼 무한하게 열린 그 길을 그저 가보는 것이다. 완결을 전제로 할 수 없는 인생살이기에 불안전하고, 앞으로도 무슨 일이 생길지 알 수도 없는 게 삶이려니 한다.

죽을 때까지 어찌 삶이 평탄할 수만 있으랴. 어느 가정에도 평탄한 듯싶어도 가만히 보면 그렇지 않은 집이 많듯이 말이다. 삶의 외향적인 것만이 아니라 마음의 아픔 또한 순탄의 길은 아니라고 보인다.

살아보니 각기 다른 사람들과 살아가는 세상은 더욱 넓어 이해하며 타인에 대한 동조의 마음을 갖고 살아가는 게 나이 먹음인지도 모른다. 무릇 그러면서도 여태껏 자신만을 더 생각하며 살지 않았나 되돌아보게 된다.

세상사는 인정과 믿음이란 게 그 사람 덕목의 기준치가 되더라도, 사람만을 바라보며 사는 게 전부가 아닌 듯하다. 세상의 것들은 인간 위주로 꾸며진 것 같아도, 오히려 우리에게 놀라움과 기쁨을 주는 것은 인간이 아님을 얼마든지 주위에서 찾을 수 있기 때문이다. 감탄사는 우주로부터, 자연으로부터, 작은 미물에서부터 가만히 들여다볼 수 있으니 말이다.

이 글은 그런 소소한 이야기들의 다발이라고 보면 좋다. 이렇게 소설이 아닌 자신의 글을 쓰고 나니 좀 염치가 없다. 사생활을 쓸려고 문학을 공부하지 않았기에 말이다. 그러나 삶은 이렇듯 예기치 못하게 흘러가는가 보다.

모든 일이 내 맘대로 되지 않았던 것과도 같이, 나의 이야기 또한 바라던 것만큼 흡족하다고 볼 수 없기에 하나의 아쉬움으로 남겨둔다. 또한 글을 쓰면서 보잘것없는 이야기라도 자신을 그대로 드러내지 않으면 안 되었기에, 혹 괜한 짓은 아닐까 싶기도 했다.

어쨌든 그리 길지 않은 시간이었지만 그래도 무엇인가 생각하고 글을 쓸 수 있다는 것에 감사한다. 나의 삶에, 나의 환경에, 정신 줄을 놓지 않았다는 것만으로도 나는 살아 있어 별것 아니지만 나름 행복했던 것 같다. 이제 당분간 좀 허전할지 모르겠다. 하지만 빈손이 된 나는 되레 손을 놓음으로써 따라오는 헛헛함이 나를 안도하게 해줄 성싶지는 않다.

살아가며 바라는 것은 내가 겪어보지 않은 그 어떤 새로운 형태의 정신적 벅차오름이다. 기대할 만한 새로운 그 무엇이 성큼 와 주기를 바란다면 지나친 욕심일까. 그래도 기대하고 싶다. 책을 통한 어떤 사람의 매력에 압도당하는 것도 좋다.

신비할 만한 새로운 세계로의 봉착은 내게 없는 것인가. 내가 몰랐던 세상은 분명 어딘가에 또 있을 것으로 믿는다. 어느 것이든 그것에의 갈망 또한 운명적이겠지만, 젊을 때 새로운 세계를 접할 수 있었던 것처럼 어느 날 나에게로 다가와 삶의 의미를 새삼 부여해 준다면 더 이상 바랄 게 무엇이겠는가.

너무나 오랫동안 변화됨이 없는 삶을 살아온 것 같다. 그냥 흘러가는 세상을 바라만 본 것 같다. 진정 삶의 팽팽함은 어디에 있는가. 나는 찾고 싶고, 또 행하고 싶다.

아무튼 살아가는 것이 헛되지 않기를 바라는 심정을 담아본다. 먹고 즐기는 것이 아닌 다른 영혼의 그 무엇으로부터 나를 던져 넣고 싶다. 그래서 진정 살아 있다는 것은 정신에의 새로운 갈망이 아닌가 한다.

2023년 어느 여름날에
서충원

제4부   마실

제1부 태어남

외갓집, 나는 그곳에 가련다

누구나 그렇듯이 나에게도 외갓집이 있었다. 우리 집도 시골이었지만 외할머니댁은 전깃불조차 들어오지 않는 더 외진 산골이었다. 어릴 때만의 외갓집이었다. 커서는 갈 시간도 그렇고, 한가하게 친척 집을 다닌다는 것도 선뜻 마음에 내키지 않았다. 나이 드신 외할머니가 고향을 떠나서 시집 간 딸과 합쳐 살게 되어 마음의 고향으로만 간직하게 되었다. 하지만 나는 빈 고향인 그곳이 문득 떠올려질 때가 있곤 했다.

추억은 사람에게 오래도록 머무는 것이기에 그곳은 마치 제2의 고향처럼 느껴졌다. 어려서의 추억은 아련하게 기억의 꽃동산처럼 늘 아늑하게 다가온다. 아직도 그곳의 자그마한 마을과 주위의 전경이 오롯이 가슴속에 남아 있다. 하지만 가깝고도 먼 길이 되었다. 내 고향 안성에서 그리 멀지 않은 입장인데도 말이다. 입장의 지리적인 여건이 안성에서 에둘러 가야만 하는 곳이라도, 친척이라고는 한 사람도 그곳에 살지 않으니 그만큼 발길이 멀어지게 되었나 보다.

하지만 몇 년에 한 번씩은 꼭 그곳에 가야지 하면서도 그렇지 못했다. 인생살이란 게 어느 땐 추억의 감성마저 뒷전으로 밀리나 보다. 그곳의 주소조차 어렴풋하다. 알고 있을 이모님에게도 그동안 여쭤보지 못했다.

예전엔 안성에서 천안까지 기차가 다녔다. 그 덕분에 어린 나는 혼자서도 그곳을 찾아갈 수 있었다. 어린 마음에도 기찻길은 단순해 보였다. 입장역에 내려서 오던 철길을 가로질러 앞을 보면 층계로 된 다랑논이 언덕을 이루며 멋진 전경이 펼쳐지던 곳이었다. 좁다란 길의 양편으로는 논에서 벼들이 짙푸르게 자리를 잡고 있었다. 오래전의 일이니, 지금은 그 지형마저 어떻게 변했을지도 모를 일이다.

나는 그곳을 오를 때면 그렇게 좋을 수가 없었다. 가뿐한 발걸음 앞에 펼쳐진 언덕에 가려진 마을이 새로 솟아나는 것처럼 내 눈을 끌어당겼다. 거기엔 외할머니가 계시고, 막내 이모도 분명히 있을 거였다. 줄줄이 위로 있는 이모들이야 시집가거나 도시로 떠났을지 모르나 나에게는 상관이 없었다. 당장 나와 나이가

가장 적게 차이 나는 막내 이모나 방학 때 놀던 그곳의 친구들이
면 족했다.

하지만 막내 이모는 막상 만나면 놀아주지 않으려고 해서 그립
다가도 조금은 서운한 감정이 들 때도 있었다. 이모는 나보다 훨
씬 컸다. 자랄 때 일곱 살이라는 나이는 만만한 게 아니었다. 그
아쉬움은 외갓집에 오면 얼른 잊고 그쪽의 아이들을 더 좋아해야
했다. 대신 나도 막내 이모가 우리 집에 놀러 올 때면 반가우면서
도 떠나가면 아쉬움이 남을까 봐 그랬는지 너무 가까이하지 않으
려 했든 듯싶다. 아니 그렇게 되었다.

우리 마을에는 지천인 게 아이들이었다. 그렇더라도 막내 이모
와 나는 서로 어중간한 나이의 한계에서 벗어나지 못했던 것 같다.
아니 윗대이고 보니 아무래도 나보다도 언니인 나의 어머니를 더
가까이하려는 근본적인 끌림에서였는지도 모른다. 하기야 우리 집
에 오면 엄마뻘의 나이 차이가 나는 든든한 맏언니가 있어 어린 나
는 안중에도 없을 거였다. 하지만 언제든 막내 이모가 우리 집을
떠나가면 왠지 다른 이모들과 달리 며칠이고 그리워졌다.

외갓집, 나는 그곳에 가련다. 많은 세월이 흘렀지만, 그 아이들
의 이름도 또렷이 떠오른다. 윗집 재학이, 아랫집의 용배와 그의
여동생 추나, 그리고 목소리가 카랑카랑하고 몸집이 작은 편이었
던 상용이. 지금도 저절로 친해진 그들의 말의 억양과 표정이 어
린 모습으로 그대로 그려진다. 그 작은 마을은 나의 고향과 달리

아이들이 별반 없었지만 그만큼 순진했다.

그 애들과의 추억은 한두 가지가 아니었다. 하늘에 떠 있는 무수한 별들만큼은 아니더라도 야산과 들로 돌아다니면서 그쪽 아이들과 노는 것에 시간 가는 줄을 몰랐다. 어느 날 우리는 벌집을 따다가 구워 먹고는 했다. 벌의 애벌레가 박힌 벌집을 불에 구우면 기름기를 내며 노릇노릇하게 애벌레가 익어갔다. 우리는 그 고소함에 끌려 익은 애벌레를 자꾸만 입에 넣었다. 그 맛을 지금도 잊을 수 없다. 그때 함께 놀았던 친구들은 다 어디로 갔을까.

하지만 여름방학은 나에게 시련의 계절이었다. 처음엔 어머니와 함께 외갓집을 갔으나 어머니는 나를 일부러 입징까지 데리고 갈 명분이라면 굳이 명분을 두지 않았다. '갈 테면 너 혼자나 가라'였다. 나는 조바심을 냈다. 그곳은 새로운 미지의 세계 같았다. 어린 나에게 외갓집은 마치 먼 곳으로의 여행이었다.

나의 여름방학 목표는 오로지 외할머니댁의 입장이란 곳에 있었다. 왜 그렇게도 그곳에 가고 싶었을까. 아마도 새로운 정이 그리워서였는지도 모른다. 그때 친척 집이라는 외할머니댁은 어린 나에게 절대로 외면할 수 없는 곳임을 누가 일러주지 않아도 스스로 알게 되었다.

내가 외갓집을 그토록 가고 싶어 했던 때는 아마도 초등학교 2학년이나 3학년쯤이 아닌가 한다. 그러니 부모의 처지에서는 아들을 맘 놓고 혼자 어디 보낸다는 것이 선뜻 마음이 놓일 리 없었을 게다. 하지만 어린 나는 부모의 반대에도 혼자 찾아갈 자신이 있었다. 그 자신은 부모의 마음에 와닿지 않아 늘 실랑이가 벌어진다. 나는 '제발 혼자 외갓집에 찾아갈 수 있으니 놓아 달라', 부모님은 '절대로 안 된다'는 것이었다. 아직 어린 것이 길을 잃으면 큰일이니 절대 가면 안 되는 쪽으로 기울어지지만 나는 끝내 포기하지 않는다.

아버지는 급기야 "그러면 등허리에 이름을 크게 써 붙이고 가라"고 하신다. 물론 나를 윽박지르는 반농담 격의 말이겠지만 어린 나는 그런 짓은 하기 싫었다. 충분히 갈 수 있으련만 바보 취급은 당하기 싫었다. 생각만 해도 아이들이 등 뒤에서 놀리고 있는 것만 같았다.

드디어 부모님은 나의 설득 아닌 떼쓰는 것에 은근슬쩍 손을 들어 주었다. 한 번이 힘들지 커가는 나에게 두세 번은 거저먹기였다. 여름방학은 그래서 즐거웠다. 그곳의 친구들과 마을의 작은 방죽에서 조개도 잡고, 미역도 감고, 매미며 잠자리를 잡는 것이 너무 좋았다. 헤어지면 그쪽 아이들이 꿈속에도 나타나곤 했다.

마을은 언제나 거기에 있어 좋았다. 다랑논을 따라 정상에 오르면, 약간 경사를 이루며 낮게 내려앉은 집들은 전원적인 농촌 마을의 아늑한 공간 속에 조용하고 정겨워 보였다. 골목에 엿장수마저도 보일 것 같지 않은, 누구네인지 담 위로 크게 자란 감나무 몇 그루가 이따금 보여서, 마을의 크기를 부풀릴 만했다. 키우는 짐승들도 잘 안 보이고 노인들의 모습도 뜸한 골목에는 숨죽인 듯 한여름의 적요가 살포시 마을에 내려앉은 듯했다.

지금도 생각나는 것은 날이 푹했던 어느 겨울로 기억된다. 나는 그날 고등학교를 갓 졸업한 외삼촌을 따라 산으로 갔다. 외삼촌은 긴 총을 메고 꿩사냥을 했다. 어린 나는 위험하기에 훤한 길가에서 외삼촌이 꿩을 잡아 오기만 기다렸다. 그러다 무료해 산 속으로 들어가 보기도 했지만, 잘못하면 위험할 수 있다는 것을 알았기에 깊이 들어가지는 못했다.

얼마나 시간이 지났을까. 외삼촌이 배가 고픈가 보다. 산으로 돌아다니니 그럴 수밖에. 나의 등 봇짐에는 집에서 헤 온 인절미가 들어 있었다. 내가 온 이유였다. 점심이나 마찬가지였다. 나는 허리에 묶인 보자기를 풀어 헤쳤다. 오기 전에 외할머니가 허리춤에 묶어 주었다.

하지만 외삼촌의 눈은 밝았다. 인절미 옆에 기어 다니는 이를 본 모양이다. 깔끔한 체를 하던 외삼촌은 기겁했다. 내 몸에 먹을 게 없었는지 속옷의 이가 인절미 쪽으로 옮아간 모양이다. 그때 외삼촌은 께름칙했던지 내가 가져온 인절미에 손을 안 댔던 기억이 난다. 인절미는 졸지에 천덕꾸러기가 되었다. 아니 내가 이상한 아이로 바뀌는 순간이었다.

집으로 돌아와 외삼촌이 이모들한테 그 이야기를 하는 순간 나는 어린 마음에도 수치심이 밀려왔다. 이모들의 깔깔거리며 웃는 소리가 내게는 마냥 비아냥거리는 소리로 들렸다.

여름이 오면 외할머니댁을 떠올리기만 해도 발걸음이 가벼웠다. 반바지를 입고 입장으로 가는 기차에 몸을 실을 때면 먼 달나라라도 가는 듯이 기뻤다. 차창가에 앉아 눈끝으로 스쳐 지나가는 풍경을 들뜬 기분으로 볼 수 있었다. 용케도 입장역을 놓치지 않았다. 그것은 부모가 자식을 못 미더워한 것을 보란 듯이 불식시킬 수 있는 유일한 대안임을 몸소 체득하는 순간이기도 했다.

나는 언제나처럼 한참 되는 언덕길을 단숨에 오르곤 했다. 그 위에 올라 마을이 있는 아래로 내려선다. 골목 아래로 두세 집을 지나간다. 윗집의 길모퉁이 샛길을 끼고 돌며 곧바로 아래로 들어선다. 바로 눈앞에는 드디어 두 쪽의 나무로 된 큼직한 여닫이 대문 위에 걸린 '이한숙'이라고 쓰인 한글 문패가 보인다.

문패의 주인은 늘 바짝 깎은 머리에 흰색 바지저고리를 입은 외조부였다. 행랑채 오른편으로 사랑방을 끼고, 작은 안마당 앞의 안채는 흙으로 벽을 쌓아 만든 야트막한 집이었다. 부엌의 뒷문을 열면 그 사이로 뒤란의 작은 배나무가 보였다. 그 옆에는 장독이 옹기종기 모여 있었다.

그곳에 7공주와 아들이 하나인 외갓집은 그래도 작은 집에 논농사와 담배 농사를 겸하고 있었다. 담배 건조장은 안채 옆의 구석진 곳에 원두막보다 더 높다랗게 올려 지었다. 2층 높이였다. 외할아버지는 늘 그곳에서 살다시피 하셨다.

잘사는 편이 못 되어 반찬이 별반 없어 입이 짧았던 나는 밥을 먹다가 무이곤 했는데, 그걸 바라보는 외할머니는 은근히 끌탕을 했다. 그럴 때면 밥을 먹고 있는 나의 밥그릇에 외할머니는 무슨 말을 하다가 얼른 물을 부어주었다. 어쨌든 남기지 말고 억지로라도 먹으라는 뜻이었다.

나는 그게 고역이었다. 숟가락을 그만 놓을 즈음에 무슨 날벼락이 따로 없었다. 나는 무장아찌를 얹어 들어가지도 않는 목구멍에 억지로 밥을 구겨 넣었던 기억이 있다. 외손자를 어떻게든 챙겨주려던 외할머니는 세배 한 번 제대로 못 받고 세상을 떠났다. 다 옛일이 아닐 수 없다.

어떤 때는 이모들이 무더기로 모여들 때가 있었다. 머리를 등 뒤로 길게 늘어뜨린 이모는 물론 세련된 긴 구두를 도시에서 사 신고 오는 이모도 있었다. 이모들은 마을 언덕의 작은 밭에서 모여 일하며 뭔가 떠들고는 했다. 그걸 바라보는 어린 나는 너무 더워 견딜 수가 없었다. 그늘이 좋았다. 하지만 밭엔 나무가 없었다.

나는 나무 대신 이모의 그늘을 찾았다. 마침 한 이모가 둑에 서 있어 나는 이모의 그림자 밑에 가만히 무릎을 접고 앉았다. 일직선의 그늘이 드리워진 그 아래에서 나는 이모가 움직이지 않기를 바랐다. 계속 그랬으면 좋으련만 다른 이모가 나의 잔꾀를 보고는 "쟤 좀 보라"며 무안을 주는 바람에 나는 그만 겸연쩍어서 얼른 일어났다. 그땐 왜 그랬을까. 어렸지만 순간 부끄럽기도 해서 몸 둘 바를 몰랐다.

　어느 날 외갓집에서 봄볕에 길을 가고 있었다. 나는 셋째 이모의 등에 업혀 있었다. 어렸지만 그 기억만은 또렷이 남아 있다. 조금 언덕진 들길을 따라 야산 어디론가 가고 있었다. 내 앞으로 두세 명의 이모가 앞서나간다. 나의 뜻과 무관한 길을 나는 보고만 있다. 너무 어린 나는 아무것도 모른다. 온 천지가 꿈결 같다. 계절이 계절인지라 야산에는 진달래가 피어 있었다. 나중에 알고 보니 그것은 나를 위한 길이었다. 겨울이면 나의 기침이 문제였던 것 같다. 추운 날에도 나돌아다니며 한시도 방 안에 있기 싫어했던 나는 늘 찬바람을 들이켜야 했다.

　이모들과 진달래꽃을 따러 가는 길은 꽃길이었다. 나는 이모가 허리를 숙이면 등 뒤에서 따라 숙였을 터이다. 한 잎 두 잎의 핑크빛의 잎새는 그러나 한 아이를 위해 끝내 오래도록 피어 있지 못하고 목이 부러져 설탕이나 술에 재워졌을 것이다. 나를 업고 다니느라 힘들었을 이모는 지금 관절이 안 좋아 잘 걸어 다니지 못하고 있다. 나를 등에 업고 가던 건강했을 셋째 이모의 다리를 어서 치료해 달라고 신에게라도 빌고 싶다.

　외갓집은 늘 내 마음의 고향에 머물러 있다. 외갓집은 허물어진 지 오래됐겠지만, 그러나 조촐했던 나의 외갓집은 마음의 고향으로 영원히 기억될 것이다. 어려질 수 있다면, 그리고 올 여름 방학이 온다면 가고 싶은 곳이 나의 외갓집이다.

중학 시절

봄이 왔다. 나의 가슴에도 봄은 왔다. 나는 언제나처럼 들로 향했다. 내 손엔 바구니가 들려 있었다. 학교가 끝나면 나를 기다리는 것은 토끼였다. 눈이 붉은 흰토끼, 산토끼를 닮은 재색 토끼. 몸에 약간 큰 듯한 교복을 처음으로 입은 나는 철창 안 토끼들의 반가움을 받으며 집에 들어섰다. 토끼들은 마름모꼴로 꽈서 만든 철창에 두 앞발을 얹고 나를 반겼다. 배고픔의 연속인 것을 주인은 안다.

어느새 토끼의 개체 수가 늘어나 있었다. 그놈들은 거의 다달이다 싶게 알몸의 새끼들을 낳았다. 한 번에 예닐곱 마리씩 낳고는 했다. 그 재미가 좋았다. 행랑채의 안쪽 벽면이 채워져 갈수록 나의 손길도 바빠졌다. 사과 궤짝을 어디선가 구해야 했다.

들판은 망촛대를 선사했다. 이른 봄엔 순한 그 풀이 먼저 얼굴을 드러냈기 때문이다. 그러다 송화가 매달릴 무렵에야 토끼풀인 클로버를 손으로 뜯을 수 있었다. 그즈음 나는 굵직한 소나무의 나이테를 보며 바퀴로 쓸 만큼 잘라냈다. 끌고 다닐 마차를 망치와 못을 들고 뚝딱거리며 만들 때면 나는 발명왕이 된 듯 기뻤다. 바퀴가 연결되고 줄을 달아 끌고 다니면 힘 안 들이고 많은 양의 토끼풀을 얻을 수 있었다.

작은 나무의 바퀴와 땅의 표면이 부딪치는 마찰음은 덜컹거리면서도 장단처럼 정겹게 들렸다. 터덜터덜 마차를 끌고 가다 보면 언덕 저만치에 아지랑이가 피어올랐고, 보리밭 위에는 높이 뜬 종달새가 날개를 퍼덕이며 제자리에서 울어대고 있었다. 그 아래 어미 새의 알이나 새끼가 보리밭 어딘가에 숨어 있을 거였다.

나는 조금의 양심이 있어선지 토끼들의 자유를 억압하기 싫었다. 봄볕이 따뜻하게 내리쬐는 일요일에는 문을 열어 마당에 송판과 같은 등속의 것들로 막아 널따란 공간에서 잠시나마 토끼들을 뛰놀게 했다. 그 안에서 토끼들은 처음엔 두리번거리며 눈이 부신지 엉거주춤하다가 이내 뒷발을 껑충거리며 잠시 좋아라 날뛰는 모습을 볼 수 있었다.

무엇보다 토끼를 기르는 목적은 장날에 토끼를 쇠전거리 둑에 가서 파는 거였다. 작은 새끼들을 바구니에 담아 자전거를 타고 안성읍으로 가는 길은 마냥 좋았다. 그곳에서는 돼지며, 에헤엠 우는 염소도 볼 수 있기 때문이었다. 가축은 사람을 함부로 밟지 않는다. 그것들의 기본 양심을 어린 나는 믿었다. 근본이 순한 것들의 모임이라서 좋았다.

나는 공부보다도 당장 어머니는 밭을 잘 매고, 아버지는 쟁기질을 잘 하고, 동물을 좋아했던 나는 토끼를 잘 길러서 시장에 내다 팔면서 거기에 순응하고 있었다.

남들이 수학 문제를 풀 때 나는 어떻게 하면 토끼의 숫자를 늘리는 데 온통 관심이 있었다. 나의 묘안은, 그러나 적중했는지 뚜렷하지는 않았다. 나는 수십 마리 토끼들의 임신 주기를 벽에 일일이 기록했으나 욕심은 거기서 끝나지 않았다.

교미를 통해 새끼가 나온다는 것쯤을 안 이상 나는 생물학 전공자처럼 앞서가려 했다. 바로 발정도 없는 토끼를 꺼내 강제로라도 토끼의 꼬리를 끈으로 묶어 귀 쪽으로 잡아당긴 다음, 수컷의 토끼를 올라타게 함으로써 임신을 도모했다. 무조건 수컷의 호르몬 체가 암컷의 내부에 닿으면 새끼가 생길 것 같아서였다. 확실치는 않아도 그렇게 하다가 운 좋게 새끼가 생긴 적도 있는 듯했다.

나는 토끼의 귀를 잡고 매번 뱃속을 더듬는 것을 게을리하지 않았다. 몇 마리가 들었나 세어보기를 주저하지 않았으며, 그러다 뱃속의 새끼가 며칠 있으면 나올 것인지를 스스로 알아냈다.

손을 대면 뱃가죽에 울퉁불퉁 새끼들이 만져지면 나는 볏짚을 넣어주곤 했다. 관심이 조금만 늦어도 토끼들은 스스로 앞가슴의 털을 뽑아내고 있었다.

나는 서서히 굴렁쇠와 딱지치기 같은 놀이에서 멀어져 갔다. 대신 뒤란에 어머니가 쓰던 헌 체로 모양을 떠 시멘트를 부은 다음 굳으면 양쪽으로 난 구멍에 둥그런 나무를 길게 연결해 역기를 만들었다. 저녁이면 번쩍 들었다 놓았다 하며 서서히 힘쓰기를 해보았다.

그러다 어떤 날은 불현듯 밤하늘의 별을 올려다보며 어느 하늘 아래 있을 내 아내가 될 사람이 누굴까, 있다면 과연 어디에 있을까 궁금하기도 하고, 그것이 미래의 꿈인 것을 스스로 느끼게 되었다. 그 알 수 없는 미래의 꿈들을 생각하는 것만으로도 아늑하고 새로운 세계가 있을 것을 간직한 채 가슴은 저만치 부풀어 있었다. 별똥별이 떨어져도 거기에 의미를 담고 싶은, 소년의 미지에 대한 한 여자를 막연하게나마 꿈꿀 수 있어 좋았다. 나는 그렇게 커갔다.

가위 소리가 들린다. 엿장수였다. 이따금 들려오는 소리였다. 교실에 앉아 있던 나는 아버지가 밭을 갈다 부러뜨린 쟁기 보습이나 할머니가 모아둔 머리카락이 생각났다. 그것들은 만화책이나 엿으로도 바꿀 수 있는 거였다.

학교는 시장통에 있었다. 쉬는 시간에는 살짝 교문을 나와 골목길에서 파는 번데기를 사 먹을 수 있었다. 그야말로 나에게 안성시장은 안성맞춤인 셈이었다. 뻔, 뻔, 하는 소리가 들리지 않아도 나는 스스로 그곳을 찾고는 했다. 나는 번데기가 먹고 싶어 한때 서랍 속에 누에를 얻어다가 뽕잎을 주며 키운 적이 있었다. 그것들은 나중에 비단실을 뽑고는 그 안으로 들어가 잠자는 것이 신기하기도 해서 칼로 가르지 않고 서랍에 그냥 넣어 두었던 기억도 있다.

드디어 나무에 잎이 돋고 때는 왔다. 김밥을 먹을 수 있는 소풍이 온 것이다. 그야말로 아이들은 초등학교 때와는 사뭇 달랐다. 재수도 있고, 똑똑해 공부를 잘하는 아이들이 많았다. 그들은 안성 읍내에서 과외공부까지 했던 아이들도 있었는데, 그저 토끼풀만을 뜯으며 입학했던 나는 그들을 당해내기 어려웠다. 그들 앞에는 금정당과 미림라사, 기쁜 소리사가 있었다. 그러나 나에게는 피를 뽑자와 그리고 마차와 원두막이 보였다. 그리고 얼굴에 버짐만 없어도 다행으로 알았던 우리와 달리 뭐를 잘 먹어선지 얼굴에 기름기가 좔좔 흐르는 아이들도 있었다.

하지만 내가 누구인가. 아버지의 말씀대로 "나는 보통 사람이 아니다"라고 힘주어 말했던 그 아들이 아닌가. 내가 보통 학생이 아니란 걸 보여 줄 기회는 과연 오기는 왔다. 다행히도 한마을에 사는 친구가 한 반에 있어 나를 소풍날 반을 대표해 나갈 기회가 만들어졌다. 그 친구는 나의 장기를 모를 리 없었다. 이제 너희들은 우리 또래에서 나와 같이 빠른 말로 이야기를 줄줄이 엮어(허무맹랑한 말임에도 완벽한 말처럼) 꾸며대는 장기를 보지 못했으리라. 나는 자신했다. 단순한 노래가 아니었다. 나는 단상에 올라가 드디어 왼쪽 가슴에 꽂았던 만년필을 뽑아 들었다.

비교적 작고 귀엽게 생겼다던 나는, 그러나 목소리는 아버지를 닮았는지 속사포의 큰 목소리로 대번에 교실을 울렸다. 바로 약장사 흉내였다. 나는 만년필 잡은 손을 45도 각도 아래로 반복해 내리꽂으며 격한 몸짓으로 내 세상을 키웠다. 나의 크고 빠른 말들의 막힘 없음과 격렬한 몸짓이 아이들을 사로잡을 수 있었다. 나는 보았다. 아이들과 선생님이 박장대소하는 모습을…. 특히 뒤에 서 계셨던 담임 선생님은 그 큰 키를 뒤로 젖혀가며 입을 벌려 웃는 것이 아닌가. 나는 자신만만하게 단상을 내려왔다.

쉬는 시간이 되자 나는 곧바로 선생님의 손에 이끌려 교무실로 향했다. 교무실은 어린 나에게 조금은 두려운 곳이었다. 교무실은 나올 때도 게처럼 뒷걸음질로 인사하며 나오는 곳이기도 했으며, 불량한 짓을 해서 불려 간 적은 없지만 누구나 꺼리는 곳임엔 분명했다.

나는 눈을 어디에 두어야 할지 몰랐다. 근엄한 선생님을 바로 보기에는 너무 어렸다. 많은 선생님 앞에서 눈앞이 캄캄하고 아른거리는 것만 같았다. 담임 선생님은 녹음기를 이용해 마이크를 내게 건네주었다. 담임 선생님은 싱글벙글하며 은근히 자신의 반을 자랑하려 드는 것 같았다. 그도 그럴 것이 여태껏 남녀 공학으로서 좋지 않은 학교로 읍내에서 소문이 나 있던 학교였기 때문이었다.

그러나 올해부터 중학교 평준화로 나는 재수가 별로여서 은행알이 가리키는 대로 이곳에 다니게 됐다. 그렇다고 학생들의 수준이 나쁘냐 하면 그건 도리어 우리가 무작위로 뽑혀 들어 왔기에 학교로서는 그 위상을 단번에 높일 수 있었던 게다.

나는 선생님이 넘겨주는 마이크를 잡고 아까보다 더 힘을 냈다. 두려울 게 없었다. 그것은 자다가 바로 깨서도 할 수 있는 거였다. 내가 교무실을 빠져나올 때는 등 뒤에서 녹음된 나의 힘찬 목소리가 나의 귓전을 울렸다.

그런 후 아이들은 쉬는 시간에 나에게 약장사 내용을 적어 달라고 노트를 들고 줄을 섰다. 나는 빠른 속도로 일일이 원하는 대로 내용을 적어주었다. 나의 인기는 급기야 선생님들도 알아보곤 했다. 그중에 특히 예쁘게 생긴 음악 선생님은, 웃으면 볼에 약간 보조개가 들어간 나를 볼 때면 그냥 지나치지 않고 나의 볼을 살짝 웃어가며 양손으로 살살 꼬집듯이 만지는 것을 잊지 않았다. 그런 일이 있은 후 내 별명은 서 박사요, 약장사였다. 서 박사란 웃기기 위해 당시 인기가 많았던 코미디언 서영춘을 박사로 풍자해 넣었기 때문이다.

기어코 나는 전교생이 가는 소풍에서 1학년 3반 대표로 뽑혀 마이크를 잡고 약장사를 해댔다. 담임 선생님은 그 모습을 담느라 사진을 연방 찍어댔다. 나는 그 전날 약장사를 한다는 생각에 잠을 설렐 정도로 기뻤다.

그 뒤로 학생들은 나를 재주가 있는 아이로 보았지만, 사실 나는 그저 토끼풀이나 뜯는 보통 아이에 불과했다.

태어남

전쟁이 터졌다. 시국을 묻는 건 바보다. 아버지는 바보가 되지 않기 위해 배수진을 쳐놓은 셈이었다. 미리 아내를 들여놓고 의기 좋게 총을 들었다.

이젠 혼자가 아니다. 게다가 자식까지 둘을 둔 어엿한 가장이었다. 그저 갓 스무 살쯤이나 되었을 터이다. 참으로 표면적으로 보면 누구도 부럽지 않은 아버지였다.

저 멀리 떨어져 있기는 하지만 "아빠" 하며 눈에 넣어도 아프지 않을, 토끼 같은 새끼를 두고 용감히 가족을 지키러 대문을 나섰다. 그때 아버지의 심정이 어떠했을까 싶다. 아버지 때는 그렇지는 않았지만, 시국이 뒤숭숭하면 얼른 시집 장가를 보내는 게 상책이었던 구한말엔 그저 13살도 늦었다며 서둘렀고, 되레 여자들의 나이가 네댓 살이나 위였다고 하니 그때의 풍습이 그렇더라도 지금에서 보면 철부지가 따로 없다.

이런 일들은 거슬러 올라가면 더 명확해진다. 러일전쟁 무렵에는 러시아 군인들이 우리나라에서 전쟁하면서 만행을 저지르니 우리 국민으로서도 자식을 그냥 두고만 볼 수 없었다. 심지어 결혼한 신랑 신부가 새 옷을 입고 친정에 인사를 가던 도중 길에서 겁탈당하여 나중에 혼혈아를 낳아 그 신부가 자살까지 하는 일이 있었다고 하니, 그 누군들 자식을 늦게 결혼시키겠는가.

어쨌든 그런 아버지도 그 나이에 감당하기 어려운 일이 있었으니 다름 아닌 두 딸의 사망이었다. 군대를 마치고 집에 오니 딸은 어디 가고 쓸쓸히 집을 지키고 있는 부인만이 아버지를 맞이했다.

세상을 떠난 아버지의 피붙이를 엄밀히 보자면 나에게 한 번도 볼 수 없었던 나의 배다른 손위 누이이건만, 나는 그들의 생존조차도 할머니의 입을 통해 들었을 뿐, 그렇다고 그들의 존재에 새삼스레 관심을 가질 만한 것은 아니었다. 그 후 얼마 안 되어 설상가상으로 전처마저 상처했으니, 졸지에 아버지는 혼자가 된 셈이었다. 얼마나 상심이 컸을까만은, 돌이켜보면 아직 어른으로서 갖출 것을 다 갖췄다기보다는 도리어 청춘을 앞세운, 어찌 보면 시대가 그러해서 일찍 장가를 간 것도 세운에 따라 그렇게 된 것이라 본다.

게다가 아버지는 16세에 당신의 아버지를 일찍 여의었다. 그러니 열여섯에 뭘 알까. 철부지라면 철부지의 나이일 것이다. 아버지가 없는 집안을 제대로 이어가기엔 버거웠을 터이다. 어머니와 아버지는 다르다. 어떤 위엄을 자아내게 하는 것은 아버지를 통해 더 굳건히 다질 수 있으리라.

아버지가 할머니를 바라보는 태도를 내가 알아차린 것은 어려서였다. 밥상머리에서 할머니는 이따금 하소연하며 눈물을 쏟으셨다. 일찍이 남편을 여의고 자식만을 바라보고 사셨던 할머니이었기에 그 설움은 컸을 것이다.

아버지는 사소한 일에도 할머니를 입신어길 징도로 옥박지르기 일쑤였다. 왜 그랬을까. 불쌍한 할머니는 그런 자식의 태도에 큰소리 하나 칠 수 없었다. 때 이른 할아버지의 부재가 아버지의 그런 행실을 키우기에 한몫하지 않았다고 볼 수 없다. 느슨함이 아버지를 키웠다. 이른 나이에 가장이라는 자리에 세상이 내 것처럼 보였을지도 모른다.

그 후 아버지는 서서히 술을 배웠다. 누구나 그렇듯 처음에는 아버지도 술에 못 이겨 토하고 쓰러지기를 반복했다. 그럴 때마다 할머니는 꿀물로 아버지를 일으켜 세우려 했다. 어머니가 있었지만 아직은 할머니의 손이 먼저 갔다. 어머니는 아버지에게 정을 붙이는 중이라면, 할머니는 자식인 아버지를 세상이 끝날 때까지 자식인 것에서 멀어져서는 안 되었다. 차차 아버지는 술에도 인이 박여 스스로 걷는 어린아이처럼 곧잘 이겨냈다. 그 뒤로도 벽장에 할머니는 꿀을 숨겨놓고는 하셨다.

그런 할머니는 또 어떠한가. 구한말에 태어난 나의 할머니는 할머니대로 온전하다고 볼 수 없다. 여덟 명의 자식을 낳아 겨우 2남 1녀만을 남기고 모두 어려서 세상을 떠나보냈으니 참척을 한 것인데, 얼마나 서러웠을지 짐작이 간다. 옛날에는 아이를 키우다 툭하면 죽음에 이르곤 했으니 살아 있는 목숨이라고 말할 수 없다.

아버지는 그 뒤 재취로 어머니를 들였다. 그러나 어머니는 그런 사실을 알고 아버지에게 시집을 왔는지는 알 수 없다. 어머니 입으로 그런 사실을 한 번도 내게 말하지 않았기 때문이다. 구한 말로 거슬러 올라가 보면 그 시절에는 시집을 온 사람도 전처의 제삿날이면 목욕재계하고 제사상을 꼬박 챙겼다고 한다.

나는 어머니가 그렇게 한 것을 본 적이 없다. 이는 그 시대에 따른 것인지, 아니면 아버지가 재취로 어머니를 받아들인 것이 자랑거리가 못되어 그런 사실을 숨겼거나 어머니가 은밀히 알고도 아버지의 체면 따위를 챙기느라 그냥 넘어간 것인지 알 수 없다.

그렇더라도 참으로 세상에 태어남이란 운명적인 것이어서 그때 아버지의 전처가 일찍 죽지 않고 오래도록 살았더라면, 그리고 두 딸이 건재했더라면 어떠했을까. 아버지는 두 번째의 장가를 들고서야 나를 낳았다. 살아 있기로는 내가 첫째요, 장손인 셈이다. 이렇듯 운명은 한 사람의 희생으로 예기치 않은 또 하나의 세상을 꿈꾸며 그렇게 이어지나 보다.

그땐 그랬다. 조선시대 갑오경장 이전만 하더라도 서자의 자식은 과거도 볼 수 없었다. 게다가 남자가 먼저 죽으면 아내는 남편을 따라 죽거나 자식만 바라보고 사는 게 법제화되어 있었으니 재가할 수 없는 현실을 한탄했을 터이다. 하지만 아버지는 시대가 시대인 것도 그렇거니와 남자이기에 쉽사리 재취를 얻을 수 있었고, 처녀인 어머니와의 만남으로 내가 태어났다는 것이다.

그나마 태어난 나는 할머니로부터 이야기를 듣자면 결혼하고 아이가 생겨나지 않아 몹시도 끌탕을 했던 모양이다. 그 당시 정성껏 불공을 드려 겨우 어렵게 내가 태어났지만, 언제 죽을지 모를 것 같아 출생신고마저 미루었다는 사실을 알 수 있었다. 게다가 나는 태어나자 어머니의 젖이 모자라 어찌할 수 없이 암죽만으로 키워진 것을, 어린 나도 기억난다.

어려서의 최초의 기억이라고는 방안의 화롯불에 데워지는 밥풀떼기의 암죽이 다 되면 기저귀를 찬 채로 앉아 옆으로 게걸음을 치며 화로 곁으로 다가갔던 기억이 새롭다. 곁에는 늘 어머니가 아닌 할머니가 계셨다. 이태도 채 안 되어 누이가 태어나는 바람에 그렇게 된 것 같다. 나는 새끼 새처럼 할머니가 떠주는 암죽을 숟갈로 받아먹었다. 암죽이 다 되어 조금 있으면 위에 엷은 막이 탕기 윗부분을 살포시 덮고, 그러면 할머니는 입으로 호호 불어가며 반 순갈씩 내 입에 떠 넣었다. 물론 첫 숟갈은 당신의 입에 살짝 대었다 놓음으로써 온기를 확인하는 걸 잊지 않았다.

아직도 무르고 구수했던 그 맛이 생생하게 기억된다. 지금에서야 그 누구도 그런 먹거리는 불필요한 것이 되어버렸지만, 나의 뼈를 형성하고 피를 만든 것은 오로지 암죽이란 것을 부인할 수 없게 만든다. 그것은 나의 유년 시절의, 내가 기억할 수 있는 최초의 것이었다.

아버지와의 추억

세상에는 하늘 같은 사람이 있다. 늘 그래 왔다. 아버지가 바로 그랬다. 아버지의 대를 이어서 집을 꾸려갈 사람은 누구인가. 장남이라는 자리는 그렇게 태어나는가 보다. 뭐든 아버지를 따라 배우려 했고, 아버지의 말은 거역하면 안 되는 줄 알고 커왔다. 아버지의 말은 질서요 법이었다 해도 과언이 아닌 셈이었다. 행동과 습관도 은연중에 닮아 있다는 소리를 집안에서도 듣게 마련이다. 콩 심은 데 콩이 난다고 외모에서도 크게 다르지 않다고 한다.

말수가 비교적 적으셨던 아버지. 그러나 술이 들어가면 달라진다. 마음의 격정이 소용돌이치는 모양이다. 정보다 그 어느 것에 대한 막연한 열정으로 들끓었던, 어떤 감정들을 주체할 수 없어서 몸부림치는 모습 같았다.

어느 겻날, 마을 사람들과 어울려 춤을 춘다. 함께 놀다가도 아버지는 춤을 춰도 그냥 추지 않았다. 춤을 추다가 주체할 수 없었는지 어느새 벽에 대고 한참 물구나무를 서곤 하셨다. 어느 것에도 가 닿을 수 없는 어떤 내부의 용솟음은 결국 술을 접함으로써 드러나게 된다. 그때부터 술은 늘 아버지 곁을 떠나지 않았다.

그러다 언젠가부터 아버지의 허물은 차츰 세상에 드러나게 되었다. 가정에도, 누가 보아도 아름다울 수 없는 모습이야말로 자식이 본받아야 할 것이 아닌 것을 아버지는 실천에 옮기셨다. 어머니. 어머니가 무슨 죄가 있을까 싶다. 시집와서 부지런히 일만 하다가 아버지보다 먼저 세상을 등진 이면에는 아버지의 괴롭힘이 묻어 있다. 술의 지속성은 그 사람을 마비시키고 타인이 된 듯 가족의 가슴에 모진 상처만을 남기게 된다.

어머니에게도 아버지를 바라보는 양면성이 있을 수밖에 없다. 아름다운 젊은 시절과 말년의 증오심의 어우러짐이다.

아버지와의 추억은 유년 시절부터 무수히 많을 수밖에 없다.

어려서의 어느 봄날. 골목에 수구레를 파는 장사가 자전거를 타고 들어서면 그걸 사서 아버지와 단둘이 고추장에 무쳐 먹던 '별미스러운' 일들. 어느 날엔 아버지가 장에 가서 곤달걀을 몇 개 사 왔다. 나는 깨어나지 못한 병아리의 작은 털을 뽑아가며 아버지를 따라 맛있게 먹었다. 조금은 퀴퀴한 듯하면서도 씹을수록 고소했던 그 맛. 어디 그뿐인가. 뒤란에 뛰어다니며 놀던 닭을 잡아 안쪽의 작은 근육질의 모래주머니를 찾아내 세운 다음 반으로 갈라 속의 노란 껍질을 벗겨내고 칼로 썰어 날것인 채로 소금을 찍어 먹던 기억. 해삼처럼 쫄깃했고 조금은 비릿하면서도 맛깔났던 그 맛을 지금도 잊을 수 없다. 그럴 때면 아버지와 나는 방으로 들지 않고 항상 부뚜막이나 봉당을 오르는 댓돌에 앉아 단둘이 먹었다.

아버지는 내게 먹을 것을 은연중에 권했고 나는 아버지 옆에서 한 입씩 입에 넣는 것을 즐겼다. 나는 아버지가 하는 일에는 뭐든 따라 했다. 그게 세상 좋았다. 아버지의 품이 좋았다. 뭐든 귀했던 시절은 작은 것 하나에도 특유의 미각들이 입맛을 돋우었다.

유년의 저편은 언제나 아지랑이처럼 아늑하고 추억에 어린다. 다시 돌아올 수 없는 것에의 아름다움은 오래되었다고 해서 쉬 지워지지 않고 오롯이 떠오른다.

아버지는 이제 세상에 있지 않다. 그림자조차도 세상 어디에 없다. 나는 그래서 어쩌면 고아인지도 모른다는 생각을 가지려 한다.

그래도 나는 다행히 어려서 싹이 있었는지 아버지를 조금은 흡족하게 해드린 적이 있어 그나마 위안으로 여기고 있다. 그것 또한 아버지가 내게 물려준 태생에 무관하지 않다. 초등학교 4학년 때부터 등에 맞지도 않는 지게를 지고, 그 위에 둥구미를 올려 산으로 올라가 나무를 몇 토막씩 톱으로 잘라 지게에 얹곤 했다. 더 커갈수록 겨울방학이면 지게에 바소쿠리를 달고 마을의 뒷산에 가서 언 고주박을 도끼로 패서 지게에 지고 왔다. 나무를 하다가 더우면 골짜기에 아직 풀리지 않은 얼음을 깨서 입에 넣곤 했다.

그렇게 한동안 나무를 해댔다. 뒤란 추녀 밑에 해 온 나무가 쌓일 때마다 아버지는 내게 흡족한 미소를 지으며 우리는 부자가 된 듯했다. 그것은 겨우내 먹을 양식과도 견줄 만한 것이었다. 나는 아버지의 마음을 충족시키기 위해서라도 힘을 냈다. 그 재미가 좋았다. 어린 마음에도 일을 한다는 게 그렇게 좋을 수가 없었다. 땀이 속옷을 적셔오고 몸에서 김이 피어나도 나는 소나무처럼 파릇한 어린 마음이 있어 행복했다. 그 모든 것은 오롯이 아버지가 있었기에 생성된 욕구라고 보여진다.

그러다 봄방학이 오곤 했다. 나는 작은 편이었지만 중2 때부터 아버지가 끌던 마차를 손수 끌고 다녔다. 큰 소는 내게 맞지 않는 옷 같았지만, 나는 소의 코뚜레를 거머쥐었다. 어서 빨리 어른의 흉내라도 내고 싶었다.

겨우내 쌓였던 두엄은 어느새 마당에 소가 앉은 뒤편으로 산더미처럼 쌓여 있었다. 나는 봄방학이면 부지런히 이 논 저 논에 거름을 퍼다 띄엄띄엄 논에 부렸다. 아버지는 뒷짐 지고 담배를 피우면 그만이었다. 마지막 날 그 많던 거름이 바닥이 날 때면 그제야 아버지는 빗질로 뒤엄 더미가 평평한 마당으로 바뀌는 순간을 맞이했다. 아마도 아버지의 마음도 비워진 마당처럼 개운했으리라.

늘 아버지는 말보다 표정으로 나타냈다. 나는 아버지의 흐뭇한 표정을 읽으며 자랐다. 나에겐 그게 전부였다. 나의 태어남의 전부였다. 이제 다시 돌아올 수 없다. 아버지의 찌그러진 표정마저도 이젠 그 어디에도 보이지 않고 있다.

그래서일까. 나는 도시에서의 비교적 젊었던 어느 날 몸부림치며 이곳에서 벗어나고 싶었던 순간을 기억한다. 차를 운전하고 어디를 가고 있을 때였다. 불현듯 밀려오는 시골의 일에 대한 감정들…. 나는 이러다 시골 일을 한번 제대로 못 하고 늙는 것이 아닌가 하는 아쉬움에 젖곤 했다.

운전할 때면 그 시절의 시골길에 마차를 끌던 때가 떠오르곤 했다. 차를 몰고 가는 일보다, 느려도 쇠똥이 붙은 소의 엉덩이를 보며 마차 끌고 들판을 누비고 싶은 충동이 살아나기 때문이다. 거기에 붙따르는 삽, 낫, 지게, 호미와 같은 것들을 어찌 떼어놓고 나의 삶을 말할 수 있을까 싶다.

그러나 삶은 많은 시간 동안 도시의 몸이 되었다. 이렇듯 사람은 하고 싶어도 마음대로 안 되는 게 삶인 것처럼 거기에 순응하며 살아야 했나 보다.

또 하나의 기억. 언젠가 아이들이 자랄 때 나는 아이들을 데리고 해수욕장엘 갔었다. 며칠 놀다 올 심산이었다. 하루쯤 쉬고 있을 때 아버지의 전화를 받았다. "애, 논두렁 깎을 때가 됐다. 내려와야 되겠다"라는 아버지의 전화는 삽시간에 나를 행동으로 돌변하게 했다.

나는 곧 아이들과 아내에게 명령을 내렸다. 빨리 빨리다. 지금부터는 뭐든 재빠르게 마무리하고 아빠는 시골에 가야 한다. 아내와 아이들의 불만은 아랑곳하지 않고 서둘러댄다. 설령 대꾸한다 해도 나의 아버지에 대한 완고함을 이길 수 없음을 가족들은 모르지 않는다. 아버지의 한마디의 말은 가히 거역할 수 없는 경지였다. 무조건 아버지의 일을 덜어드려야만 했고, 장남으로서 그래야만 할 도리를 다하는 거라 믿었다.

아이들과의 추억 쌓기는 이번만큼은 모래성 쌓기가 될지언정 너희들보다 아버지가 우선이 돼야 맘이 편했고 당연히 그래야만 했다. 아이들은 끝내, 이젠 아빠랑 안 놀러 간다고 차를 타고 오는 동안 불만을 토로했지만 어쩔 수 없었다. 아버지와 자식 간의 평계란 있을 수 없다. 삶은 그런 것일 수도 있다는 것을 이해해 줄 사람이 과연 몇이나 될까.

아버지와의 수많은 시간의 기억들이, 그 아득한 유년으로부터 간직된 공간들이, 어쩔 수 없이 끌려 온, 과했던 술과의 인연으로 더 아름답게 남을 수 없는 거라면 그것 또한 상처요 아픔이다. 그러나 인간사는 부자간의 간극이 어디 있으랴.

설령 가족을 속상하게 했던 적이 있더라도 그저 세상에 태어나

게 해 준 것만으로도 축복인 것을, 아버지가 세상에 없고서야 간
절히 와닿게 되는, 부모란 그래서 자식의 도리인 효도를 끝내 아
름답고 효성 깊게 마쳤냐는 질문에는 고개를 숙인다. 내가 혼신
을 다해 부모를 모셨던가. 그렇지 못했던 게 짙은 앙금으로 남아
가끔 속죄하는 마음을 가질 때가 있다.

유년 시절과 어머니

내 유년의 기억은 봄볕의 온화함처럼 포근하고도 애틋했다. 봄볕엔 새끼를 깐 병아리들이 어미 닭을 따라 뒤뜰로 다니곤 하던 정겨움이 묻어 있다.

이 온화함은 오래전부터 이어져 내려온 것이라고 믿었다. 한 아이의 태어남은 봄볕의 축제였다. 그래서 나는 어쩌면 평화로운 세대일지도 모른다는 생각을 가져본다. 하지만 아무래도 이웃들을 보면 궁핍하게 살아가는 사람들이 많았다.

우리들은 당장 눈에 보이는 게 전부여서 세상이 그렇게 주어진 것에 대하여 그러려니 하고 살았던 것 같다. 입는 것과 먹는 것에서의 어려움은 내남없이 맞닥뜨리는 예삿일이다 보니 오히려 낙

심보다는 살아야 한다는 의욕과도 같은 끈기가 어른들 사이에서도 있었던 것 같다. 아무튼 그렇더라도 나는 다른 아이들에 비하면 아무런 걱정이 없었다는 것을 다 커서야 깨닫게 되었다. 부족함을 모르고 자랐던 것 같다. 풍족함이 하늘에서 포근히 다가온 듯 나의 유년은 행복했었다고 말하고 싶다. 이제 와서 보면 그것도 부모의 복이요, 나의 태어남을 스스로 하늘에 감사하고 싶은 생각이 든다.

어려서 입이 짧았던 나는 아무거나 마구 먹었던 기억이 없다. 그래서 어머니와 할머니는 늘 끌탕을 했던 것을 나는 안다. 그저 맛있는 것이 있으면 조금 숟가락을 떴던 것 같다. 입에 맞는 것은 그래도 고기와 생선, 계란 정도였으니 다른 사람이 볼 때 그런 태도는 탐탁지 않게 볼 수도 있을 것 같다. 나는 그렇게 커갔다. 초등학교 내내 김치를 먹었던 기억이 없다. 한번 입에 넣었다가 입맛에 맞지 않아서 그 뒤로 찍어도 안 봤다.

그렇게 태어난 걸 어쩌랴. 내가 만일 가난한 집에 태어났더라면 어떠했을까. 다행히 농사를 지을 땅이 풍족했으므로 곡식을 팔아서라도 생선 정도는 어렵지 않게 먹을 수 있어 다행이었다. 삼촌도 함께 있었고, 그 전엔 머슴이 둘씩이나 있었으니 아버지도 그다지 일을 많이 하지 않아도 되었을 터이다.

여름엔 장조림이 있었고, 겨울엔 꽁치조림과 김이 있어 좋았다. 가을이 저물어 가면 아버지는 장에 가서 해마다 염소를 한 마리 잡아 오고는 했다. 그걸 며칠이고 자철에 지져 먹었다.

초등학교에 가서는 학년이 오를수록 도시락이 필요했다. 아이들은 좋은 반찬도 아니건만 도시락의 뚜껑을 가리고 먹기도 했다. 아마도 반찬이 귀한 시절이라서 그런 것인지, 아니면 부끄럽기도 해서 그런 것인지는 몰라도 대체로 아이들의 도시락 반찬은 뻔했다. 어떤 아이는 안 가져올 수 없으니 그냥 무말랭이를 샘플이다 싶게 몇 날이고 가져와서 먹지도 않고 도로 집으로 가져가며 남의 것을 얻어먹고는 했다. 얼마나 모두의 삶이 궁핍했을까. 볶은 소금만을 반찬으로 가지고 오는 아이도 있었으며, 때로는 볶은 고추장 하나만을 덩그러니 싸 가져와 먹는 아이도 있었다. 나는 되레 고추장이 달고 맛있어 반찬으로 가져오고 싶은 충동마저 들었던 적이 있다. 빈약하기 짝이 없는 반찬이라도 아이들은 놀며 커갔다.

그런 것에 비하면 나는 내가 제일 싫어하는 반찬은 마른 멸치였다. 왠지 마른 반찬은 싫었다. 장아찌도 별로여서 나는 그런 것으로는 밥을 먹으러 들지 않았다. 겨우 맛없는 밴댕이라는 생선이라도 보여야 숟가락을 들 정도였다.

가끔 나는 아침에 도시락 반찬을 미리 볼 때가 있다. 나는 반찬이 맘에 들지 않으면 그냥 도망쳐 학교로 갔다. 한번은 얼마쯤 학교를 향해 가고 있었을까. 뒤에서 누군가 나를 부르며 부랴부랴 오고 있지 않은가. 뒤를 돌아보니 어머니였다. 다른 반찬을 해 오신 거였다. 나는 억지로 밥을 먹을 수 없었다. 나의 특권은 그럴 때면 무조건 밥을 뜨는 둥 마는 둥 잘 먹지 않는 거였다. 지금도 학교길 어디에는 아침의 햇살이 사뿐히 내려앉을 것이다. 그 길. 어머니를 어렵게 했던 그 길에서의 추억은 이제 먼 일이 되었다.

언젠가 커서 마을의 친구들이 내게 말했다. 너는 초등 때 도시락을 고기반찬만 싸서 다녔잖냐고. 그렇지 않았던 그들은, 그래서 나와 왠지 가까이하지 않으려 했던 것을 나중에 알게 되었다. 그들의 치기 어린 자격지심이 아니었나 싶다. 그렇다. 줄곧 고기반찬이 아니면 밥을 먹지 않으니 그냥 "오냐, 오냐" 귀여움만 받다 유년을 보낸 것 같다. 그것이 나에게는 그냥 하나의 포근하고 아늑했던 기억으로 남아 있을 뿐이다.

나는 잘 모른다. 너무 어려서의 일이기 때문이다. 이웃의 아주머니 한 분이 언젠가 이 도령은 아주 어려서 노오란 토끼털 조끼를 입고 다녔다고. 그렇게 귀하게 컸다고 했다. 생각해보면 뭐든 귀한 시절에 그런 호사를 했을까 싶다. 그것은 내가 갖고 싶다고 해서 얻어지는 것은 아니었다는 사실. 다 부모의 덕이겠지만, 나는 서서히 커갈수록 돌변했다. 식성이 바뀌었다. 뭐든 없어서 못 먹는 것으로 지금껏 살아왔다. 중2 때부터 말이다. 그땐 2교시가 끝나면 하나같이 가방을 뒤져 도시락을 먹기 시작한다. 나도 그랬다. 그땐 나도 겨울이면 줄곧 병에 든 김치 한 가지만 반찬으로 싸왔다.

그 무렵 어머니의 좋아하는 눈빛을 나는 읽을 수 있었다. 남들처럼 아무런 걱정도 하지 않아도 될 일을 유년 시절 내내 그랬던 나는 그나마 달라진 것이 얼마나 다행인지 모른다.

대학 때 방학이라고 서울에서 친구가 놀러 왔기에 당장 마땅한 게 없어 나는 얼른 라면을 끓였다. 서울 사람이니까 3개는 많을 것 같아 2개를 끓여 줬더니 조금은 놀란 눈치였다. 라면은 1개를 넣고 끓이는 게 맛있다나, 좋다나, 라고 했다. 그래서 알게 되었다. 하지만 시골에서는 뭐든 많이 먹어둬야 했다. 일을 하기 때문이었다. 밥을 조금만 먹고 일을 잘할 수는 없었다. 뭐든 밥심이었다.

더 맛있는 것은 마가린을 넣은 수제비였다. 어머니는 어디서 마가린을 사 왔는지 나는 미군 냄새가 풍기는 마가린의 맛에 푹 빠졌던 기억이 있다. 어머니는 이젠 가족이 먹는 큰 물그릇을 아예 나의 국수나 수제비를 먹을 때의 그릇으로 탈바꿈하게 했다. 나는 그게 좋았다. 젊음은 좋았다. 어려서 그렇게 하지 못했던 것을 지금에 와서 그렇게라도 해드려 어머니의 마음을 충족시키고도 싶었다. 어머니는 그렇게도 입이 짧아 고생하던 아들의 모습을, 이제는 보는 것만으로도 흡족해하셨다.

어머니는 자식을 보면 앉아 있지 못한다. 귀찮은 걸 잊으셨던 어머니였다. 아마도 어머니는 당신이 세상에 없더라면 자식은 굶어 죽기라도 할 것처럼 그랬다.

언제고 밥은 먹었냐고, 이 소리를 입에 달고 사셨으며, 식사 때를 단 한 차례도 그냥 넘긴 적이 없었던 어머니였다. 그래서 그 시절 어머니가 자주 해주던 음식은 지금까지도 늘 생각이 난다.

당신은 언제나 편안히 앉아 오래도록 씹기를 거부하셨다. 모든 것이 자식에게 가 있었다. 그토록 당신을 스스로 업신여기러 드는 것도 자식을 위함이라고 믿고 있다. 자식은 그것도 모르고 으레 당연한 것으로 여겼으니, 부모와 자식이 이토록 생각의 깊이가 다른 걸 모르고 살았던 것 같다.

어머니. 당신이 세상을 먼저 등졌으니 망정이지 만일 자식이 먼지 세상을 등졌더라면 어찌했을까요. 밀을 해서 뭐하나요.

나는 과연 어떠했나요. 평생 자식에게 헌신만 하며 살다 어머니가 별안간 세상을 떠났을 때 나는 과연 어땠나요. 말을 어찌 해야 하나요. 어머니, 나는 어머니가 돌아가셨을 때 장례식장에서 먹지 말아야 할 밥이었음에도 나는 끼니를 거르지 않았던 것 같습니다. 어머니, 어머니는 자식이 아닌 그냥 한 아이를 키운 겁니다. 나는 밥을 먹을 때와 그렇지 않을 때를 구별할 줄 모르는 자식이었습니다. 나는 살아서는 아니 될 사람인 것을 스스로 알면서도 살아 있습니다.

바보가 아니기에 나는 사정이 뒤바뀌었다는 상상을 해보았습니다. 내가 어머니보다 세상을 먼저 떠났다는 가정 말입니다. 과연 어머니는 어떠했을까요. 안 보아도 뻔합니다. 아마도 어머니는 내가 세상에서 없어졌다는 소식을 먼저 들었다면 당신은 그 자리에서 기절을 몇 번 했을 것입니다. 밥이 다 뭔 밥인가요. 당신은 지레 돌아가셨을 게 뻔합니다.

당신이 없는 지금 나는 조용히 눈치껏 밥을 먹습니다. 어머니, 다시 태어나거들랑 이젠 자식의 밥걱정은 그만 하세요. 당신이 더 소중한 것입니다. 자식이 되어 당신께 해드린 게 뭐가 있다고, 단 한 끼라도 밥을 굶기려 하지 않았던 당신은 그러나 나의 어머니였습니다. 당신은 목이나 축이면 되었고, 자식에게는 당신이 아까워 먹을 수 없는 것을 원했던 어머니. 어디 계시나요, 나의 어머니.

고향마을

한 마을의 지형을 눈을 감고도 그릴 수 있는 곳. 어디 한 군데 발길이 닿지 않은 곳이 있을까. 어느 곳을 지나더라도 그곳에서 무엇을 하고 놀았으며, 온갖 추억을 만들었던 시절의 떠올림이 저절로 나는 곳. 그곳에 고향이 있다.

나는 고향을 가지고 있다. 가고 싶다면 언제든지 갈 수 있으니 굳이 고향을 애타게 그릴 필요가 없다. 꿈속에서의 배경도 고향의 집이나 골목이 주 무대가 되어줄 때가 많으니 고향은 늘 내 곁에 있는 셈이다.

안성시에서 십 리쯤 떨어진 고향은 그러나 도시와는 달랐다. 뒷산이 병풍처럼 둘러싸여 있어서 아무리 보아도 시골 본연의 마을이었다. 마을 앞으로는 논이 보이고 논을 둘러싼 야산이 바로 눈앞에 펼쳐져 있어 어찌 보면 들판이 적은 마을이다. 논을 중심으로 가로지른 냇가는 내가 태어나기 전부터 지금까지 그 명맥을 유지하고 있다.

이를테면 목가적인 시골 마을로 손색이 없던 곳이었다. 어디를 가도 자연의 환경으로 가득한 마을은 아이들에게도 온갖 추억을 가질 수 있어 좋았다. 그러니 어린 나에게는 행복이 따로 없었다. 들이나 산은 늘 우리들을 불렀다. 계절마다 놀거리와 먹거리가 많았다. 몇 년을 마을 안에 있는다 해도 지루하지 않을 것 같았다. 특히 아이들이 많았다.

크기로 말하자면 어지간한 마을의 세배쯤 되는 일백 이십여 호가 되니, 마을은 안성에서도 손꼽힐 정도로 큰 마을에 속했다. 골목엔 아이들이 지천이라고 해도 과언이 아니었다. 그 당시는 한 집에 보통 네댓 명 이상씩 아이들이 있었다. 그 아이들이 절반만 골목에 나온다 해도 그 숫자가 얼마인가. 아이들의 체온만으로도 따뜻한 곳이었다. 아이들의 웃음소리가 골목과 마당을 떠들썩하게 했다. 그렇기에 시끌벅적한 마을은 그만큼 재미있는 일들도 많이 생기게 되는 것은 당연했다. 구경거리가 많고, 누구랑 노는 것도 아이들이 많다 보니 심심할 틈이 없었다. 개구쟁이들도, 싸움을 잘하는 아이들도 없을 수가 없었다. 한마디로 드센 마을이었다. 그런데 나는 거기에 젖어들어 그런지 그런 게 싫지는 않았다. 아니 세상이 그런 줄 알았다는 표현이 옳은지도 모른다. 어려서는 누구나 우물 안의 개구리일 테니까 말이다.

어떤 동창은 남녀 아이들이 너무 많아서 무슨 때면 한 방에 다 들어갈 수 없는 지경에 이르니 생각해 보면 지금의 아이들과는 사뭇 다른 양상이 아닐 수 없다. 노는 것도 골목골목 따로 노는 경향이 생겨났다.

처음으로 우리 마을을 찾는 이는 누구네 집을 찾는다고 당연히 물어야 함은 물론이다. 마을에 들어서면 네 개의 골목이 눈앞에 펼쳐진다. 길을 자칫 잘 못 들면 한 바퀴 돌아서 나와야 하는 수고를 감내해야 했다. 무슨 징사치들은 참 좋았을 게다. 사람들이 많아야 물건도 더 팔 수 있으니 말이다.

사실 그랬다. 엿판에 만화책을 가득 담아 리어카를 끌고 오는 엿장수도 자주 보이곤 했으며, 장님도 지팡이를 짚고 아이의 손을 잡고 밥을 얻으러 다니곤 했다. 하다못해 가을이면 앞마당에 벼낟가리는 높이 쌓아놓으면 그 안쪽에서 어느 미친년이 옷을 홀랑 벗고 앉아 있는 모습도 심심치 않게 보이곤 했다. 그때 우리들은 신기해서 미친년의 일거수일투족을 보며 장난질도 하곤 했다.

거친 동네의 소문은 이미 나 있었다. 마을의 앞으로 버스와 자전거가 다니곤 했는데 우리 마을 앞으로는 조심해서 다녀야 했다. 마을의 텃세라는 게 있다. 잘못 지나가다가 몇 대 맞을 수도 있으니 말이다. 마을에는 싸움을 잘하는 형들이 여럿 있었다. 한

마디로 깡이 있었다.

그 형들 중에는 낮이면 종이를 뜨느라 바쁜 형들도 있었다. 마을의 벽이 반반하다 싶으면 온통 흰 벽이 되었다. 아주머니들은 그곳에다 빗자루를 이용해서 한지를 한 장 한 장 붙이곤 했다. 마을은 유일하게 한지 만드는 동네가 되어 대를 이어 내려오고 있었다. 뒷산 기슭에 원두막처럼 종이를 뜨는 곳을 지어 그곳에서 한지를 생산했다. 우선 만든 재료를 지게로 져서 앞 냇가로 갔다. 그런 다음 밀가루를 반죽한 것 같은 뭉친 종이를 보자기에 넣어, 끝을 우산처럼 깎아 만든 '동댕이대'를 넣고 휘저으며 요령에 맞춰 물에 헹궈냈다. 봉죽을 뜨는 것이었다.

봉죽을 뜨기 위해서는 초배지의 경우에는 미군이 가져온 종이컵과 닥나무껍질과 꽃이 피기 전에 목화의 꽃봉우리를 닮은 닥풀을 섞어서 짓이겨야 했다. 닥풀은 뿌리를 짓이기면 점액질이 풍부했다.

봉죽은 아무 곳에서나 할 수 없었다. 흐르는 물이 좋았다. 휘저어서 뭉친 종이를 깨끗하게 걸러야 하기 때문이다. 냇가에는 늘 송사리와 같은 물고기들이 떼를 지어 노닐곤 했다. 냇물은 윗마을과 골목의 이곳저곳에서 모아져서 하나의 시냇물이 되었다. 우리 집 대문 앞에도 도랑이 있어서 나는 검은 고무신을 신고 들어가서 송사리나 미꾸라지를 손으로 잡기도 했다. 이따금 골목의 누나들이 그곳에서 허리를 숙여 빨래도 하곤 했다.

종이의 주원료는 아무래도 닥나무였다. 그래서 밭둑엔 유독 닥나무가 많았다. 닥나무를 잘라다 껍질을 벗겨서 물을 붓고 삶아서 짓이긴 다음, 여러 과정을 거쳐야 희고 멋진 한지가 만들어졌다. 우리에게도 닥나무의 껍질은 유용했다. 나무를 꺾어 일부 껍질을 벗긴 다음 팽이 돌릴 때 그걸 사용했다. 팽이채로는 그만이었다. 닥나무의 껍질은 성질이 질겼다.

종이를 만들려면 불을 지펴야 했다. 마을의 입구에는 공장처럼 꽤 큰 종이를 뜨는 곳이 있었는데, 그곳 근처에는 땔감으로 쓰레기가 산더미처럼 쌓여 있었다. 말하자면 미군이 쓰다 버린 쓰레기였다. 덤프트럭이 그걸 실어 왔다. 하지만 그곳이 우리에게는 보물창고와도 같았다. 나는 틈만 있으면 그곳으로 달려가서 막대기로 쑤셔대며 헤집었다. 그곳을 뒤지다 보면 세상의 볼 수 없었던 물품들의 천국이 되었다. 워커는 물론 온갖 식료품들도 무수히 쏟아져 나오곤 했다.

나는 그곳에서 돌돌 말려 있는 커다란 세계지도를 주웠으며, 나침판도 골라내는 횡재를 했던 기억이 난다. 시큼한 듯하면서도 조금은 퀘퀘하고 이상야릇한 미군 특유의 냄새가 코를 찔렀지만 어린 나에게는 그곳에 오래도록 머물고 싶은 마음뿐이었다. 그러나 아이들의 헤집음은 어른들에게는 귀찮은 일이기도 해서, 그곳을 지키는 어른의 눈에 띄면 얼른 도망을 가야 했다. 특히 그곳에서 많이 볼 수 있었던 것은 지금도 커피를 타 먹는 종이컵이 쓰지도 않은 채 무더기로 나왔으며, 무슨 먹다 남은 우유나 초콜릿과 같은 것들도 무수히 쏟아져 나왔다.

과자와 사탕도 나왔지만 나는 선뜻 입에 넣고 싶지는 않았다. 아무리 먹을게 궁해도 쓰레기 더미에서 나왔기에 찝찝했다. 세상에 없는 게 없는 미군의 쓰레기를 보면서 그 나라는 너무나 잘 사는 나라인 것을 누구나 알 수 있었다. 우리들과 달리 뭐든 새것에 준하는 쓸모있는 것들의 버려짐이 그걸 대변해주고 있었다.

주막은 늘 어른들의 차지였다. 술을 먹는 어른들의 모습은 쉽게 볼 수 있었다. 그 당시에 주막에는 식육점도 겸해 있었다. 시골 마을이라는 것을 감안해 보면 지금 생각해보아도 여간한 것이 아닐 수 없다. 그런가 하면 마을의 초입에는 이발관이 있었다. 좀 낡은 간판이었지만 「보통 이발관」이라는 글씨체는 반듯하게 잘 보였다. 어렸던 나는 팔걸이 위에 송판을 가로질러 얹고 그 위에 앉아서 머리 밑을 살짝 치올려 깎았다. 늘 깎는 상고머리였다.

그리고 어린 우리들을 부르는 곳이 가운데 골목에 있었다. 붕어빵만을 굽는 간판도 없는 작은 가게였다. 우리들은 연신 구어대는 붕어빵을 어떻게든 먹어보려 애를 써야 했다. 그냥 지나칠 수 없었다. 십 원짜리 동전이라도 어디서 구해야 했다. 그럼에도 아이들은 불만을 토로하곤 했다. 벽에는 상오 빵 앙꼬가 적다, 라고 누군가가 이곳저곳에 긁은 글씨를 써놓아서 상오네 붕어빵 아저씨는 아마도 아이들의 불만을 묵과하기는 쉽지 않았으리라.

어른들은 겨울이면 윷놀이도 며칠씩 이어졌으며, 마을에 들어서면 적당한 크기의 연못이 있어서 잘못하면 그곳에 빠질 수도 있었다. 연못은 골목의 도랑에서 흐르는 물들을 담아냈다. 깨끗한 물은 못되어도 그곳에는 이따금 붕어와 같은 고기들의 돌아다니는 것을 볼 수 있었다.

우리들은 연못 안의 물고기처럼 늘 마을 안에서 떠돌아다녔다. 그게 세상의 전부가 되었고 그 울타리 안에서 살아가는 방식을 배울 수 있었다. 그래도 저녁이면 라디오에서 흘러나오는 연속극에 귀를 기울이며 재미를 더했고, 건전한 노래와 어린이 프로가 있어서 라디오는 상상력의 보고가 되었다. 여름밤엔 납량특집의 연속극을 가슴을 졸이며 들었다. 제목만 들어도 등골이 서늘했다. 이름하여 전창식 작 심형식 연출의 하얀 얼굴.

그러던 어느 날 밤하늘에는 달빛이 떠 있고 그 아래서 우리는 앞마당에 둥그렇게 모여앉아 수건돌리기 놀이를 하곤 했다. 수건을 잡은 술래는 아이들의 등 뒤를 돌다가 슬며시 한 아이에게 내려놓고 제자리에 가서 앉는다. 그 아이는 그럴 때면 달빛의 적당한 은폐에 얼른 알아차려야 했다. 자기 뒤에 놓인 수건을 몰라서는 안 되었다.

그런가 하면 둘이 맞잡은 손을 들어 올려 노래에 맞춰 어르다가 한 사람을 낚아채듯 한다. 바로 동대문 놀이였다. "동동동동 동대문~ 동대문을 열어라~" 하며 고개를 숙이고 터널을 빠져나가듯 두 손을 앞사람의 어깨에 걸치면서 종종걸음을 해댔다.

또 다른 놀이도 있었다. 어느새 두 패로 나뉘어 서로 손을 잡아 마주보고 있다. 앞엔 이웃집 누나와 여자아이들이 대부분이다. 나는 소리 없이 그 대열에 낀다. 한쪽이 물러나고 다른 한쪽 편이 대들 듯이 쫓아가며 노래를 부르듯 한다.

"우리 집에 왜 왔니~ 왜 왔니~ 왜 왔니~" 하면 상대편은 또 쫓아내듯 대들며 "꽃 찾으러 왔단다~ 왔단다~ 왔단다~"로 맞대응했다. 그럴 때면 한쪽 발을 들어 올리며 "누구 꽃을 찾으러 왔느냐~ 왔느냐~" 하며 양쪽 편에 한 사람씩 뽑혀 서로 줄다리기해 자기편으로 사람을 모은다.

우리는 달빛 아래에서 시간 가는 줄 모르고 논다. 그 온유한 달빛의 그림자가 너무나 아름다운 밤을 만들고 있다. 어느새 포근해진 우리들의 가슴엔 달빛의 향기가 은은하게 피어났다.

어디 그뿐인가. 여름밤 앞마당에 멍석을 깔고 드러누워 라디오에서 흘러나오는 옛날의 금잔디로 시작되는, 메기의 추억, 이라는 노래를 들을 수 있었다. 들을수록 은은한 선율이 귓가에 닿으면 조금은 슬픈 듯, 잔잔한 듯한 그 음률에 젖어 들곤 했다. 장마가 끝난 지 며칠이 지났음에도 앞마당 앞으로 난 도랑에서는 물이 흐르는 소리가 자장가처럼 들려왔다. 밤하늘에는 무수한 별들이 떠 있었다.

마당에 누워 있다가 집 안으로 들어오면 언제 그랬냐 싶게 방은 늘 훤했다. 벌거벗은 알전구 탓이었다. 촛불의 의미를 모르고 자랐다. 일찍이 일제 치하에서 마을의 뒷산에 광산을 두었기 때문이었다. 금전으로 말미암아 자연히 전기가 일찍부터 마을에 전파되었다. 그야말로 신식이 따로 없었다.

고향 땅, 나의 조상이 살던 곳. 그 삶의 터전에서 한 생명이 태어나고 한 부락에서 온갖 추억을 만들어 달던 곳. 그곳은 어디던가. 그때도 태양과 달빛과 비의 내림과 눈이 내리는 겨울이 있어서 어린 한 소년은 동화 속처럼 아늑한 꿈을 꿀 수 있었다. 그래서 두고두고 영영 잊을 수 없는 곳이 있다면 그곳은 나의 고향이다. 나를 뛰어놀게 한 추억 속의 고향을 나는 단 한 번도 외면할 수 없었다. 그곳이 있어 나중에도 이따금 추억의 감성적인 편린을 아름답게 반추할 수 있었으며, 그래서 외롭지 않게 살 수 있었다. 개구리가 울고 매미만 울어도 고향의 어느 부분의 떠올려짐은 어렵지 않은 것. 바람이 불면 한길에 서 있던 미루나무 잎새가 반짝거리며 몸을 뒤채던 추억의 그 길이 있고 느린 마차가 있어 우린 여유로운 길을 걸을 수 있었다. 세상의 평화가 그때는 어디에 있는지 몰랐다.

하지만 세상은 가고 오는 것. 어릴 때의 어른들은 지금 많은 사람이 보이지 않고 있다. 그러나 마을의 추억은 떠나가지 않고 있다. 저마다의 가슴에 간직되어 메아리치듯 골목을 떠돌아다닐 것으로 믿는다.

무릇 세상은 변해가고 있다. 마을도 다르지 않다고 보인다. 아이였던 사람들, 특히 여자아이들은 거개가 마을에 살지 않게 되었다. 시집은 고향으로부터 여자들을 떠나게 했다.

지금은 뒷동산에 오르는 아이도 없게 되었다. 아이들이 떠나간 게 아니라, 아이들이 자라 어른이 되어 도시로 떠나갔기 때문이다. 다시는 그 시절로 돌아올 수 없는 마을은 그러나 지금도 나지막이 앉아 있다. 조금은 조용한 마을이 되었다.

한마을에 살았다는 것은 전생의 인연이요, 팔자로 이 마을에 태어났을 것이다. 그것은 어쩔 수 없는 신의 부름이 아닌가.

대대로 이어온 고향의 마을은 언제나 거기에 있다. 거기서 쉬고 있으면 여기가 세상에서 가장 편한 곳이려니 한다. 옛날에도 그런 것처럼 고향의 하늘은 해가 뜨고 해가 지고 사계절 변함없이 그곳을 지켜주리라. 아주 먼 훗날에도….

겨울이 가고 봄이 오듯이, 계절은 가고 또 오는 것. 언제나 그랬듯이 내가 태어난 뒷산 어딘가에는 올해도 진달래며 철쭉은 여지없이 피어나리라. 나는 그곳을 고향이라 부른다.

어느 화창한 봄날의 영심이

영심이는 내게 누구인가. 얼굴조차도 희미한 안개처럼 기억의
저편에서 잠자고 있는 영심이. 그 언제였던가. 떠올리기에 너무
도 오래된 세월이지만 아직도 나의 뇌리에서 떠나지 않고 있다.
어쩌다 불현듯 떠오르곤 할 때면 나는 그때마다 접어두곤 했다.

유년의 시간은 아늑하고 따스한 봄날의 그것처럼 내게 다가왔
다. 나이를 더한다고 기억이 소멸하거나 흐릿해지지 않고 있다.
그것은 그 사람이 지나온 따스했던, 온유한 한 편의 장면으로서
나의 가슴을 두드리곤 한다. 왜 그럴까. 사람은 유년의 모든 것 중
몇 장면만 자신도 모르게 기억하는 것 같다. 그 기억되는 것 안에
서 싸움의 장면이라도 유년의 것은 어딘가 모르게 웃음이 나고

귀엽게 다가올 수 있다.

그러면서도 그 어린 나이에 무슨 감정이 있어 그런 행동을 하게 되었는지는 알 수 없으나 나는 분명 세상에 태어나 한 생명과의 알력이라면 알력으로서 감정을 유발한 것인데, 나는 그게 조금은 궁금하다. 그 어린 순수한 마음에도 어째서 어른들의 그것처럼 싸우려 했던가를. 아동심리학에서는 무슨 현상이라고 세세하게 답변하겠지만 나는 인간, 아니 한 아동의 기본적인 욕구도 다 알 수 없으니 어쩌랴.

영심이는 남이 아니다. 할머니, 그러니까 따지자면 할머니의 친정 손녀다. 그쪽에서도 할머니를 따라 시골인 우리 집에 놀러왔을 것이고, 나는 도시에서 놀러 온 같은 또래의 친척인 영심이와 놀았을 것으로 추정된다. 무엇을 하며 놀았는지는 전혀 기억에 없다. 그저 네댓 살이나 되었을 터이다. 분명한 것은 화창한 어느 봄날이었던 것으로 기억된다. 하지만 영심이에게는 기억조차 할 수 없는 먼 옛일이 아닐 수 없을 게다.

만일 조금 더 커서 만났더라면 추억도 많이 생각나고 얼굴도 기억할 수 있으련만 아쉽게도 그 장면만 아늑하게 기억될 따름이다. 도회지에서 온 아이들을 유심히 좋아했던 나는 이웃 친척 아이들과의 추억도 가지고 있다.

나와 영심이는 너무 일찍 만난 게 화근일까, 아니면 아쉬움일까. 예전에는 친척들의 드나듦이 빈번했다. 먹고 살기 어려워도 지금과 달리 친척만 한 게 없었던 것 같다. 먼 친척이나 가까운 친척을 구분하려 들지 않았던 것 같다. 할머니는 늘 친척이라면 살갑게 맞았던 것 같다.

나의 할머니와 영심이의 할머니는 둘 다 남편을 일찍 여읜 점이 같다. 그래선지 따지고 보면 시누와 올케 사이인 셈인데, 그렇더라도 올케가 되는 영심이의 할머니는 해마다 몇 번은 먼 길이라면 먼 길인 서울에서 안성까지 버스를 갈아타며 오았다. 나는 두 분의 아야기를 듣는 것을 마다하지 않았으며, 어느 것은 귀담아듣곤 했다. 할머니는 시집을 왔어도 허씨 집안의 돌아가는 이야기 듣기를 좋아했고, 서로 숙이 잘 맞아 늘 밤늦도록 누런누런 이야기했다. 나는 그 사실적인 이야기 속에서 상상도 하며 어른들의 세계를 차츰 알아갔다.

나는 친척이라면 뭐든 싫어할 이유야 없었다. 도시에 비하면 뭐든 궁한 시절이었다. 그 할머니가 사 들고 온 입안이 놀란 듯 부드럽게 씹히는 젤리 사탕이 나는 너무 좋았다. 꼭 도시 사람들만 먹는 사탕인 것 같았다. 너무 세련된 식감이 한 어린아이의 미각을 사로잡았다고 보여진다.

그 다음으로 좋았던 것은 영심이의 오빠가 입던 바지며 옷가지였다. 내게는 헌 옷이었지만 바지의 주머니 하나에도 사선으로 잘라낸 패션의 세련됨이 시골 아이의 마음을 사로잡고도 남았다. 나는 그 바지에 성냥을 넣고 다니다가 주머니에서 불이 나는 바람에 태워 먹기도 했지만 말이다. 그래도 좋았다. 친척의, 그것도 도회지에 사는 형의 옷을 입을 수 있음에 늘 감사했다. 그쪽 할머니가 우리 집에 오는 날이면 가져온 옷가지를 펼쳐보느라 입어도 보고 하면서 마치 명절이 온 듯했다.

영심이. 영심이는 지금 어른, 아니 할머니가 됐을지도 모른다. 이제야 왜 기억하는가. 사람이고 어릴 때의 잊히지 않는 유일한 체험적인 기억이기 때문일까? 모른다.

봄볕에 옷을 널어 둔 빨랫줄이 안마당에 있었다. 그곳의 빨랫줄을 바쳐 준 바지랑대가 보였다. 어린 나는 그걸 집어 들었다. 바지랑대는 크지도 굵지도 않아서 그렇게 무겁지 않았던 것 같다. 바지랑대는 마른 나무이기에 웬만하면 어린아이들도 들 수 있었다.

무엇이 나를 이렇게 만들었을까. 나의 표적은 당연히 영심이였다. 나는 무척 화가 나 도시에서 친척이라고 놀러 온 영심이는 눈에도 안 보였다. 냅다 그걸 뽑아 들고 소리쳤다. "얼른 우리 집에서 가라"고. 나는 씩씩거리며 바지랑대를 추켜들고 영심이를 바깥으로 내쫓았다. 그런데 그게 끝이 아니었다. 밖까지 쫓아가 때리려 하니 무서웠던 영심이는 앞마당을 따라 흐르는 도랑의 좁다란 이웃집 추녀 밑으로 피한다. 맞을까 봐 도망치던 그 순진했을 영심이의 눈빛을 나는 지금 기억하지 못한다. 나에게는 모든 게 너무 어렸다.

원인이 어디에 있든 그 순진무구한 한 어린아이에게도 그런 감정의 도출은 무엇을 뜻하는가. 나의 비위에 맞지 않는다고 화낸 나는 좋지 않은 아이에서, 성미가 좋지 못한 어른으로의 성장은 당연할 수 있는 것인가. 어쨌든 영심이와의 그런 몹쓸 추억은 그러나 나의 가슴속에 아련한 추억으로 남아 있다. 그것은 어린 나에게 있어 내가 태어난 이후 최초의 알력이었으며 최초의 손님으로, 아무런 저항도 못 하고 도망만 다녔던 그 불쌍한 영심이의 모습은 내 곁을 떠나가지 않고 있다. 그 영심이는 지금 어디에 있는가. 하늘은 오늘도 그때처럼 봄볕이 따사롭게 내리쬐는 맑은 오후다

할머니의 촛불

할머니가 없는 세상을 어떻게 살아왔을까. 하지만 나는 적잖은 세월 동안 잊고 살다시피 했다. 그러다 불현듯 떠오른 적도 있었다. 다시 볼 수 없는 할머니. 할머니와 나의 존재는 각별한 것이어서, 나는 세상 그 누구보다도 더 가까울 수는 없었다. 그것은 먼저도 이야기했듯이 내가 태어나 최초로 할머니의 보살핌으로 화롯불 곁에서 할머니가 떠주는 암죽을 먹을 수 있었고, 나는 줄곧 유년의 시절을 할머니와 보냈다.

지금 생각해 보면 내가 자라던 1960년대는 옛날이라면 옛날일 수도 있다. 조선 시대는 이미 끝났지만, 아직도 골목에서는 지금에서는 볼 수 없었던 풍경들이 이어지고 있었다. 옛것 그대로인 구한말 풍습의 잔재가 없으란 법도 없고 보니 노인들의 모습은 더욱 그러했다. 말투도 조금은 느릿한 듯이 보여야 점잖아 보였으며, 골목에 한복을 누추하게나마 입기를 원해선지 양손을 소매깃 사이로 서로 질러 넣고 일자가 된 팔을 내밀며 어정어정 걸어다니는 사람들도 보였다.

집의 거개가 초가집인 것도 흉이 아니요, 거기서 해마다 뜯어낸 썩은새를 먼지 풍기며 부엌에서 땔감으로 때는 아낙네의 처지도 깔끔할 수 없으니 호구지책으로 먹고사는 것만으로도 다행으로 여겼으리라.

하지만 깔끔하지 않아도 아이들에게 뛰어놀 수 있는 곳은 널려 있었다. 심지어 두엄과 섞어 삿갓처럼 쌓아놓은 잿가리 위에도 올라가 노는 통에, 그 위에 빙 둘러 가시나무를 새끼로 쳐서 아이들의 오름을 미리 방지하려는 어른들의 손길이 있었다. 말이 두엄이지 그 속엔 인분을 퍼서 재와 섞어놓은 것이라서 마당에 모셔놨더라도 불결하기 짝이 없는 것이지만 뭐든 올라갔다가 타고 내려오는 데 재미를 붙인 아이들에게는 놀이터가 따로 없다.

그래도 어디서 오는지 가만히 누워 있노라면 골목 어디선가 아이들을 부르고 있었다. 바로 엿장수였다. 누런 엿이 두툼하게 주욱 깔려 있는 엿판을 보고 있자면 뭐든 집에 가서 찾아내야 했다. 우리들은 가위 소리를 듣고 자랐으며, 한글을 읽을 수 있을 때도 그랬다. 재미있는 것은 엿장수에게 다 있었다. 아무거나 받는 게

좋았다. 심지어는 마늘이 날 때는 마늘도 받았다. 토끼털은 물론
이었다. 가판 위에는 만화책도 많아 우리들의 재미는 거기에 있
었다. 만화 속에는 기쁨도 슬픈 이야기도 있어 우리들은 웃다가
슬픔에 잠겨 울기도 하며 세상을 배웠다.

아수를 일찍 본 나는 건넌방에서 할머니가 있는 안방으로 옮겨
졌을 것이고, 그런 할머니는 손자인 나를 금쪽같이 여겼다. 오로
지 손주뿐이었다. 그것은 하늘이 내려준 할머니와 나와의 인연에
앞서, 나는 할머니의 그 어떤 어려움도 내 것보다 더 마음이 갔다.
할머니는 심심하면 당신의 하나밖에 없는 딸의 이야기를 꺼내놓
고 내게 하소연하고는 했다.

할머니는 당신의 귀중한 외동딸이 가난한 집으로 잘못 시집가
게 되어 머리에 보따리를 이고 이 마을 저 마을로 장사를 다니는
것을 안 이후 늘 노심초사했다. 온 근심이 거기에 있었다. 나는 수
없이 할머니의 곁에서 들어온 할머니의 그런 사정을 풀고 싶은
게 곧 나의 소망이 되었다.

나는 가끔 뒤란에 키가 큰 감나무 아래서 하늘을 올려다보며
가슴 깊이 다짐하곤 했다. 가슴까지 울리는 나의 작은 소망을 나
는 키워나갔다. 나의 작은 마음에, 나는 부자가 되고 싶었다. 그래
야만 할 것 같았다. 할머니의 딸이며, 나에게는 어쩌다 친정이라
고 쉬러 오는 고모님을 위함이었다. 어린 나에게 그 꿈은 너무도
간절해 하늘을 바라보며 다짐하노라면 어떤 때는 눈에 눈물이 핑

돌았다.

천성이 그러함인지 할머니는 이웃에게도 자상했으며, 그 중심에 이르러서는 나의 칭찬을 슬며시 넣음으로써 나는 효심 깊은 손자 소리를 들어야 했다. 나밖에 몰랐다. 그런 할머니와의 깊은 정이 내게도 전해지지 않을 수 없었고, 할머니가 그랬듯이 나 또한 할머니밖에 몰랐다. 그렇게 커왔다. 나에게 '사소한 모든 것들에서 정으로 이어지는 게 있다'면 그것은 모두 할머니에게서 피어난 것이라고 보아도 될 성싶었다. 늘 내 이름을 불러가며 나를 토닥여 주었다. 나는 다행히 그런 할머니의 믿음을 저버리려 하지 않았다.

겨울이 오면 할머니와 있는 시간이 많아졌다. 특히 저녁을 먹고 나면 딱히 할 일이 없으면 화롯불 옆에 앉아 입고 있던 내의를 훌러덩 벗어서 이를 잡았다. 이들은 대개 옷의 연결 부분인 오바로크를 친 곳에서 서식을 즐겼다. 엄지손톱이 조금씩 붉어져 오도록 나는 할머니와 이를 잡고는 했다. 그럴 때면 할머니의 늘어진 젖가슴이 드러나곤 했으며, 어린 나의 가슴에도 참깨만 한 젖꼭지가 붙어 있었다. 화로 위엔 불이 식어갈 때마다 남기는 재를 다독이거나 불씨를 쑤석일 때 쓰는 주걱처럼 넓적한 인두에 간 호박씨를 올려놓아 구워 먹고는 했다.

어느 날은 지붕에서 떨어지는 낙숫물 소리를 들으며 드러누워 라디오를 듣기도 했다. 퀴즈와 연속극과 건전한 노래가 흘러나오곤 했다. 라디오는 우리에게 요술이요, 상상의 나래를 펼칠 수 있는 그야말로 없어서는 안 될 보물과도 같은 거였다. 누가 뭐래도 라디오는 새나라의 미래요, 우리들의 등불이었다.

날던 새들도 저녁이면 추녀 밑으로 들어가 잠을 청했고, 우리는 불이 과하지 않은 화롯불에 고구마를 묻어놓고 익기를 기다리며 화롯불을 가끔 쑤석거렸다. 그렇게 커갔다. 그렇게 커갈수록 나는 어느 것 하나가 있더라도 우선 할머니를 챙기는 게 버릇이 되었다. 그런 할머니는 나에게 말할 것도 없었다. 할머니는 마을 잔칫집에 놀러 가서도 꼭 그냥 오지 않았다. 손수건에 인절미라도 돌돌 말아 싸 오곤 했다. 가제처럼 보드랍고 얇은 하얀 손수건에서 인절미를 떼어 낼 때마다 작은 털실이 몇 가닥 붙어 올라왔지만 나는 대충 입에 털어 넣었다. 나는 할머니가 주는 것은 뭐든지 맛있게 먹었다.

보잘것없는 나는 그러나 할머니를 빼놓고는 유년 시절이 없는 듯이 보였으며, 한시도 할머니 곁을 떠나고 싶지 않았다. 잠을 잘 때도 항상 할머니와 붙어서 잤다. 나는 잠이 들 때면 언제나처럼 할머니의 젖가슴을 만졌다. 할머니는 언제고 모로 눕지 않았다. 천장은 언제나 할머니의 차지였다. 다 나를 위함이었다. 할머니의 그 따스했던 젖가슴은 커가는 나에게 뗄 수 없는 거였다. 이토록 따스한 정겨움의 세상이란 어디에도 없을 거라고 나는 굳게 믿었다. 그 버릇은 중학교를 입학하면서 차츰 없어졌던 것 같다.

늘 나에게 속이 맑다고 하셨던 할머니. 왜 그랬을까. 평범했던 어린 나는 작은 일 하나에도 누가 시키지도 않는 일을 스스로 찾아서 했던 것이 할머니에게 그렇게 느껴졌는지도 모른다.

지금도 기억에 남는 것이, 그전에는 고기가 귀했다. 아무 날 아무나 먹기에는 쉽지 않아 보였다. 모처럼 김칫국에 돼지고기를 썰어 넣어 끓인 국이 상에 올랐다. 그럴 때마다 나는 그 국이 얼마나 맛있는 것인 줄을 안다. 그런 날이면 나는 벌써 국이 끓기도 전에 부엌을 몇 번 들락거려야 했다. 빨리 먹고 싶어서였다.

나는 주위를 슬쩍 본다. 할머니가 아직 방에 도착하지 않았음을 안다. 우물가 어디에선가 잠시 걸레라도 빨고 있는 모양이다. 나는 얼른 상 위에 올려진 내 국그릇에 든 고기 몇 점을 꺼내어 할머니의 국그릇에 찔러넣고는 보이지 않게 김치로 살짝 덮는다. 그저 예닐곱 살이나 되었을 때라고 기억된다. 나는 내 입으로 고기가 들어가는 것보다 할머니 입으로 들어가는 것이 훨씬 좋은 것임을 누가 일러주지 않아도 스스로 알아냈다.

가을이면 뒤란의 키가 큰 감나무에서 빨갛게 감이 익어간다. 나는 나무를 곧잘 탔다. 나의 어린 시절은 감나무에 있다고 해도 과언이 아닐 정도였다. 앞자락은 늘 감물로 가득했으니 말이다. 그만큼 먹는 것이 풍부하지 않았던 시절의 표상이기도 하다.

나는 기어코 감나무 꼭대기까지 올라서 실하고 좋은 놈을 골라 따내고 만다. 감나무는 밟아 부러질지 그렇지 않을지 감을 잘 잡아야 한다. 쉽게 부러지기 때문이다. 발을 잘 짚어야 했다. 아주 굵은 가지는 몰라도 오래 묵은 가지일수록 부러지는 빈도가 높다. 오르다 보니 스스로 가지를 쳐다보며 알게 되었다. 좋은 감은 언제고 낮은 곳에 있지 않았다. 늘 하늘을 향해 익어갔다. 낮은 곳은 감이 더디게 익어갔다. 위쪽의 푸른 잎새가 하늘을 가려 대체로 푸른 빛의 감을 만들고 있었다.

빨갛게 익은 실한 감은 보름달 같았다. 나는 그걸 받아든 할머니의 표정을 보며 자랐다. 이가 없었던 할머니는 무른 감을 좋아했다. 숟갈이 필요 없기 때문이기도 하다.

할머니와의 추억은 누워서도 좋았다. 더운 한낮에는 뒤꼍으로 난 창문을 열어젖히고 드러누워서 반짝거리며 뒤채는 감나무 잎새를 바라보며 할머니는 집안 얘기를 늘어놓고는 했다. 그러다가 누구랄 것도 없이 노래를 부르게 된다. 내가 먼저 운을 떼었다.

"할머니?"

영감 대신 나는 할머니를 집어넣었다. 그래야만 될 것 같아서였다.

"왜 불러."

할머니도 곧잘 받아친다. 할머니의 음성에 웃음기가 묻어 있다.

"뒤뜰에 뛰어놀던 병아리 한 쌍을 보았소?"

"보았지."

이번에도 할머니는 기다렸다는 듯 얼른 리듬을 탄다.

“어쨌소?”

나는 약간 소리를 높였다.

“이 몸이 늙어서 몸보신하려고 먹었지.”

할머니는 기다렸다는 듯이 노래를 이어간다.

“잘했군, 잘했어, 잘했군 잘했군 잘했어, 그러게 우리 손자, 우리 할머니~ 라지.”

마지막 구절은 누가 그렇게 하자고 미리 얘기도 안 했건만, 마누라와 영감 대신 할머니와 나와의 가사가 함께 어우러져 겹친 음이 되었다.

둘은 좋다고 손뼉 친다. 하춘화가 울고 갈 일이었다. 시대상으로 보아도 딱 들어맞는 노래가 아닌가 싶었다. 하지만 감나무 밑으로 돌아다니던 잡아먹을 닭은 있었지만, 알을 잘 낳는 닭을 먹는다는 것은 쉬운 문제가 아니었다. 그리고 어린 나에게는 그럴 만한 권리도 없었다.

할머니는 언제부턴가 간혹 어지럽다고 하셨다. 그러면서 “누가 그러는데 토끼털을 벗기지 않고 통째로 삶아 먹으면 약이 된다고 하더라”라며 내 눈을 내려다보았다. 나는 까짓거 했다. 나는 그 무렵부터 토끼를 한두 마리씩 키우기 시작했다. 토끼가 커가는 것은 할머니의 몸보신이 되는 것이므로 나를 막을 사람은 아무도 없었다. 토끼가 다 자랄 때면 나는 물을 덥혀 토끼를 삶았다. 물론 할머니가 거들어 주었다. 삶은 토끼는 털을 벗기지 않고 배를 가

르지 않아서였는지 물에 빠진 쥐가 부풀어 오르듯 배 부분이 비
대해졌다.

몇 해 안 가 나는 내 손으로 토끼도 잡을 수 있었다. 간혹 내 배
가 아플 때면 "내 손이 약손이다"를 연발하며 배를 둥글게 쓰다듬
는 할머니의 손길은, 그러나 나의 손을 통해 할머니의 건강이 좋
아진다는 데 내가 토끼를 잡는 것에 두려워할 이유는 없었다.

세상에는 사람들이 아무리 많이 존재한다고 해도, 나에게 단
한 사람의 귀중한 존재를 꼽으라면 나는 서슴지 않고 할머니를
꼽는다. 스무 살이 되도록 곁에서 같이 지낸 할머니를 나는 나보
다도 더 귀한 존재로 알고 커왔다.

어느 날부터 나는 밤에 화장실 가는 일이 생겼다. 잠들 무렵이
면 영락없이 똥이 마려웠다. 하지만 나는 어린 마음에 변소 가기
를 두려워했다. 밤은 잠깐도 무서웠다. 그런 게 모두에게 귀찮았
다. 어느 날 교교한 달빛 아래 할머니가 달에 대고 빌고 있었다.
할머니는 연신 허리를 굽혔다 펴기를 반복하며 두 손을 모아 빈
다. 닭이나 밤에 똥을 누지 사람도 밤에 똥을 누냐고, 제발 천지신
명이시여 두루 살펴달라고, 할머니는 빌고 또 빌었다. 그래서였
을까. 나는 그런 버릇이 언제부턴가 저절로 없어지게 되었다. 할
머니는 나에게 있어 하늘이요, 달이요, 그리고 세상의 전부였다.

나는 기억한다. 내 어릴 때 비춰주던 그 달빛의 향기와 포근함
을…. 두고두고 그 장면이 잊히지 않고 있다. 지금 그 달빛은 어

디에 있는가. 할머니가 없는 달빛은 제 빛을 발하지 못한다는 걸
내 맘 깊은 곳은 안다. 그래서 지난날의 추억의 장면은 늘 그립고
다시 갈 수 없는 아쉬움으로 남아있다.

어린 시절의 추억이나 기억은 성장한 후의 것들과 같지 않는
듯하다. 지금의 것들은 뭔가에 간절하게 남아 있기 어렵게 되고,
운치 없는 훤한 빛처럼 너무 현실적으로만 존재하려 든다. 보이
는 것이 전부가 되어 주려 한다. 그 의미 부여가 확고하지 않은 것
에는 다가서려 하지 않게 되었다.

나는 지난날을 되돌아본다. 왜냐하면 이제껏 순전히 앞만 보고
달려왔기 때문에 과거의 추억에 대하여 어떤 미안함이 없지 않음
을 스스로 느끼기 때문이기도 하다. 전진하는 것이 전부라면, 세
상은 추억이 어린 소소한 것일지라도 음미할 수 있는 게 삶이라
고 느껴지기 때문이다.

그 달빛이 있고 얼마쯤 지났을까. 아마도 초등학교에 막 들어
간 무렵이 아닌가 싶다.

나는 그 시절의 길을 간다. 밤길이었다. 오늘따라 왜 이리 밤은
어두울까. 달빛이 숨은 자리도 보이지 않고 있다. 곁에는 할머니
가 있다. 훤한 달빛보다도 몇 배 든든하고 포근한 할머니가 아니
던가. 나의 마음은 언제나 할머니가 비춰주는 보이지 않는 후광
이 늘 지배했다고 보여진다.

그날은 이웃 동네의 나를 있게 해 준, 불공드려 나를 낳았다는

곳에서 정성을 모으고 집으로 오는 길이었다. 이웃 동네라고 하지만 거리가 짧지만은 않았다.

할머니의 촛불. 손에 든 할머니의 촛불 하나가 둘을 밝히고 있다. 논둑길을 따라 얼마쯤을 걸으니 널따란 한길이 나온다. 낮에는 이따금 자동차도 다니는 곳이었으나 지금은 아무것도 다니지 않고 있다. 어디서 훈풍이 불어오는 것 같았다. 촛불 속을 들여다보면 그렇게 느껴졌다. 촛불의 여린 불빛이 어둠에 다가갈수록 길은 열렸고, 바로 그 불빛은 앞으로 가는 만큼 어둠에 빼앗겨 버렸다.

아무 소리도 들리지 않는 밤은 어쩌면 꿈속을 닮았는지도 모른다. 어둠과 뒤섞여 아늑했던 한길의 밤. 할머니가 든 자그마한 촛불은 오래도록 할머니 곁에서 꺼지지 않을 것을 믿었다.

한밤에, 아무도 다니지 않는 한길을 따라 도깨비나 귀신들이 산 쪽에서, 논에서, 어딘가의 어둠 속에 숨어 있다가 몰려든다 해도 할머니만 있으면 되었다. 밤이 주는 어둠이 있었기에 나는 커 갔다. 낮에 굴렁쇠의 놀이도 재미있었지만 한 아이를 키울 수 있었던 것은 밤이라고 여겨진다. 밤의 정취를 어린 나는 대낮보다도 더 깊게 받아들이지 않을 수 없게 되었다. 밤은 조금은 두려웠고 신비한 존재였다. 그래서 달이 있는 밤이 되면 오늘은 강강술래를 안 하나, 하고 나이 든 누나들의 틈을 노리고 싶어 했는지도 모른다. 아니 그리워했는지도 모른다. 달빛의 어지간한 엄폐가 있어 다른 세상을 느낄 수 있었다.

내게는 먼 밤길의 시초가 할머니가 나에게 전해준, 할머니와 유일하고도 이채로운 마음의 깊은 채색이 오롯이 가슴속에 할머니와의 추억으로 남아 있다.

나에게 할머니는 누구인가. 그것은 아주 오래되었어도 가까이 있듯이, 하늘이 내게 정해준 불변의, 진리의, 정스러움의 연결이 아니고 무엇이겠는가. 할머니. 세상이 오래 지났어도 달려가 보고 싶은 사람이 있다면 그것은 단연 할머니다. 세상에 둘도 없는 할머니는, 내게 앞으로 나아갈 수 있는 하나의 촛불이 되어준 게 분명해 보인다. 나는 그런 할머니와의 인언을 하늘에 감사하고 싶다. 다만 살아오면서 내가 할머니 곁을 좋아했던 만큼 할머니의 생각을 많이 할 수 없었음이 나에게는 할머니에 대한 미안한 감정으로 다가오고 있다.

그렇더라도 이 세상이 끝난다 해도 나는 할머니의 존재를 떼어놓고 생각할 수 없다. 할머니는 떠나가지 않았다. 보이지 않는다고 내 곁을 떠나갔다고 말할 수 없다. 할머니는 언제나 나의 깊은 가슴에 머물러 있으니까 말이다. 내가 할머니를 깊이 생각할수록 할머니는 점점 내게 다가오리라 믿고 싶다. 할머니. 할머니의 손자는 지금도 이렇게 세상에 있습니다. 할머니의 따스했던 젖가슴을 기억한 채.

불 *끄고* 조지기 작전

놀이문화가 성행하지 않아도 우리들의 겨울은 심심치 않았다. 겨울, 그리고 명절이며 또 밤이면 남의 집에 밥을 훔쳐먹기도 하는 보름 명절 때면 남녀가 함께 모였다. 그저 초등 6년이나 중1 때쯤이라고 기억된다. 막 사춘기에 접어들 무렵이었던 것 같다.

모든 일은 저녁부터 시작되었다. 집마다 굴뚝에 피어오르던 연기도 어느새 잦아들고 있다. 저녁상을 물리고 나면 우리는 딱히 할 일도 없었다. 그럴 때면 우리는 누구랄 것도 없이 마을의 골목에 하나둘 모인다. 초등학교를 같이 다닌 이를테면 너니, 나니 하며 낮이면 뛰놀던 친구들이다. 마을이 크다 보니 동창만으로도 스무 명에 가까웠다.

우선 남자들은 손쉽게 모인다. 안 나오면 대문 앞에 가서 부르면 되었다. 하지만 여자들이 문제였다. 그래도 제법 컸기에 이름을 대고 부르다 자칫 그 집 부모라도 알게 되면 뭔가 괜스레 겸연쩍기에 그럴 수는 없었다. 실은 그럴 만한 용기도 나지 않았다. 그만큼 우리는 이미 어린애가 아니었다.

그래서 우리들은 묘안을 찾았다. 성자야, 옥자야, 경희야 대신 여자 친구네 담 너머에서 짝짝짝, 박수를 세 번을 치면 부르는 걸로 알아라, 하고 미리 약속했다. 그것은 주요했다. 일종의 접선인 셈인데, 여자들은 용케도 집안에서 박수 소리를 알아듣고 얼마쯤 있다가 기어이 밖으로 나온다. 여자 친구는 한 명만 부르면 잇따라 자기들이 알아서 부르게 된다.

밤이 깊어 간다. 어리지만 우정은 모여야 이루어진다는 것은 누가 일러주지 않아도 스스로 깨달을 수 있었다. 오늘은 모처럼 여자 친구들도 모일 수 있으니 커가는 우리에게는 알 수 없었던 어떤 흥미를 돋우기에 충분해 보인다.

한 친구의 사랑채에 자리를 잡는다. 거기엔 친구 할머니가 아랫목에 화로를 끼고 앉아 있다. 목소리도 잦아든 기력이 쇠한 노인은 아이들의 침입을 달가워하지 않더라도 쫓아낼 수는 없었다.

우리들의 밤은 무르익어갔다. 남녀가 서로 섞어 앉지 않고 자연스레 거리를 둔다. 서로에게 가슴에 담을 만한 이야기를 나누기엔 우리들은 너무 어렸다. 그저 단순하고 재미있으면 그만이다. 사소한 것에도 웃을 수 있고, 본질의 순수함이 우선하는, 그래서 우리들의 우정은 깊은 밤처럼 고요하고 서로에게 가슴 속 깊은 친밀감이 가실 줄 모르고 있다. 얼마쯤 시간이 흘렀을까.

그때였다. 어느 아이의 불쑥 내뱉은 한마디.

"우리 불 *끄*고 조지기 작전하자."

아마도 방 한편의 전기 스위치 곁에 있던 친구였으리라. 그 말에 여자들은 순간 움찔하며 불안해하고 있다. 반면에 남자아이들은 기분 좋은 웃음을 머금은 채 드디어 올 것이 왔구나, 하며 은근히 반기는 태세다. 말이 불 *끄*고 조지기 작전이지 그 의미는 다른 것에 있었다.

순간 불이 꺼진다. 방안은 갑자기 암흑천지다. 여자아이들은 어둠에 놀라 비명을 지른다. 안 보아도 안다. 이제 여자아이들은 무릎을 접고 한데 웅크리고 있을 것이다. 언젠가도 불을 켰을 때 그랬었다. 여자아이들의 놀라는 소리가 또다시 이어진다. 아마도 짓궂은 아이 한둘이 여자들에게 다가간 모양이다. 그렇지 않은 남자아이들도 여자들의 놀라는 소리에 동조하려 들지 않는다. 남자아이들은 남자아이의 편이 되었다. 어둠, 그 자체만으로도 새로운 세계에 온 듯했다.

호기심을 그냥 두기에는 아까웠을까. 더듬으려 드는 손. 여자아이의 봉긋이 솟아오르기 시작한 젖가슴을 노리는 조금은 불손한, 그러나 나름의 허가된 자리라고 믿으며 손을 내밀려 한다. 사

내아이들은 반강제적인 애욕이라는 눈곱만한 이성을 껴안으려
하고, 여자아이들은 두 팔로 겨우 가슴을 가리기에 급급하다. 그
러나 어둠은 열려 있다. 장난치고는 은밀한, 여자아이들의 입장
에서는 어쩔 수 없는 수치이다.

"어여 불 켜, 거북이 놀이 구만 하고."

처음이 아니었다. 이제껏 소리 없이 화롯불을 쬐고 있던 할머
니의 닦달하는 소리가 들린다. 어둡다는 뜻이다. 아이들은 아랑
곳하지 않으려 든다.

"뭔 지랄이여!"

한층 짜증 섞인 한 노인의 음성이 어둠 속에 묻혔다. 아직도 불
이 켜지지 않았다는 소리였다. 자라나는 아이들에게 노쇠한 노인
의 목소리는 큰 회초리가 못 되었다. 이제는 호기심을 채울 만큼
흡족했을까. 누구든 모른다. 작은 밀실처럼 당사자만 알 수 있는
숨은 방이 되었다. 시골의 아이들은 그렇게 커갔다. 그게 후에 거
슬린 것으로 다가올지, 아니면 추억이 될지 여자아이들만 안다.

벌거벗은 알전구가 살아 숨을 쉬고 있다. 이제 거북이 놀이는
끝났다. 여자들의 사정이야 어떻든 남자 아이들로서는 서로의 믿
을 수 없음이 나쁘지 않았다. 장난치고는 과했다고는 해도 이젠
누구의 손길을 탓하지 않는다. 잠시 서로의 겸연쩍음은 이 밤이
고이 지켜주지 않는다. 사라질 뿐인 것을 모두는 안다. 아이들에
서 사춘기의 경계가 모호한 우리는 아직은 겁쟁이였다.

껌

헬로우 기브 미. 이 말은 내가 어릴 적 배운 유일한 영어였다. 유치원에서 가르쳐주지 않아도 그것만은 스스로 들어서 알았다. 우리나라 말은 아니더라도 그 말을 통해 입에 뭔가 들어올 수 있다는 기대감이 있어서 좋았다.

미군들은 겨울이 다가오면 지프차를 타고 마을에 꿩사냥을 왔다. 긴 총을 든 그들에게 우리들은 신기한 듯 다가간다. 그들이 차를 몰고 달리려 할 때도 우리들은 외친다. 차가 출발해도 끈질기게 쫓아가려 했다. 그래야만 했다. '헬로우 기브 미'는 아이들에게는 보물창고처럼 참 좋은 말이었다.

오로지 다른 말은 할 줄도 모르지만 배울 필요도 없었다. 우리들의 외침에 그들은 창문으로 뭔가를 던진다. 껌이나 초콜릿이 전부였지만 대개 껌을 던졌다. 그럴 때면 우리들은 우르르 몰려가 앞다퉈 집어든다. 그들이 잡은 꿩만큼이나 껌은 우리에게 그날의 횡재가 따로 없었다. 그들은 뭐든 잘 먹고 없는 게 없을 것 같은 부자들로 보였다. 큰 키와 큰 코, 얼굴의 번지르르함과 무엇보다 차를 가지고 있다는 사실은 우리로서는 그야말로 먼 나라의 일임엔 틀림없었다.

어린 시절 껌은 귀했다. 적어도 풍선껌이라는 불면 최고조에 달하다 터져버려 콧잔등을 덮곤 하던 시절의 이전에는 말이다. 우리는 껌을 하루 씹고 버리지 않았다. 두고두고 씹었다. 색깔이 거무튀튀하도록 말이다. 벽에 붙여둔 껌은 자고 나면 때가 낀 색깔로 변했다. 날이 갈수록 더했다. 떼어낼 때 벽지가 같이 묻어나온 껌은 처음에 씹을라치면 굳어서 좀 딱딱했다. 벽에 잘 눈여겨 붙여야 했다. 동생들과 섞이면 내가 씹던 껌을 씹을 수 없기 때문이었다.

껌, 껌은 뭐란 말인가. 아무리 입을 움직여도 뱃속이 차지 않았다. 그저 먹는 흉내에 불과한 껌은 그러나 아이들에게 어떤 묘미를 불러일으키는 데 충분한 요소를 지니고 있었다. 먹는 것이 귀했던 시절에 그토록 달콤하면서도 말랑말랑한 입안의 촉감을 무한대로 만끽할 수 있는 것이라고는 껌이 유일했다. 속음임에도 잠시 배고픔도 잊을 만했다. 맘속으로라도 잠시 부유함을 느껴보려 했던, 무엇보다 여유로워 보여서 좋았다. 비록 남루한 옷에, 코를 흘리고 있는 형국일지라도 입안이 행복하면 되었다.

차츰 이웃의 누나들에게서 배웠다. 껌을 씹는 묘미 말이다. 껌을 씹을 때면 자유자재로 입을 놀려가며 무슨 기술자처럼 능수능란하게 씹어댔다. 딱딱, 소리 내어 씹는 법도 알아내려 무진 애를 써 보았다. 그러나 그건 건달기가 있고 싹수없는 소리로 들리기도 했다. 며칠이 지난 껌을 씹다가 너무 지루하다 싶으면 입안에 바람을 잔뜩 넣어 힘을 주고 바람과 함께 저 멀리 퉤, 뱉어 버리기도 했다. 포물선을 그리며 껌이 날아가는 장면을 즐겼다. 입속이 비자 오래도록 씹어 그런지 썩은 이빨을 빼낸 듯 입 안이 시원했다.

그날은 마을의 결혼식이 있었다. 당시의 결혼식은 조선 시대부터 내려오던 구식이었다. 사람들이 골목에 북적였다. 그런 날이면 몸이 근질거려 집에 있을 수 없었다. 구경거리치고는 좋았다. 어른들의 잔치였다. 어린 나는 잔치를 구경하다가 한 사람에게 눈이 멎었다. 어떤 손님으로 온 아저씨였다. 아저씨는 마침 껌을 씹고 있었다. 나의 표적이었다. 끈질겨야 했다. 그 아저씨는 그곳을 조금 비켜서 돌아다닌다. 나는 그 아저씨를 놓칠세라 거리를 두고 뒤따랐다. 아직 껌은 입속에 있었다. 나의 눈을 속일 수는 없다. 간장에 빠진 눈썹도 건져내던 내가 아니던가. 그래도 한눈을 팔면 안 되었다. 껌이란 별안간 퉤 해버리면 놓칠 수 있기 때문이었다.

나는 지루한 줄 몰랐다. 할 일이 없는 나는 오늘 하루의 일과는 그게 전부여도 상관이 없었다. 부모님이 껌을 사주는 일은 없을 거라는 사실 정도는 어렸어도 알았다. 껌이란 어찌 보면 밥 먹기도 힘든 판국에 어른으로서는 쓰잘데없는 사치임이 분명해 보인다. 지금이야 껌값이란 말도 생겨났지만 그 당시 껌은 아이들에게 어쩌면 금에 버금가는 것인지도 모른다.

드디어 때는 왔다. 운이 좋았다. 아저씨는 다 먹은 생선의 가시를 발라내듯 퉤 하고 껌을 뱉아내는 것이 아닌가. 나는 슬쩍 주위를 보았다. 껌을 집어 들어도 괜찮을 것 같았다. 나는 모른 척하며 슬머시 무릎을 접으며 한쪽 손으로 껌을 집어 들었다. 껌이 아무리 좋아도 그냥 삼킬 수는 없었다. 작은 모래알이 몇 점 껌에 묻어 있었다. 나는 얼른 털어내고 껌을 내 입안으로 털어 넣었다. 이제 내 입에 들어온 이상 껌은 나의 것이 되었다. 그 아저씨의 쓸모없음이 나의 입속에서는 새로 피어나는 꽃이 되었다.

아저씨는 그날 나에게는 즐거움을 안겨준, 어쩌면 그날의 신랑 신부보다도 더 귀한 존재인지도 모른다. 그 아저씨는 뒷모습을 남기고 어디론가 떠나갔다. 나는 혼자서 껌을 씹으며 뒤꼍으로, 마당으로, 골목으로 내가 껌을 사서 씹은 양 당당하게 돌아다녔다. 앞마당에 땅거미가 질 때까지.

들판이 부른다

농부들의 집은 논과 밭이다. 늘 들락거려야 하기 때문이다. 그들에게 논과 밭은 살아가야 할 삶의 터전이요, 전부가 되었다. 농민에게 어디 갔냐고 묻지 마라. 안 보인다고 묻지 마라. 그들은 시키지 않아도 호미나 삽을 들고 들판이 부르는 대로 작물과 마주한다.

농촌의 풍경이라고는 산과 밭과 논이, 도시를 이루는 문화처럼 자리 잡고 있다. 편리함이 아닌 일구는 것에, 생산에 목적을 두고 그들은 개미의 습성이 된다. 양복과 매무새와 세련됨이 배제된, 그저 간편하고 활동적이고 실용적이면 되었다. 서로의 부담 없음이 이웃과 마을을 하나로 묶어 준다. 혹여 이질감이 있더라도 결혼식장에서 해방된다. 호미를 잡다 넥타이를 매면, "아이구, 새신랑이 따로 없네"다. 얼굴에 아무것도 바르지 않아도 농촌의 구릿빛 얼굴은 그 기개가 늠름한 상록수의 박동혁이요, 굳이 치마를 입지 않고 누구를 가르치지 않아도, 부지런함과 말끔함이 보인다면 계몽운동의 선구자 채영신으로 하루라도 봐 줄 수 있는 게 농촌의 인심이니, 하루라도 웃어보세.

밭은 논에 비하면 아기자기하다. 여러 작물의 혼합체다. 논은 거기에 비하면 획일적이요 거칠다. 벼 외에는 어느 것도 내어주려 들지 않는다. 논은 지금과 달리 한때 뜸북이의 놀이터가 되어 주었던 곳이기도 하다.

어머니는 여느 어머니가 그랬던 것처럼 주로 밭에 가 계셨다. 아버지는 소를 이용해 밭을 갈고 일손이 부족해 고추를 따거나, 농약 통을 지고 약을 뿌릴 때나 밭에 오르려 했다. 밭은 많은 손놀림이 필요했다. 계절에 맞게 작물을 바꿔 심어야 했으며 갖가지 작물들을 어루만지며 키워야 했다.

그 옛날 종달새가 높이 떠서 지저귈 때도 그 아래서 어머니는 보리밭을 매곤 했다. 콩과 옥수수와 같은 등속의 씨앗을 뿌릴 때면 밀레의 이삭 줍는 여인들처럼 어머니는 치마 위에 보자기를 질끈 동여매고 허리를 구부려 씨앗을 심었으며, 때가 되면 감자며 오이를 심어서 우리들에게 먹이고는 했다. 차츰 어머니는 아버지와 달리 허리가 휘어갔다. 손가락의 마디도 굵어졌다. 쉼 없는 움직임의 결과라고 보인다. 그렇게 하지 않으면 밭은 온통 풀 천지가 되었으므로 호미와 가까이해야만 했다. 밭에 가 있는 시간이 길수록 무엇이든 많은 걸 거둬들일 수가 있었다.

어머니는 몸동작이 재고 시집을 오기 전부터 산골에서 농사 일을 하다 시집을 왔으므로 일에는 누구에게도 뒤질 리 없었다. 또 어머니는 7공주의 맏이로서 글을 배울 시간에 동생들을 보살펴야 했다. 어머니의 등에는 늘 동생들, 그러니까 지금의 이모들이 커가며 옷을 물려주듯 차례로 어머니의 등에서 벗어났을 거다. 외할머니가 다 건사할 수 없을 때의 일들을 보면, 어머니는 어쩌면 동생들의 편에서는 부모에 버금가는 존재일지도 모른다는 생각을 가져본다.

다산이 어머니의 문맹을 키웠다. 하지만 배우지 못했다고 어머니는 미련퉁이냐 하면 그건 아니었다. 내가 보기에 어머니는 못하는 게 없었던 걸로 보아 밭에서 글을 써먹을 수 없었으므로 살아가는 데 어려움이 별반 없었을 터이다. 게다가 한시도 앉아 있기를 거부한 어머니였기에 우리들은 배가 고플 수가 없었던 것도 어머니의 부지런함에 기인한다고 보고 있다.

아니 어머니는 문맹이 아닌지도 모른다. 언젠가 어머니가 돌아가시고 나서 아내가 냉장고를 정리하며 비닐에 싼 물건을 하나 꺼내며 슬며시 웃고 있었다. 나는 궁금하여 아내의 얼굴에 물음표를 달았다.

"이것 보세요. 쑥각인지, 쑥갓인지를 모르겠네요."

아내는 재미있다는 듯 삶은 쑥갓 안에 들어 있는 작은 글씨체의 종이쪽지를 들어 보인다. 나는 순간 깜짝 놀랐다. 말씀은 잘하시지만, 어머니가 한글을 쓰다니, 이겐 웬 말인가. 나는 반갑기도 하고 또 궁금하기도 했다. 나로서는 진품명품에 나올 만한 가치에 앞서, 그 의미로 따지자면 상당한 것이었다. 가만히 들여다보고 나와 아내와 자식들은 입이 터져라 웃었다. 6자가 거꾸로 9자가 되는 그런 놀음도 아니오, 그렇다고 말이 안 되는 그런 글자는 더더욱 아니었다.

과연 어머니는 글자 쓰기를 인제 배운 것인가. 한 번도 본 적 없는 어머니의 글씨는 그러나 읽는 이로 하여금 고개를 갸웃하게 만들었다. 쑥 자는 잘 썼건만 갓 자는 기억도 아니오, 그렇다고 시옷도 아니오, 어중간하게 기억자를 썼음에도 아래로 내려긋는 획을 반 접어 내리그었다. 그러니까 기억자의 내려긋는 획이 90도에서 45도로 안쪽으로 꺾어 글자가 어중간했다. 우리는 어머니가 초등학교라도 나왔다면 핀잔을 줬겠지만, 초등학교는 문턱도 못 가본 어머니가 대견하게도 쑥 자는 제대로 쓰고 갓 자에서 반만 맞은 것에 대해 놀라고 또 놀랐다. 그 글씨는 내가 최초로 본 것이었으며 또 마지막으로 본 어머니의 글씨였다.

그런 일이 있던 후부터 우리는 쑥갓을 쑥갓으로 부르지 않고 어머니가 우리에게 새삼 알려준 쑥각으로 불렀으며 그러면서 재미로 한 번씩 웃고는 했다. 그렇다. 쑥각, 쑥각 속에 어머니가 있다. 어머니는 소리를 내어 글씨를 읽은 적은 없지만 장날 같은 때 안성 시내에서 마을에 이르는 버스를 타고 집으로 올 때 버스의 앞부분에 씌어져 있는 행선지를 어떻게 읽을 수 있었을까 궁금했는데, 지금에 이르게 되니 그것쯤 읽는 것은 식은 죽 먹는 것과 다르지 않았음을 알게 되었다. 글씨를 쓰기까지 했던 어머니가 그까짓 글씨를 못 읽을 이유가 없기 때문이다.

만일 지금 어머니가 살아계셨더라면 나는 어머니를 단 한 번도 살갑게 대한 적 없는, 그야말로 말 뼈다귀 대하듯 했지만, 와락 한 번 어머니를 안아주고 싶어졌다. 애오라지 자식만을 위해, 오로지 자식에 입으로 들어가는 것만을 제일로 알았던 어머니.

언제고 우리들이 시골에서 도시로 올라갈 때면 차 트렁크에 온갖 농작물로 가득 채워 주시던 어머니. 심지어 며느리가 힘들까 봐 마늘을 까서 작은 절구에 찧어 냉동해 두었다가 주곤 했던 어머니의 손길에 아내도 감사의 마음을 갖지 않을 수 없었을 게다. 그러나 나는 그런 어머니의 손 한번 따스하게 잡아보지 못한 채 영영 떠나보냈다.

밭에서는 어머니가 주된 작물의 주인이었으나, 논에서는 그래도 아버지가 바지를 걷어 붙이는 시간이 길 수밖에 없었다.

태양은 뜨겁다. 논은 뜨거운 햇빛 속에서 물을 덥히고, 벼들은 그 온기를 먹고 자란다. 아버지는 차양이 달린 모자를 쓰고 논에 다녔다. 모자의 정면에는 농약사의 농약 선전용의 이름으로 된 고딕체의 두세 글자가 박혀 있어 아버지가 움직일 때마다 무슨 마세트와 같은 농약이 저절로 선전되었다.

아버지의 고된 일은 봄이 오자마자 시작되었다. 바로 논갈이였다. 어머니와 내가 섣불리 할 수 없는 일이기도 했으며, 소가 있어야 했으므로 소를 갖지 않은 이웃들의 논까지 아버지는 갈아엎었다. 일의 막바지에 다다르면 아버지와 소는 녹초가 되었다. 여러 날 논에 있는 일은 아버지나 소에게도 버거운 거였다. 기운이 센 암소도 밤이면 끙끙 앓는 소리를 냈고, 아침이면 소죽에 겨를 많이 뿌려줘야 했다. 하루 종일 소의 쇵부니를 쫓는 것 또한 만만한 일이 아니었을 게다. 논과 밭의 차이점이 거기에 있었다.

아버지는 기운이 달릴 때마다 막걸리로 기운을 차렸다. 비교적 젊었던 아버지가 술잔을 입에서 떼며 입을 조금 찡그리는 듯한 얼굴로 '캬' 하며 잠시 참았던 숨을 내쉬고는 끝에 남은 찌꺼기 술을 논바닥에 뿌려대는 모습이 보기에 좋았다. 아버지는 고수레 따위는 따로 하지 않았다. 신발을 벗은 아버지의 발등은 갈라진 논바닥을 닮았다. 술안주로는 멸치와 구운 북어를 고추장에 찍어 드시곤 하셨다.

논 어딘가에는 이웃 마을에서 온 백로가 놀다가 떠나고, 싯논 어딘가에서 우리들은 우렁을 잡아 돌로 내리쳐서 날것인 채로 고개를 들어 하늘을 보며 씹어먹었다. 눈이 좋은 나는 다른 아이들에게서 그렇게 하면 눈에 좋다고 들었기에 그렇게 따라 했을 뿐이다. 더 더워지면 그곳에 마름이 자라서 우리들은 팬티만 입고 물속에 들어가서 미역 같은 마름을 어깨에 걸칠 만큼 건져냈다.

그 무렵 아버지는 논에 도드라지게 자라는 피를 뽑으셨다. 논에서 피를 뽑는 일은, 우리들의 몸에 피를 보충하는 것과 다르지 않았다. 단정한 논은 그 주인의 얼굴과도 같은 거였다. 마을 입구 굴뚝 어딘가에는 붉은 글씨로 누군가에 의하여 피를 뽑자, 라는 글자가 세로로 씌어져 있어서 오고 갈 때마다 우리들의 눈을 불렀다.

아버지는 천렵을 친구들과 몇 번 뒷산에서 가졌다. 개가 산 채로 등장할 때도 있었으며, 때로는 물고기 대신 폐계를 헐값으로 사와서 솥에 돌을 고여 불을 지폈다. 술이 거나하면 아버지는 춤을 출 요량인지 얼굴에 검은 선글라스를 쓰셨다. 지금 보면 그 모습이 사진으로만 보았던 할아버지를 닮은 것 같기도 했다. 송홧가루가 날릴 때부터 간간이 시작된 천렵은 여름을 거쳐 갔다.

가을바람은 어딘가에서 불어와 다 자란 벼를 갈대처럼 휘청거리게 했다. 누런 논이 아버지를 불렀다. 그때는 나도 일을 거들었다. 중학교를 들어서는 일은 아버지를 따르는 거라고 누가 일러주지 않아도 스스로 배웠다.

누런 벼가 논에서 낫에 의해서 베어지면 그때부터 수확은 시작되었다. 논바닥에 누은 벼를 말리는 일도 쉽지 않았다. 때에 맞춰 가을비가 추절추절 내릴 때면 아버지는 집에 앉아 연신 담배를 피웠다. 논에서 뒤척이던 벼는 그러나 햇빛 몇 번 받고 적당히 볏단을 묶었다. 벼를 묶는 방법도 아버지를 따라 배웠으며, 비가 올까 무서워 집으로 들일 때까지 볏단을 우선 논에 키높이 보다 높게 띄엄띄엄 쌓아놓는 방법도 아버지에게서 배웠다.

마차를 끌고 볏단을 나르는 일은 내게는 그 부피에 힘이 달렸다. 나이 열일곱을 넘고서야 몸에서 힘이 솟았다. 아니 그때부터는 힘을 주체할 수가 없어서, 겨울 방학 때면 행랑채의 벽에 기대어 하릴없이 해바라기하다가 심심하면 마당에 누워서 되새김질하는 소를 발로 툭 차시 일으켜 세운 다음, 저만큼에서 달려와 붕 떠서 소의 엉덩이를 한 발로 탁, 걷어차는 일을 서슴지 않았다. 큰 소가 놀라 움찔하는 모습에 재미가 들려 다시금 소를 쓰러뜨리려 더 세게 걷어차며 나는 서서히 약관이 되었다.

논의 구석구석에 아버지와의 추억이 어려있다. 땅거미가 질 때까지 아버지와 볏단을 추스르곤 하던 일들은 아버지와 나를 하나로 묶었다. 아버지의 뒷모습을 보며 논일을 배웠다. 아버지는 내게 세상에도 없는 존재인 것을 나는 커가며 몸속에 깊이 새기게 되었다.

나는 어느새 모든 동작이나 습관 하나하나가 은연중에 아버지에게서 옮겼다는 것을 스스로 느낄 때가 있음을 부인하지 못한다. 젓가락질의 움직임 하나도 아버지와 다르지 않은 것을 나는 모르지 않는다. 아버지는 나에게 아무런 강요도 하지 않았지만 나는 아버지의 자식인 것에 하늘이 준 인연이 아니고서야 무엇이 겠는가 싶었다.

아버지는 나이가 들수록 꾀가 생겼다. 지금 생각해보면 나는 아버지의 살아온 나이를 넘길 때마다 아버지가 일꾼이 아니었다는 사실을 알게 되었다. 그래서 간혹 어머니에게 핀잔을 들었던 것임을 알아냈다. 대신 아버지는 술이 거나하면 손자들 앞에서 할아버지는 보통 사람이 아니야, 라고, 힘주어 말했다. 아버지의 몸짓은 살아 있었다.

왜 그랬을까. 아버지는 농촌에서 그저 그렇게 살아온 것에 대하여는 어쩔 수 없다 해도 마음속 깊은 그 어딘가에는 남다른 감정의 치밀어 오르는 뭔가가 있음을 은연중에 표출함으로써 당신이 살아온 존재에 대한 불만과 지금의 위치에 순응하려 들지 않으려는 그 무엇이 내재된 것이 아닌가 하는 짐작을 해본다.

아버지는 나에 비하면 인물이 빠지지 않았다. 오죽하면 아내가 시집을 와서 아버지의 젊을 때의 사진을 보고 '엘비스 프레슬리'라고 하지 않았던가. 보기에 따라서 다르겠지만 아버지의 큰 듯하면서 균형이 잡힌 코와 콧날의 수려함도 그렇고, 귀와 귓밥이 나와는 달리 길음직하여 남자로서는 어디에서도 빠지지 않을 만했다. 몸의 체형도 군 데가 없으셨던 아버지. 어머니가 싫어할 이유가 없어 처녀의 몸으로 처자식까지 거느렸던 아버지에게 시집을 왔던 이유가 거기에 있는지도 모른다.

게다가 아버지는 마을에서도 나이가 드신 분들은 알 수 있을 것이다. 나는 살아오면서 아버지의 한문 필체보다 더 잘 쓴 글씨체를 주위에서 보기 어려웠다. 글씨의 균형은 아무에게나 주어지지 않는 것 같다. 나는 아버지를 따라 써보려 해도 도저히 아버지를 따라갈 수 없음을 안다. 본고장이란 게 있다. 어떤 한문체의 본질에 맞는 글씨체라고나 할까, 흠잡을 데가 없어 보인다. 그래서 글씨체 하나에도 어떤 멋스러움이 묻어나게 만드는 것 같았다.

하지만 아버지는 그 글씨체를 써먹을 데가 없었다. 일찍이 면서기를 할 때 조금 써먹고는 갑갑해서였는지 아니면 술을 맘껏 들지 못했음인지 글씨를 쓸 기회를 잃었다. 제사 때 지방과 농사일의 잡기장에 품삯으로 적어놓은 마을 사람들의 이름이나 잡다한 것들을 쓰거나 했으므로 아버지는 그런 것으로는 만족하지 못했을 것이다. 한문에 대해서는 무엇이든 물어보라, 하시던 아버지는 지금 세상에 없다.

할머니도 언젠가는 내게 말했지만 아버지가 술을 거나하게 들곤 할 때면 "여기서 여봐라" 하고 사람들을 호령하던 때가 있었노라고 하신다. 당신은 그 후손으로서 마뜩잖은 삶으로 그전에 비하면 쪼그라든 위상에 푸념 아닌 푸념을 하는 것 같다.

어린 나는 커가면서 조금 이해가 되었다. 아버지가 마음을 쓰는 곳이면 나의 마음도 어느새 거기에 있었다. 아버지가 제사를 지낼 때면, 지방의 글귀를 보고 들어서 안다. 아버지는 검은 두루마기를 걸쳐 입고 붓을 든다. '顯曾祖考折衝將軍同知中樞府事 兼 五衛將(현증조고절충장군동지중구부사 겸 오위장)'이라고 씌어진 한문의 글씨체가 위패에 세로로 붙여진 것을 볼 수 있었다. 조상의 벼슬이 현재에 유용하지 않은 것일지라도 지나온 과거의 일들이 하찮게 여겨졌을 리 만무한 아버지인 것을 나는 안다.

당시 군수가 종4품인 것을 감안하면 정3품의 벼슬인 절충장군 겸 오위장은 군사를 거느리던 장수요, 으뜸 벼슬로 전해져 내려오고 있다. 그러기에 왕의 교지로 임면(任免)된다. 당신의 증조부는 그런 사람이었기에 지금과는 다른 감회를 가슴속에 품고 있으리라 여겨진다. 구한말 그 이후에 태어난 아버지라고 해도 그 잔재는 대를 잇는 후대에 금세 잊히지 않았으리라.

아버지의 노래, 그것은 늘 아버지를 지배했다. 술이 조금만 들어가면 노래를 그토록 부르고 싶어 했던 아버지. 그러나 집안에서 노래를 부르는 것을 누가 좋아할까. 나는 아버지의 노래를 어려서 몇 번 들어 본 적이 있다. 노래도 노래려니와 아버지의 몸짓을 누구도 따라 올 수 없다고 나는 자부한다. 그 감정, 그 몸짓을 나는 기억한다. 아버지의 노래는 멋들어진 내부의 표출로서 자신의 억압된 감정들을 강한 리듬을 타고 몸부림치는 순간의 연속으로 보인다. 입놀림과 제스처와 표정이 예사롭지 않은 어떤 선을 넘고 있었다. 나는 아버지의 그런 모습을 바라볼 수밖에 없었다.

내게서 아버지를 따라갈 수 없는 게 있다면 글씨체와 노래였다. 그런 데도 왜 나는 아버지의 노래를 녹음해 놓지 않았을까, 하고 두고두고 후회막급할 때가 있다.

"아버지, 노래를 부르러 갈까요" 하면 얼른 "그래"라고 하며 얼굴색이 금세 밝아진 아버지는 그러나 노래방이라도 한번 가보지 못한 것이 아쉬움으로 남았다. 나는 그 당시 그게 싫었다. 바르지 못한 거라고 아버지를 가르쳐드리려 했던 것 같은, 자식으로서 그렇게 해서는 안 되는 것을 아버지에게 할 수밖에 없었던 것이 몹시도 지금에 와서 후회스럽다. 아무것도 아닌 일인 것을.

하지만 그때는 어쩔 수 없었다. 아버지가 살아계실 때는 아버지의 술에 대한 미움으로 아버지의 노래를 누르고 있었던 것 같다. 그 곁에 어머니의 하소연이 있다. 인제 와서 돌이켜보면 내가 그런 아버지를, 아버지의 바르지 못함을 포용하지 못하고 때로는 이기려 했던 것이 원인인 것 같다.

부모의 허물을 누가 감싸줄 수 있단 말인가. 자식은 그러려고 있는 것인가. 자식이란 사람은 왜 어른이 되었는가. 그것은 아무것도 아닌 부자간의 얕은 자존심 같은 거였는데, 나도 어른이 됐다고 하늘 같았던 아버지를, 때로는 업신여기려 들었던 때가 있었음을 어느결에 아버지는 눈치를 채지 않았을까. 말수가 적었던 아버지이기는 해도, 간혹 나의 그런 태도를 눈치챌 때가 있었을 것 같다.

자식에 대한 서운한 감정을 최소화하는 것이 부모에 대한 자식의 도리라는 것을 더 일찍 실천에 옮겼어야 옳았다. 다소 아버지에게서 과오가 드러났다 하더라도 자식이 부모에 대한 노여움 따위가 한 핏줄에서 용인될 수 있는가. 협소하고 편협된 감정이라 아니할 수 없게 만든다. 어머니가 아버지에게 대하는 것과 자식이 아버지에게 대하는 잣대는 같아서는 안 되었다. 왜냐하면 나를 있게 해준 존재이기 때문이다.

아버지. 아버지는 돌아가셨어도 우리들의 가슴에 살아 있는 것입니다. 어느 날 불쑥 아버지가 살아서 돌아올 것만 같은 생각이 들고는 합니다. 하지만 아버지는 돌아올 수 없습니다. 그래서 더 아버지의 따스한 손을 잡고 싶은지도 모릅니다. 한번 떠나가면 다시는 영영 볼 수 없다니요. 세상이 이런 건가요. 아버지의 그림자는 어디에 있나요. 나의 아버지.

장맛비

비가 내린다. 비는 밤새도록 퍼붓고도 원한을 품은 여인네처럼 풀어헤친 머리칼을 가다듬지 않고 있다. 장마다. 매년 이맘때면 늘 그랬다. 내린 비를 가늠해 본다. 나는 비가 어느 정도 많이 내렸다 싶으면 비가 내리는 도중에 웃통을 벗다시피 하고 빗속을 뚫고 냅다 뛰었다. 반바지에 고무신조차도 신지 않은 채였다. 작년에도 그랬듯이 이쯤이면 물길을 따라 물고기도 봇도랑의 근원지까지 올랐을 게 분명해 보인다.

나는 봇도랑으로 들어섰다. 물살이 재빨랐다. 비는 연신 도랑을 채우기가 무섭게 더 큰 그릇인 냇가 쪽으로 사납게 흘러내린다.

나는 물고기를 잡을 그물로 체를 썼다. 보통 때는 어머니가 참깨와 같은 등속들을 거르는 용도지만 이럴 때는 물고기를 잡는데 쓰곤 했다. 그중에서 좀 성근 것을 골랐다. 작은 봇도랑의 폭은 둥그런 체에 알맞았다. 한 번에 그저 두 발짝만 몰아도 체를 들면 잔뜩 두어 움큼은 건져 올렸다. 가파른 물의 흐름을 걸러주는 역할을 하기 위해 생겨나는 작은 보를 뒤질 때는 물고기가 한번에 놀랄 만큼 많이 잡혔다. 여느 때 같았으면 어림도 없는 일이었다. 이번 비로 갑작스레 생겨난 것들이었다. 체를 들어 올리면 물고기들은 몸을 뒤틀며 체 안에서 날뛰었다. 나는 신이 났다. 물고기들은 보를 타고 거슬러 올라가는 것을 좋아했다. 간혹 빗속을 뚫고 하늘로 오르려다 길바닥에 떨어졌는지 퍼덕거리는 물고기도 보였다.

앞이 가려질 정도의 빗줄기를 나는 좋아했다. 아무도 봇도랑에 오지 않아서였다. 이 비가 그치면 분명 줄줄이 아이들이 기어 나올 것이다. 그땐 이미 한물간 거였다. 남들보다 먼저 물오른 물고기를 단시간에 잔뜩 잡을 수 있는 길은 남보다 재빨라야 했다. 나는 장마 때면 마음은 늘 봇도랑에 있었다. 잡는 재미도 재미려니와 무엇보다 물고기는 아버지가 좋아하는 음식이었다. 얼큰한 어죽에 술 한잔을 즐기시는 아버지를 바라보는 것은 내가 먹는 것보다 훨씬 기분이 좋았다. 아버지가 좋아하는 것이면 뭐든 부지런히 움직여야 했다. 스스로 알아차려야 했다.

나는 빗물이 흘러 내리는 손등으로 눈을 훔쳤다. 얼굴이 빗물

천지다. 고개를 들 수가 없었다. 하늘 아래 한 아이가 빗물과 고기 잡이에 빠져 있다. 누가 여기에 있는지 아무도 모른다. 장맛비는 사람의 발자국도 사람의 형체도 은폐시킨다. 집을 떠난 아이는 누가 시키지도 않았다.

어느새 물고기는 통에 반쯤 차 있다. 아버지의 눈길이 보인다. 나를 나무랄 수 없는, 오히려 어디 보자, 하며 한발 다가서며 대견해 할 아버지인 것을 자식이 모를 리 없다. 집에서 젖은 옷을 갈아 입는 나는 들에서 일을 하다 흠뻑 옷을 적신 것만큼이나 스스로 떳떳했다.

비가 그친 어느 날 나는 냇가에 인접한 봇도랑의 아래에서 서성거리다 물 아래를 내려다보았다. 그곳에는 자라가 몸을 드러내고 가만히 앉아 있었다. 그곳은 어지간한 가뭄에도 물이 고이는 곳이었다. 자라는 수면 위로 고개를 내밀지 않았기에 아무나 볼 수 없었다. 횡재였다. 미꾸라지나 붕어에 비할 바가 아니었다. 여간해서는 볼 수 없는, 작은 보물섬이라도 만난 듯 나는 기뻤다. 왕 잠자리를 보는 것보다 훨씬 귀한 것이었다. 그러나 막상 잡으려 다가가니 너무 커서 선뜻 잡기가 겁이 났다. 누군가가 그랬다. 자라에 물리면 손가락이 잘릴 수 있다고. 하는 수 없이 아까운 자라는 길을 지나던 어른에게 나는 양보하고 말았다. 아니 어른의 꼬임에 넘어갔다. 무슨 물건을 준다던 어른은 그걸로 끝이었다. 어린 나는 그 후에도 자라가 두고두고 내 눈에 밟혔다.

　길을 걷는다. 냇가를 향해 걷는다. 길과 논둑 사이로 나 있던 봇
도랑은 이미 사라진 지 오래다. 봇도랑의 끝엔 냇가가 큰 얼굴을
하고 입을 벌리고 앉아 있다. 그 둑은 밋밋하다. 버들개지가 늘어
진 냇둑이 아니고 물이 빠질 수 있는 널따란 용도의 냇가로 변모
한 지 오래다. 아기자기하고 자연스럽게 굴곡을 이룬 시냇가가
아닌 무슨 거대한 그릇으로 바뀌었다.

　냇가는 흐르는 지형에 따라 메기도 놀고 미꾸라지와 붕어도 잡
히고, 가을이면 새우도 잡히는 구역으로서의 지리적인 면모였다
면, 지금은 천편일률적이요 시멘트만 난무한 공장을 위한 수로에
불과해 보였다. 보를 막아 돌담을 쌓고 그 속을 뒤지며 손으로 물
고기를 잡아 올렸고, 물이 고이면 그곳에서 아이들이 미역도 감
고 하던 자연 속의 유래된 고유의 멋이었다면, 지금의 개천은 멋
대가리 없는 거대한 굴뚝같은 신세가 되어 길게 누워있다.

　나뭇가지 하나 없는 둑은 도시의 개천만도 못한 신세가 되었
다. 다 시대의 변천이라고 하지만 어찌 이다지도 삭막하고 유연
하지 못한, 부자연스러운 개천은 아무래도 복개천과 다를 바가
없다는 생각을 지울 수 없게 만들고 있다. 아, 다시 돌아올 수 없
는 개천이여. 그 개천은 유년의 기억 속에서만 간직된, 사라진 개
천이었다. 냇가는 있으되 물고기가 살지 않는, 그래서 그 개울물

마저 공업용수로 변모해 버린 세월의 야속함이여. 발전되어 가는 공업의 야속함이여…. 오지가 아니고서는 어디든 간직함이 자유롭지 못하다. 개발이라는 명목을 우리는 싫다고 해서 막는 것도 수월한 일이 아니거늘.

언젠가부터 사람들은 냇가를 멀리했다. 처음엔 변형된 물고기가 잡혔다. 지금은 그런 물고기마저도 살지 않게 되었다. 예전의 그것처럼 보를 막고 물을 퍼서 물고기를 잡을 수 없다. 얕은 물가에서는 손으로 모래를 막아서 고무신으로 물을 퍼서 송사리 몇 마리 건질 수 있는, 그런 동요같은 일은 이제 이곳에서는 세상일이 아니게 되었다. 냇가 한편에 옹달샘과도 같이 싱그런 눌이 퐁퐁 피어오르는 그런 모래밭의 개천도 아니요, 모래밭이 생기면 그곳에 물새가 모래색의 알을 낳던, 그래서 아이들이 알을 꺼내오기도 하던 살아 숨 쉬는 개천을 잃은 지 이미 오래다.

꼭 장마 때가 아니더라도 그저 심심하면 "우리 물고기나 잡으러 갈까" 하며 삼삼오오 그물을 들고 냇가로 가던 그곳은 지금 어디에 있는가. 저 멀리 뒷산만이 예전 그대로의 능선을 간직한 채 마을을 가만히 내려다보고 있다.

제2부 아버지의 목욕

이게 뭘까

뭔가 꼬물꼬물 밖으로 삐져나오고 있다. 이런 적이 없었던 나는 어쩔 줄 몰랐다. 그저 얼른 이곳을 벗어나 어디론가 내달리고 싶었다. 무엇보다 두려웠다.

나는 앞만 보고 내달렸다. 골목길이 보였다. 산은 등 뒤에 숨었다. 나는 그곳에서 놀고 있었다. 뒷산은 지금과 달리 사람들이 산을 지배했다. 나무들은 사람들의 손에 부지하지 못했다. 잡목들이 땔감으로 베어져 나갈 때마다 속이 훤히 들여다보인 산은 아이들을 불렀다.

나는 그곳에서 슬며시 도망쳤다. 아이들과 같이 놀 수가 없었다. 아마도 초등학교에 막 들어갈 무렵이 아닌가 싶다. 스멀스멀

꽁무니에서 꼬물거리는 그 정체를 빼내고 싶었지만 그러기에는
너무 어렸고 이게 뭘까 겁부터 났다.

앞을 보고 달리고 있었지만 사실은 뒤에서 보이지 않는 무엇
인가에 떠밀리고 있다는 표현이 옳았다. 어린아이치고 아무리 내
리막길이라고 해도 보폭의 넓음을 느꼈고, 빨리 내달리는 것만이
불안을 잠재울 수 있다고 믿었다.

마침 할머니는 집에 있었다. 나는 할머니가 하라는 대로 아랫
도리를 내리고 엉덩이를 할머니 앞으로 올리며 허리를 접었다.
할머니는 나의 상태를 보고는 헛간에 있던 회 부대 종이를 주욱
찢어서 항문에 매달린 무언가를 감싸며 쑥 잡아뺐다. 회충이었
다. 간질간질하던 것에서 그렇게 시원할 수가 없었다. 살아 있던
것이 내 몸 밖으로 나온 것은 이것이 처음이요 마지막이 되었다.

죄를 지은 것도 없는 한 어린아이에게 이런 시련을 주다니. 나
는 할머니가 아니었다면 어땠을까 싶었다.

나는 그 뒤 학교에서 일 년에 한 번씩 주는, 먹기도 싫은 회충약
을 입에 털어 넣고는 했는데, 중학교에 이르러서는 담임 선생님
은 일일이 호명하며 개인에게 변 검사를 통한 최종 결과를 불러
주었다. 부끄러웠지만 어쩔 수 없었다. 드디어 내 차례가 왔다. 누
구나 회충이 배 속에 있던 시절이었다.

선생님은 내 이름을 부른 다음 '회충, 요충'을 부르고는 끝에 가
서 한 번도 들어 본 적 없는 무슨 해괴망측하게도 거창한 이름을

불러준다. 그 이름하여 동양 챔피언이 아닌, 동양 모양 편충'이라는 생경한 이름이 그것이었다. 나는 순간 창피했다. 뭐가 특별하길래 남에게서 잘 없는 이상야릇한 명칭의 회충이라니. 하기는 '세계' 자가 들어가지 않은 것만으로도 어쩌면 다행인지도 몰랐다.

쥐와 회충의 계절은 그러나 오래도록 우리들의 곁에 머물렀다.

그런 할머니는 나에게 구세주였으며 어떤 두려움 앞에서도 헤어 나올 수 있는 평온한 세상을 열어주었다.

그날도 그랬다. 조금 더 자랐을 때였다. 가을이었고 논에는 메뚜기들이 날았다. 나는 그럴 때면 신발주머니나 병과 같은 것들을 들고 논둑을 뒤지곤 했다. 물론 신발은 검은 고무신이었다. 아마도 바닥에 타이어가 그려졌거나 '진양'이라는 글자가 박혀 있었으리라. 메뚜기의 비상도 빨랐지만 나도 어느새 메뚜기와 맞설 만큼 약아졌다. 내 손아귀에 넣을 자신이 있었다. 이미 여름을 거쳐 마른 나뭇가지에 앉아 있는 잠자리를 숨죽이며 다가가서 수없이 잡아 왔던 터였다. 그것들이 맘에 안 들면 시집을 보낸답시고 잠자리의 꽁무니를 반쯤 잘라 그곳에다 풀의 '대궁'이나 가는 나뭇가지를 박아 높이 날렸다. 잠자리가 놀라 꽁지가 빠지게 하늘을 향해 도망을 가던 그 하늘을 지금도 기억한다.

할머니가 지핀 아궁이에서는 불이 타오른다. 거기에 걸린 작은 솥에서는 메뚜기가 불그레 익어간다. 할머니는 주걱으로 연신 뒤집기를 반복한다. 나는 할머니 곁에서 익어가는 메뚜기를 마냥 집어먹는다. 고소한 맛에 손이 저절로 갔다. 날개만 떼어내면 그냥 먹을 수 있어서 좋았다. 얼마를 그렇게 먹었을까. 내가 먹는 것에 할머니는 언제고 그만 먹으라는 말을 하지 않는다. 그것은 당신 입으로 들어가는 것보다 몇 배 좋은 것임을 서로는 안다.

다음날이 되었고, 나는 변소에 가고 싶어졌다. 하지만 뭔가 아래에서 요지부동인 것을 느낀다. 힘을 줄수록 따가움을 동반한 아픔에 눈물이 저절로 났다. 심한 변비였다. 메뚜기는 사람에게 변비를 만들어 주는 재료가 되었다. 너무 많이 먹은 게 불찰이었다. 살아 있던 메뚜기의 죽음이 나의 항문에 복수로서 다가왔다. 메뚜기의 다리가 문제였다. 붉은색의 다리에 붙은 솜털과도 같은 작은 돌기들은 소화가 되지 않고 나의 연약한 항문에 힘을 주면 따갑게 긁어댔다. 나는 고통에 옴짝달싹할 수 없었다. 지독한 아픔이었다.

할머니는 헛간으로 가서 마른 소나무 가지를 뚝 꺾어온다. 할머니는 회충을 뽑을 때처럼 엉덩이를 든 나의 항문에 손가락 굵기의 나뭇가지를 들이댔다. 내가 힘을 줄 때마다 할머니는 나뭇가지로 항문을 쑤셔대며 딱딱한 변을 파냈다. 할머니의 손은 언제고 약손이었다. 아니 할머니는 나를 위해서는 두려움이 없는 존재였으며 뭐든 해결의 길을 연 나의 둘도 없는, 세상의 유일한, 기대고 싶은 하나의 별이 되었다.

메뚜기의 다리는 결코 죽어서도 스러지지 않았다. 꼿꼿한 기개로 한 아이를 고통 속으로 몰아넣으며 한 아이를 울렸다. 나의 아픔이 곧 성장인 것을 알아야 했다.

나의 할머니. 그것은 어쩌면 한 시대를 함께 살아온 발자취요, 영원히 기억에서 지워지지 않을 이름이었다. 이제 그 시절은 다시 돌아올 수 없는 유일한 기억으로 남아 있다.

6년의 세월은 길에 있었다

한길을 건너면 샛길처럼 논으로 이어진 길이 보인다. 그 길을 조금 따라가다 보면 냇가의 작은 다리 하나를 건너게 된다. 저만치에 산의 초입이 입을 벌리고 있다. 이제부터 고개의 시작이다. 첫째 고개는 넘을 만했다. 둘째 고개는 길고 가팔랐다. 그만큼 어린 우리에게 산은 높았다. 저만치 으슥한 골짜기에서는 책에서나 보았던 호랑이도 나올 만큼 사람의 발길이 닿지 않은 곳도 있었다. 누구도 그곳에 가지 않으려 했다. 마지막 셋째 고개의 정상에 오르면 바로 아래에 학교가 널따란 운동장을 안고 낮게 앉아 있는 모습이 보였다. 우리는 그곳을 한결같이 6년을 다녔다.

오솔길이 아닌 손수레 정도는 능히 다닐 수 있는 등굣길에는 아침이면 아이들이 줄을 이었다. 저학년과 고학년의 차이는 사뭇 달라서 저학년에서 보는 고학년은 어른처럼 보일 정도였다. 집안 에서도 동생들, 누나들, 형들이 제각기 또래들과 어울려 다니기 도 했다. 한 집에 한 명의 학생은 거의 보이지 않았다. 많게는 대 여섯 명씩 학교에 다니곤 했다.

산길의 주변에는 비교적 나무들이 꽤 들어차 있었다. 그곳엔 봄이면 그늘을 피해 피어오른 진달래꽃이 산의 곳곳을 붉게 물들 였다. 진달래는 늘 아름다운 꽃은 아니었다. 그즈음엔 아름다운 꽃을 시샘이라도 하듯 문둥이가 돈다는 소문에 여자아이들은 때 론 가슴이 조마조마했을지도 모른다. 문둥이는 사람의 간을 빼먹 는다는 소문이 있어서 사실 우리에게는 두려움의 대상이었다. 그 것들을 잡는다고 마을의 어른이 칼을 들고 산을 누빈다는 소문도 있었던 터여서 우리는 혼자서 하교하는 것을 꺼리기도 했다.

그러던 어느 날 나는 그날따라 청소 당번이 되어 꽤 늦게 집으 로 가게 되었다. 나는 혼자서 고개를 오를 수밖에 없었다. 첫째 고 개를 넘고 둘째 고개를 따라 오르다 보니 여자아이의 울음소리가 저만치에서 들렸다. 나는 그 울음의 출처가 궁금했다. 나도 모르 게 조금은 두려우면서도 발길은 비탈길을 오르고 있었다. 늘 가 던 길이었기에 무턱대고 걷는다. 드디어 사람이 보인다. 한 사내 가 길 복판에 어린 여자아이를 눕혀놓고 그 위에 엎어져 있다. 나 는 왜 구태여 여기까지 왔을까. 바로 앞에 보며 자지러지듯 울고 있는 한 아이. 그 여자아이는 내가 곁에 온 줄도 모른 채 이성을 잃은 듯했다. 어린 나는 그만 사태의 심각성을 곧 알아차려야 했다. 순간 나는 두려웠다. 나는 올랐던 길은 다시 되돌아 냅다 줄행랑을 쳤다. 다시는 그 길로 집에 갈 수 없을 것 같았다. 하는 수 없이 나는 길을 에둘러 다른 마을로 돌아서 갔다.

하지만 그 사내는 분명 문둥이가 아니었다는 사실. 건장한 사내는 오로지 한 아이에게 그토록 집착했을까. 그 여자아이는 아무런 영문도 모른 채 그렇게 붙잡혀 있었다. 주변에 붉게 피어난 진달래조차도 두려움으로 보일 만했다. 지금도 그 길엔 그와 같은 문둥이를 자처한 사내의 빌길이 있었음을 그 산은 일고 있는 것인가. 세월이 많이 지난 지금에 이르러서는 아이들조차도 보이지 않는 그냥 한적한 길만이 남아 있다.

6년의 세월은 길에 있었다. 산을 넘는 학교길은 온갖 추억을 만들어 달았다. 계절에 따른 여러 가지의 변화된 추억이 기다리고 있었다. 우리들은 집으로 오다가 코피가 터지며 싸우는 일도 있었지만, 그래도 그 길을 수없이 반복해서 걸어야 했다. 끈끈한 우정을 이야기하지 않았다. 어린아이들이라고 서로 간에 알력이 없을 수 없었다. 적어도 한 또래에 한 명씩은 골목대장과 같은 짓궂은 아이들도 있었다. 우리들은 그러면서 커갔다.

여자아이들의 존재를 몰라도 되었다. 그 모든 것들의 존재와 추억은 후에 스스로 기억에서 떠올릴 수 있어서 좋았다. 이른바 동창이 되었다. 그래서 어려서의 벗은 커서도 서로 싸우지 말고 다정히 세상을 마칠 수 있는 것이 참 본연의 주어진 뜻이라고 보여진다.

길은 변하지 않았다. 늘 거기에 있었다. 하늘은 푸르렀고 무슨 공장과 같은 것들의 출현은 도무지 보일 기미가 없었다. 그래서 우리들은 무럭무럭 자랐다. 세상의 어른이 되기 위한 꿈을 조금씩 키워나갔다.

언제나 길을 가다가 내리막길에서 조금만 뛰어도 등 뒤에서 달그락 소리를 냈다. 도시락 속에 있던 젓가락이 빈 도시락통에 부딪히는 소리였다. 가방도 흔하지 않았던 때였다. 아이들은 보자기에 책과 도시락을 둘둘 말아서 어깨와 겨드랑이 사이를 대각선으로 묶어서 다니곤 했다. 고학년에 올라서는 그래도 점잖게 책 위에 도시락을 올려놓고 보자기의 끈을 길게 늘어뜨려 한쪽 어깨에 걸치고 다녔다. 여자아이들은 남자애들과 달라서 허리에 책보자기를 둘러서 끈을 질끈 동여매고 다녔다.

어린 시절엔 누구나 뱃속은 허했나 보다. 하굣길이면 그냥 집으로 오지 않았다. 애꿎게도 도마뱀을 잡아서 꼬리를 잘라내고, 어떤 아이는 긴 뱀을 잡아 토막을 내서 여자아이들에게 던지기도 했을망정, 길에 보이는 작은 먹거리에 눈을 돌리곤 했다. 먹거리는 넘쳐났다. 특히 봄의 계절이 그러했다. 길옆으로 지천으로 피어나는 진달래꽃을 손으로 따서 입술이 붉도록 입에 넣기도 했

다. 길섶으로 뻗어 나오는 칡순도 껍질이 두껍기 전에 씹으면 그
냥 무르게 씹히며 순한 칡 향기는 씹을수록 입안 가득했다. 모내
기할 때면 아카시아꽃이 만발했고 우린 그 꽃향기에 취해 나무를
휘어잡아 꽃송이를 입안에 가득 따 넣었다. 그때쯤엔 산속 어딘
가에서 여지없이 뻐꾸기가 울어 댔다.

걷다 보면 길섶으로 찔레순이 비쭉 나오면 아래쪽의 연한 부분
을 분질러 먹을 수 있었다. 더 지천인 것은 송화였다. 소나무에 손
을 올리면 송화가 잡혔고 우리들은 송진의 진한 향기를 입안 가
득 담을 수 있었다.

그리고 남자아이들은 손을 높이 들어 올려서 소나무 가지를 뚝
꺾는다. 그런 다음에 껍질을 벗겨서 입으로 하모니카를 불 듯 좌
우로 비볐다. 그러면 어느새 시원한 진액이 입안 가득 번졌다. 목
구멍이 씻을 듯 개운했다. 물을 따로 마시지 않아도 되었다.

집으로 오며 마지막 고개를 넘으면 묘지가 여러 개 누워 있었
다. 그곳을 뒤지면 거기엔 아직 쇠지 않은 사발 삘기가 있어서 그
걸 잡고 살그머니 힘을 주어 뽑아 올려 입에 넣고 껌처럼 잘근잘
근 씹어먹었다. 그것은 그래도 고급의 풀처럼 입안을 사르르 녹
일만했다.

산이 끝나자 길은 계속되었다. 길의 양편으로 논이 있다. 길엔
곤충을 어렵지 않게 볼 수 있었다. 소똥구리였다. 경단을 만드느
라 거꾸로 물구나무를 서며 뒷발로 소똥을 굴리고 있다. 집게벌

레와 비슷해 보이지만 왠지 흔하고 지저분해 보여서 가지고 놀기에는 조금은 꺼림칙했다. 그것들은 늘 개미처럼 부지런했다. 차츰 소를 기르는 이가 줄어들고 대신 경운기가 들어오는 바람에 그것들은 먹을 것을 잃고 어디론가 사라졌다. 지금에서는 볼 수 없는 것이 되었다.

학교 길은 냇가를 건너야 마을에 다다를 수 있었다. 냇가에는 송사리가 떼지어 노닐고는 했다. 우리들은 그냥 지나치기 어려웠다. 저만치에 모래사장이 있는 곳에는 다리가 가늘고 긴 물새들이 그곳에 모래색과 흡사한 알을 낳았다. 우리는 어쩌다 알을 발견하고는 가지고 놀기도 했다. 그러다 더우면 물에 들어가서 미역을 감았다. 가끔 송장거리로 머리를 물속에 처박으며 놀았다. 그러다 귀에 물이 들어가면 밖에 나와 머리를 한쪽으로 기울여 한쪽 발만을 디디며 껑충껑충 제자리 뛰기로 귀에 든 물을 빼내려 했다. 얼굴은 볕에 그을러도 우리들은 동작 빠른 개구쟁이였다. 뭐든 낯설음은 없었다. 자연의 이치를 몸으로 부딪치며 놀 수 있어 우리들은 행복했다.

가을이면 남의 밭에 땅콩도 몰래 캐 먹기도 했으며, 무밭이 보이면 쑥 뽑아 먹는 것을 꺼려 하지 않았다. 가을의 단풍은 겨울을 위함이었다. 겨울은 몹시도 추웠다. 아이들은 성냥을 잘 넣고 다녔다. 불놀이는 아이들의 취미와도 같은 거였다. 신발은 대개가 검은 고무신을 신었다. 엄지발가락이 부분이 다 닳도록 신었기에 늘 발이 시리기도 했다. 우리들은 가끔 신발을 벗어 엄지와 검지로 그 부분을 만지작거리며 두께를 쟀다. 그러다 어떤 아이는 어느 정도를 신다가 그곳에 구멍을 부러 내어 부모로부터 새 신을 얻어냈다. 부모는 그럴 때면 세상의 미련한 존재가 되어 주었다.

아이들은 추위를 달래려 등굣길에 산에서 참나무를 꺾어다 길복판에 모은다. 금세 수북이 쌓인다. 수북한 그곳에 누군가가 냅다 불을 지른다. 불은 삽시간에 하늘을 향해 부풀린다. 마른 참나무 잎새의 화력은 그야말로 잠시 아이들의 얼굴을 붉게 만들 수 있는 고마운 존재가 되었다.

가을의 하늘엔 철새들이 이따금 떼 지어 어니론가 날아가곤 했다. 그 모습은 쓸쓸했다. 하지만 우리들을 기쁘고 가슴 벅차게 만든 것은 다른 데 있었다. 우리들은 검은 반바지에 흰색 반소매의 러닝셔츠를 입을 수 있는 그날을 기다렸다. 그날은 발걸음이 빨라진다. 드디어 마지막 셋째 고개에 다다른다. 그쯤에 오게 되면 작은 긴장과 함께 걸음을 아끼며 고개를 오르게 된다. 바로 고개의 꼭대기에서 눈 앞에 펼쳐질 전경을 알고 있기 때문이었다. 고개를 슬며시 내밀자 그 아래는 그야말로 황홀하다. 학교의 운동장 위로는 화려하게 수놓은 만국기가 펄럭이며 운동회가 있음을 알린다.

운동장은 한마디로 장관이었다. 힘이 불끈 솟는 하루가 기다리고 있다. 청군과 백군과의 결투이다. 학교에 다니면서 일 년의 백미는 운동회와 봄 소풍에 있다고 해도 과언이 아니었다.

운동회에 비하면 봄 소풍은 어딘가 모르게 병아리처럼 포근함이 깃들어 있다. 김밥과 사이다의 계절이 아이들에게 온 셈이다. 줄을 서서 호루라기에 발을 맞춰 가기도 했으며, 노래를 흥얼거릴 만했다. 아이들은 그날따라 깨끗한 옷과 김밥과 함께 작은 플라스틱 물병을 준비하곤 했다. 점심은 선생님들에게는 보물찾기를 위한 시간이기도 했다. 아이들이 밥을 먹는 틈을 타서 돌 밑이나 나무껍질 사이에 도장이 찍힌 표를 접어 숨겨놓아 그걸 찾아내면 노트나 연필을 상품으로 탈 수 있게 했다. 그것을 찾는 재미가 쏠쏠했다. 동작이 빨라야 했다. 나는 숨겨둔 종이 표를 찾지를 못해서 허탕을 치는 해도 있었다. 눈에 보이는 것은 나무껍질뿐이었다.

아, 아이들은 고이 잔다. 나도 그랬다. 삶의 두려움도 미래의 불안함도 없다. 다 부모의 그늘에서는 뛰어놀면 되었다. 커가면 되었다. 다시 올 수 없는 우리들의 자라나는 어린 시절은 그래도 추억이 많았으며 자연과 함께, 아이들과 함께 잊을 수 없는 추억을 무수히 만들 수 있음에 감사해야 함은 물론이다. 그때의 어린 추억이 있어 사람은 늘 가난하지 않다. 마음의 부자는 바로 우리였으니까.

소를 생각하다

소가 보이지 않는다. 그 많았던 소들은 골목에서 사라진 지 이미 오래였다. 한때 소는 집에서 식구들과 오랜 세월을 같이 살았다. 눈을 뜨면 소는 외양간을 지키며 사람들 곁에서 늘 머물러 있었다. 앉아서 노는 것 같아도 소는 늘 되새김질했다. 대체로 소는 침착해서 사람을 함부로 대하거나 밟지를 않는다. 험악한 황소를 빼고는 말이다.

집안에서 소는 그 집의 소중한 자산이며 가축의 중심에 있었다. 소는 어른들의 관심을 한 몸에 받고 있다 해도 과언이 아니었다. 그도 그럴 것이 소는 논과 밭을 전부 갈아엎는다. 힘든 일의 책임이 소의 등에 있는 것을 어찌 모르랴. 함부로 다뤄서는 안 되는 이유가 거기에 있다. 게다가 소는 새끼를 해마다 낳는다. 주인의 입장에서 보면 소는 일을 위한 것임에도 거기다 새끼를 보태니 밥을 먹이고 등을 긁어 줄 수밖에 없었다. 어떤 이는 순전히 황소만을 키워서 고기소로 내다 파는 이도 있었지만, 논 마지기라도 있다 싶으면 암소를 키우곤 했다.

소는 버릴 게 없었다. 소똥이 섞인 거름은 논의 토양을 살려내고 양질의 벼를 생산했다. 소는 늘 출랑거리지 않고 묵묵히 주인의 말에 따라 행동했다. 가야 할 곳에서는 이랴, 를 외치면 되었고 서야 할 곳에서는 와, 하고 코뚜레를 잡아당기는 시늉만으로도 소는 대번에 알아듣는다. 주인의 말을 거역하지 않는다. 우직함으로 쟁기와 마차를 끌며 땀 한번 닦아내지 않고 앞을 향해 묵묵히 걸어갈 뿐이다.

소들도 일하다 힘에 부치면 쉬어야 한다. 하지만 소는 힘이 든다고 가다가 주저앉는 법이 없다. 항상 주인의 뜻에 따른다. 일하다가 둑에 있는 풀을 널름 혓바닥을 이용해서 먹을라치면 주인은 '이랴'를 외친다. 소는 배가 고픈 것도 참아야 한다. 그렇지 않으면 주둥이에 그물망을 씌워 아예 혓바닥을 내놓을 수 없게 했다.

겨울에는 여름과 달랐다. 볏짚을 썰어서 구정물과 쌀겨를 넣어 쇠죽을 끓이면 되었다. 아침저녁이면 쇠죽을 끓여야 했다. 쇠죽 솥 근처에는 늘 파리가 들끓었다. 흘린 쇠죽과 솥의 따듯함에 파리들은 그곳을 좋아했다. 쇠죽을 끓이고 난 뒤 불씨는 뭐든 구워 먹을 수 있었다.

소는 먹는 양이 많아서 여름에는 매일 쇠꼴을 베어야 했다. 누구나 지게를 지고 쇠꼴을 베는 일은 하루의 일과에서 빠지지 않았다. 그래도 소가 있다는 것은 집안을 든든하게 했다.

나는 학교에서 돌아오면 소를 끌고 들길로 나서곤 했다. 쇠꼴을 베기에는 어린 나이였지만 소의 배를 불릴 수는 있었다. 길가에 자란 풀은 소들의 잔치였다. 소들은 어린 주인과 상관도 없이 풀만 보면 혓바닥을 돌려가며 환장하듯 뜯어먹었다. 얼마간의 시간이 흐르다 보면 소의 배가 은근히 불러옴을 볼 수 있었다. 이따금 나는 소의 베니 목덜미에 붙은 모기나 쇠파리들을 잡으면 되었다. 또한 소를 이끌 수 있는 줄만 손에 쥐고 있어도 소의 배를 부르게 할 수 있었으므로, 그것만으로도 그날 내가 할 수 있는 도리를 다했다고 믿었다. 소는 정직해서 풀을 뜯다가 무성한 곳이 있다고 얼른 건너뛰지 않고 눈앞의 순서대로 먹으려 했다.

소에게 풀을 뜯기다 보면 소가 살찌는 소리가 들리는 것만 같아 기분이 흐뭇했다. 해가 떨어질 무렵에서야 집으로 향하는 나의 발걸음은 너무나 평화로웠다. 언덕을 넘어 동네를 들어올 때면 누구네 담 밖의 대추나무 어딘가에서 쓰름매미 소리가 들려왔다. 어린 나에게 소는 우러러볼 만했다. 그러기에 잘 다뤄야 했다.

소는 한 마리만을 오래도록 고집할 수 없었다. 키우다 보면 소도 늙어갔고 따라서 새끼를 낳는 데 어려움이 있다 싶으면 소를 바꾸곤 했다. 소를 개비(改備)하다 보면 잘 걸릴 때도 있지만 그렇지 않을 때도 있는 법이다. 우리도 그랬다. 한번은 새끼를 낳지 못하는 불임 소가 걸려서 아버지가 끌탕을 했던 기억이 있다. 그 소는 새끼뿐만 아니라 힘도 당차지 않았고 꾀도 있어서 나도 힘이 들었던 적이 있었다. 거름을 적당히 싣고 가다가 비탈길에 오르면 힘을 못 써서 자꾸 뒤로 물러나곤 했다. 여러 번 실랑이를 거듭하는 일도 짜증스러웠다.

나는 그럴 때면 최후의 처방을 썼다. 어느 정도 비탈에 오를 즈음 갑자기 소의 꼬리를 한 손으로 잡아서 꺾어버린다. 소의 급소였다. 소는 순간 깜짝 놀라서 무거운 것을 잊고 냅다 꽁무니를 움츠리며 비탈길을 오르게 된다. 나는 그런 것에 재미를 느끼곤 했다. 어쩔 수 없었다. 소에게도 꾀가 있다는 것을 알아낼 수 있었다. 소는 그렇게라도 부려 먹는 주인의 뜻에 따라야 했다. 그렇다고 소는 화를 내며 사람에게 달려들지 않는다.

그런가 하면 소가 잘 걸려들어서 우리 집의 자랑거리가 된 적도 있었다. 그 소는 참하고 힘도 있고 일도 잘했다. 그래서 다른 사람들도 알아보고 우리 집의 소로 일을 할 것을 바랐다. 나는 그 소의 얼굴을 어렴풋이나마 기억한다. 언제나 보고 싶은 소였다. 몇 해 동안 살면서 일을 잘하고 새끼를 잘 낳는다는 것은 우리들의 학비와 살아가는 것에도 꽤나 보탬이 되는 것은 당연했다. 그러다 보니 어느새 정이 들곤 했다. 나는 그 소의 얼굴을 가끔씩 쓰다듬어 주던 기억을 가지고 있다. 그 소의 눈은 분명 있었다. 그냥 있는 게 아니었다. 사람을 알아보는 눈을 가졌다는 것을 나는 안다. 나의 손길에 가만히 있는 것만 보아도 그랬고, 서로 눈을 마주하고 있을 때면 소의 큰 눈에 내 얼굴이 담겨져 있었다.

그러나 소는 소였다. 일을 잘하던 소도 노쇠하게 되면 젊은 소만은 못 한 게 사실이 된다. 아쉽지만 개비를 해야 했다. 그 소는 해마다 새끼를 낳아서 쇠전에 송아지를 내다 팔고는 했던 소였는데, 그럴 때마다 어미 소는 밤을 지새며 몇 날 며칠을 그렇게 목이 터져라 소리를 지르며 울어댔다. 결국 안타까움은 시간이 해결해 주었나.

어느 날 그 소는 아버지의 손에 이끌려 쇠전에 팔려나갔다. 학교를 갔다 오니 빈 외양간만 보였다. 너무 쓸쓸했다. 아버지는 그날 소가 마땅하지 않다고 다른 소를 사 오지 않아 며칠을 외양간이 비어 있었다.

나는 어느 저녁 무렵 외양간에 들어가 보았다. 소가 보이지 않는 것이 이렇게 그리울 줄은 미처 몰랐다. 말을 못 하는 짐승일지라도 그 우직함이 어느새 정을 붙여놓았나 보다. 나는 가만히 그 소가 눈 똥이 묻은 짚을 허리를 숙여 만져보았다. 그 소의 체취가 풍기는 것 같았다. 그 소가 있었던 자리가 싫지 않았다. 보고 싶었다. 나는 그 지푸라기를 한줌 들고 일어나서 한동안 그 소의 모습을 그려 보았다.

어느새 눈에는 눈물이 핑 돌았다. 소는 한번 팔면 되돌아올 수 없다는 것이 더 맘을 아프게 했다. 그 소는 죽을지도 모른다는 생각을 하지 않았는데도 눈물이 앞을 가렸다. 그 착하고, 일을 잘하고, 말을 잘 듣고, 큼직하게 잘 생기고, 참한 소는 이제 다시는 만날 수 없다는 생각이 미치자 마치 정든 사람과의 무슨 이별을 겪기나 한 것처럼 그 여운은 꽤 오래도록 내 가슴에 남아 있었다.

소들은 긴 생을 이어가지 못하고 사람들에게서 떠난다. 이제는 그런 소마저 골목에 기르지 않게 되었다. 다 옛일로만 생각하자니 새삼 마음이 허허롭다. 이제 소와는 영영 멀어지는가. 소들이여 그 오랫동안 우리들의 곁에서 함께 살아온 우직한 동물이여, 너희들은 진정 사람들을 위해 희생을 하러 태어난 것인가. 소는 영물이며 틀림없이 주인에게 은혜를 갚고 만다.

너희들의 걸음엔 참으로 한 시대를 이끈 위대함이 있다. 꼭 기억하리라. 너희들이 있었기에 기계화의 이전에 우리들은 행복하게 먹고 살 수 있었노라고 말해주고 싶다.

소는 언제고 우리들의 곁을 떠나갈 수밖에 없어도 그 추억만은 지금껏 살아 숨 쉬고 있음을 저세상의 소들은 과연 알기나 할까. 당분간 너희들의 후손이 사람들에게 내준 몸뚱이는 외면하련다. 너희들을 부려 먹고도 모자라 너희들의 육신마저 탐을 내는 인간들의 무지함을 용서하련. 소여, 사람과 함께 살게 된 것을 너무 노여워하지 말라. 인류는 그렇게 이어져 왔다.

쥐를 잡던 시절

쥐가 보인다. 쥐는 으레 사람들을 보면 도망을 친다. 하지만 간혹 그것들도 어쩌다 마주칠 때면 민망한 것인지는 몰라도 눈을 잠시 말똥거리며 사람을 쳐다보곤 한다. 그때를 놓칠세라 돌맹이라도 들라치면 그새 쥐는 굴속으로 숨기 일쑤다.

쥐는 누구든 귀엽다고 말하지 않는다. 지금껏 징그러움의 대상에서 멀어지지 않고 있다. 인간에게 아무런 도움이 안 되는 쥐는 무조건 잡아서 죽여야 한다는 것에 누구든 그렇지 않다고 말할 수 없게 만든다.

쥐는 간혹 대낮에도 보였으나, 저녁이나 밤에 더 극성을 부렸다. 쌀의 찌꺼기가 있는 수챗구멍을 빈번하게 들락거렸으며, 탈

곡한 볏짚을 쌓아놓은 곳은 마치 그들의 집과도 같았다. 언제고 짚단이 들먹거리고 있음은 분명 쥐가 그 속에서 벼의 낱알을 뒤지고 있는 거였다. 그럴 때면 우리들은 긴 작대기를 들고 들먹거리는 곳을 향해 힘껏 내려치기를 주저하지 않았다.

쥐는 벼와 곡식이 있는 곳이면 어디를 가리지 않았다. 벼를 쌓아둔 창고의 밑바닥 어딘가에서부터 뚫고 들어와 기어코 볏가마를 뚫어놓기 일쑤였다. 그럴 때면 아버지는 그곳에 돌멩이를 처박아서 흙으로 메우기도 했으며 나중에는 쥐구멍에 밤알을 싸고 있던 밤송이를 처박아 쥐의 주둥이를 얼씬도 못 하게 만들기도 했다.

쥐들은 겨울이면 더 극성을 부려서 윗목에 놓인 통가리에 둔 고구마를 목표물로 매일 같이 밤이면 천장을 통해 발소리를 보내왔다. 우리 집은 윗방을 장지문으로 막아서 미닫이로 만들었는데 그곳은 늘 어둠침침했다. 쥐들이 드나들기에 좋은 곳이었다.

언제나처럼 나는 할머니와 저녁이 지나서 잠자리에 들라 싶으면 그것들은 영락없이 발자국 소리를 내기 시작했다. 그 소리가 거슬렸다. 처음에 한두 번은 막대기로 천정을 두들겨서 쥐를 쫓아 보려 했지만 쥐는 얼마 안 있어서 여지없이 또 발소리를 냈다. 먹는 것에 집요했다.

어느 날 할머니는 윗목에 부엌칼을 준비한다. 나타나면 그걸로 찌를 심산이었다. 그 이전에 우리는 천장을 네모나게 오린 다음 살며시 붙여놓아 쥐가 그곳을 지나면 쥐의 무게에 못 이겨 아래로 떨어지게 만들어 놓았다. 일종의 함정이었다. 어느 날은 약은 쥐도 그곳을 잘못짚어 아래로 빠져버린다. 이때다 싶어 할머니와 나는 얼른 불을 켜고 쥐를 찾아내려 방안의 걸레까지 하나하나 살짝 들추며 기어이 찾아낸다. 하지만 쥐의 동작도 만만하지 않았다. 이미 쥐가 떠난 자리를 쫓아가며 헛손질하기 일쑤였다.

쥐는 미련하지 않았다. 순순히 잡히지 않는다. 그래서 차츰 쥐잡이에 미끼를 얹어 놓아 잡으려 했으며 쥐약이라는 처방이 내려졌다.

마을의 이장은 날을 잡아 쥐약을 집집마다 배포해서 일제히 소탕에 나선다. 그래도 처음에는 약발이 먹혀서 아침이면 잡아낸 쥐가 집집마다 꽤 있었다. 마당 앞 도랑에 죽은 쥐가 버려져 있는 모습을 자주 볼 수 있었다. 쥐는 사람이 있는 곳에는 늘 따라다녔다.

늙은 쥐는 그 모양새를 한눈에 알 수 있었다. 등에 털이 많이 벗겨진 상태로 어디론가 슬금슬금 도망을 다니곤 했다. 보기에도 흉했다. 때론 쥐약에 취해서 깨어나지 못한 쥐들의 비틀거림을 쫓아가서 작대기로 때려잡거나 발로 여러 번 밟아서 잡을 때도 기분이 좋았다. 쥐는 잡아야 했다.

나는 언젠가 한번은 돌담의 구멍으로 들어가는 쥐를 얼른 쫓아가서 잡으려 했던 적이 있었다. 이때다 싶었다. 쥐의 꼬리가 돌 틈에 보이기에 나는 얼른 달려가서 꼬리를 잡고 잡아당겼다. 하지만 쥐도 놀랐는지 잘 나와 주지 않았다. 나는 더 힘을 내어 잡아당겼다. 꼬리의 표피가 벗겨질 지경이었다. 쥐도 어찌할 수 없었는지 막판에 머리를 돌려 그만 나의 손가락을 물어버린다. 나는 순간 손이 아파서 보니 손가락에 피가 흐르고 있었다.

쥐는 언제고 이롭지 않았다. 사람이 먹기도 어려운 시절에 쥐들은 옆에서 어디고 쑤셔대고, 헤집고, 파먹다 남기고, 짚으로 만든 물건들은 이빨로 뚫어서 구멍을 내곤 했다.

쥐는 집안의 짐승들과도 가까이 있었다. 소가 먹다 남긴 찌꺼기라든가, 돼지우리에도 들락거림을 멈추지 않았다. 짚을 방패로 삼아 늘 숨어서 들락거렸다. 아이들은 쥐만 보면 그냥두지 않으려 했다. 빠른 동작으로 맞서려 했다. 하지만 승자는 대부분 쥐였다. 쥐의 태어남은 보는 사람들에게는 곧바로 죽음에 이르는 것이 일상이 되었다. 들에서도 작물의 줄기를 따라 집을 짓고 그곳에 새끼를 낳으면 우리들은 가차 없이 속을 뒤져서 알몸의 새끼들을 꺼내어 짓밟아 죽이곤 했다. 새끼를 제법 여러 마리 낳는 쥐의 번식을 막을 길은 막연해 보였다. 쥐가 없는 시골을 꿈꾼다는 것은 가능하리라 생각할 수 없었다. 숨어 있는 것의 소탕은 그만큼 쉽지 않은 게 사실이었다.

지금에 와서는 그 많던 쥐의 출현은 잦아들었다. 시대의 변화 앞에 쥐들도 어쩔 수 없었다. 곡식의 씻음도 밖에서 이루어지지 않게 되었고, 짚 낟가리의 모습도 마당에서 사라진 지 이미 오래

됐으며 아이들도 별반 없는 시골에 먹을거리로 예전처럼 집집마다 고구마를 들여놓지 않는다. 아이들의 더 좋은 먹거리의 변화에 쥐들은 살 곳을 잃어야 했다. 소의 울음소리와, 닭의 홰를 치는 소리와, 돼지의 꿀꿀거림은 골목에서 사라지다시피 했다. 사서 먹는 것에는 쥐를 멀리 도망가게 했다. 아니 생겨남의 근본마저 뒤흔들어 놓았다.

그 많던 쥐는 지금 어디에 있는가. 늙은 쥐의 모습은 말할 것도 없으며, 쌩쌩한 쥐들의 들락거림마저 볼 수 없게 되었다. 쥐여, 쥐여 밤이 되어도 너희들은 왜 보이지 않는가. 한세상 풍미한 쥐들의 세상에서 지금의 너희들은 너의 조상의 풍요로움에 이제 그만 잠을 자거라. 너희들의 이빨을 보지 않음이 인간의 살길임을 너희들은 알 턱이 없지만, 너희들의 뾰족한 주둥이와 그 찢어진 듯한 쥐의 눈은 언제고 보고 싶지 않은 게 인간이란 걸 알아야 한다. 쥐여 안녕.

은빛 자전거

새 자전거를 타는 기분은 어떨까. 바퀴를 지탱하는 자전거의 살은 달릴 때마다 은빛의 광채를 뿜내며 미끄러져 간다. 새 자전거는 아무나 탈 수 없었다. 그것은 어쩌면 나의 선택이 아니라 부모의 선택에 더 가까웠다. 사 달라고 떼를 써도 안 될 것쯤은 어렸어도 눈치로 알 수 있었다. 그저 중고의 자전거마저 편하게 탈 수 있다면 다행으로 알았던 시절에는 새것의 존재는 부러움의 대상이었다. 자전거는 달릴 수 있다. 마차를 타는 재미보다 한결 부드럽고 빠르며 자전거를 모는 묘미까지 더해지니 누구나 자전거를 갖고 싶었다.

그런 자전거의 역사는 참으로 오래됐다. 내가 어렸을 때는 물론 그 이전인 구한말에도 자전거는 있었다고 한다. 그땐 자전거를 타고 가면 아이들이 졸졸 따라다닐 만큼 귀하고도 신기한 물건이었다. 그 당시 자전거는 실용성보다 사치성을 앞세워 타고 다녔다고 한다. 자전거를 보고 "저기 쟁고가 간다"라고 하며 아이들은 부러워했다.

하지만 자전거는 아무나 탈 수 없었다. 획기적인 자전거의 탄생은 사람들을 놀라게 하기에 충분했다. 두 개의 바퀴가 하나의 축으로 쓰러지지 않고 달릴 수 있다는 사실을 믿어야만 했을 것이다. 그런 자전거를 탄 사람은 한껏 멋을 부리며 으쓱댈 수 있었을 게다. 두루마기를 걷어 허리에 배 끼끈으로 조르고 살며시 자전거에 올랐을 선조들의 모습이 눈앞에 그려진다.

오래전과 달리 지금에 와서는 여러 종류는 물론 자전거의 질도 향상되어 값도 몇백만 원짜리를 타는 사람은 물론 천만 원이 넘는 값비싼 자전거를 타는 사람들도 생겨났다. 심지어는 산에서도 생각지도 않았던 산악자전거의 등장으로 등산객들을 놀라게 하기도 한다. 자전거는 빠르다. 그래서 자전거를 타던 사람은 걷는 것을 꺼려할 수밖에 없다.

어찌 보면 자전거는 운반의 수단이었다면 이제는 레저활동으로 변모했다. 그만큼 자전거에도 많은 변화를 보였다. 자전거는 타인에게 피해를 가장 적게 줄 수 있는 이기인 것 같다. 오토바이처럼 강력한 힘을 갖춘 것도 아니요, 그렇다고 매연을 내뿜고 큰 소리를 내며 달리는 것이 아닌 이상 자전거는 순수하고 힘에의 의존으로 건강마저 챙길 수 있는 알뜰하고도 산뜻한 느낌마저 주고 있다.

나는 늘 자전거를 타고 다녔다. 군대 시절의 3년을 빼고는 말이다. 그래서 자전거가 아주 몸에 배었다고 해도 과언이 아니 셈이다. 어린 시절 자전거를 배우던 때가 생각이 난다. 자전거는 하루 아침에 탈 수 없다. 배워야 했다. 어린 나는 아버지의 자전거로 방과 후에 몰래 끌고나와서 잠깐씩 배우고는 했다.

아마도 초등학교 4학년 때쯤으로 기억된다. 그땐 자전거를 새로 사지 않고 주로 헌것을 샀다. 어린 나는 자전거가 몹시도 타고 싶었고 하루하루 그 실력이 느는 것에 재미를 붙였다. 하지만 어린 나는 안장에 오를 수 없었다. 결국 자전거의 안장에 오른팔을 올려서 감싼 다음 오른쪽 발을 안장 아래의 세모진 공간으로 넣어서 페달에 발을 올려놓고 조금씩 가다가 서기를 반복하며 배워나갔다. 며칠을 배우다 보니 차츰 실력이 늘어서 나중에는 작은 짐도 싣고 달릴 수 있었다.

나는 거의 매일 한길에 나와서 비탈진 곳도 오르고 내리막길에서는 균형을 잡고 페달을 한두 번만 밟아도 저절로 시원한 바람을 뚫고 달려가는 자전거에 한껏 빠져들었다. 학년이 오르고 키도 조금씩 커가며 나는 앞마당을 돌며 과감하게 자전거의 안장에 엉덩이를 붙여도 보았다. 불안하게 몇 발짝 가다가 얼른 내려오기도 했지만, 나는 반복해서 자전거의 안장에 오르려 했다. 결국은 발이 페달에 잘 닿지는 않았지만 엉덩이를 씰룩거리며 한길로 끌고 나와서 자전거를 배웠다. 그 무렵 이웃집의 누나도 자전거를 배우곤 하여 나는 보이지 않는 경쟁을 할 수 있었다.

그렇게 배운 자전거는 유용했다. 나는 곧 중학교에 입학을 하게 되었고, 줄곧 동네 아이들과 십리의 길을 자전거로 통학을 했다. 남자아이들은 내남없이 자전거로 통학을 할 수 있어서 좋았다. 혼자서 안성 읍내도 갈 수 있음은 물론이요, 현충일이면 안성의 공원에 마련된 현충탑에서 하늘을 향해 총을 쏘아대는 소리를 듣고, 유가족들의 통곡하는 모습을 사전거 위에 올라서 볼 수 있었다. 벌써 아이스케이크 통을 멘 장사꾼의 출현으로 나는 그걸 사 먹으며 구경했다.

그 무렵 나의 바람이 있었다. 나는 언제나 남이 쓰다 팔아버린 헌 자전거를 타고 있었는데 어떤 아이는 새 자전거를 타고 다니기도 했다. 나는 그게 무척 부러웠다. 새 자전거는 나의 소망이요 꿈이었다. 하지만 나는 아버지께 사달라고 조르지는 않았다. 그럴 수 없었다. 그건 내게 있어 허세인지도 몰랐다. 자전거 한 대의 값은 토끼를 얼마를 팔아야 하는지를 계산하지 않아도 짐작으로 알았다.

새 자전거가 달리면 사르르 부드러운 소리를 낸다. 바퀴의 안쪽을 지탱하는 자전거 살의 반짝임은 어떠한가. 은빛의 살이 겹

쳐서 돌아갈 때면 눈이 부실 정도였다. 그 은빛 나는 자전거는 우리들의 희망이었으며 꿈결처럼 내 것이 되고 싶었다. 새 자전거를 타는 이의 기분은 과연 어땠을까. 하늘을 나는 심정이 그러할까. 새것을 몰 수 있다는 것에 대한 소유와 은빛의, 그 모든 기분은 아무것으로도 비교할 수 없는 유일한 한 시절의 꿈과 바람으로 남아있다.

자전거의 매력이나 애착은 어쩌면 자전거를 배울 때 더 생겨나는지도 모른다. 어린 시절의 마당과 한길에서 자전거의 배움이란 그 어느 것을 준다 해도 나에게서 빼앗기고 싶지 않은 유일한 추억이요, 기억 속의 애틋함으로 남아있다. 그 시절은 아늑하다. 하지만 지금 그 시절은 아득한 먼 옛일이 되었다.

어쩌다 나는 자전거를 탈 수 있는 직업을 가질 수 있었다. 무겁지 않은 것은 줄곧 자전거를 이용해서 다니고는 했다. 그 세월이 벌써 삼십여 년이 되었다. 여의도는 비교적 자전거를 타고 다니기에 나쁘지 않았다. 예전에는 5·16 광장이 있어서 그 드넓은 광장에 사람들이 자전거를 타느라 아우성이었던 적이 있었다. 그만큼 자전거는 사람들에게 언제나 호평받고 사랑을 한몸에 받으며 지내온 과거가 있다. 아니 지금도 자전거의 애용은 예전에 비해 오히려 많아졌다. 어찌 보면 더 편리한 자동차의 물결 속에서 오롯이 남아 피운 꽃이요, 행운이 아닐까 한다.

우리는 심심하면 자전거를 탈 수 있다. 길은 널려 있다. 조심만

하면 되었다. 자전거가 없었다면 어땠을까. 나는 개인적으로 자전거의 탄생이라고까지 거창하게 말하지 않더라도 자전거로 다닐 수 있다는 고마움을 마치 대기 중의 공기의 고마움이 그렇듯이 많은 시간 잊고 지내왔다. 자전거는 분명 인간에게 이로운 이기요, 문화라고 보아진다. 그 편안함과 활동력에 찬사를 보내야 할 것 같다. 자전거의 달림이여 영원하라. 산들바람이 얼굴을 스치고 눈에는 들판과 산들의 지나침이 우리들의 기분을 한껏 올려주리라. 그리고 지난날의 그 은빛 자전거의 꿈은 언제나 빛이 바래지 않고 있다. 꿈속에서라도 어린 내가 되어 꼭 은빛 나는 새 자전기를 타고 싶다. 나는 그린 꿈을 꾸린다.

독초 이야기

천장을 배경으로 이웃집 아주머니들의 얼굴이 드러났다. 모두 누워 있는 어린 나를 바라보고 있다. 나는 마치 내가 우물 속에 빠져 하늘만 빼꼼히 보이는 그 위에 둥그렇게 모인 아주머니들의 모습을 보는 듯했다. 나는 다소 안도와 함께 두려움으로 어떻게 해야 좋을지 몰랐다. 나는 이 아픔이 단순하게 끝날 것 같지 않았다. 입안을 온통 바늘로 찌르는 것 같은 고통이 쉬 가시지 않고 있다. 처음으로 겪는 일이지만 다행히 정신은 있었다. 어머니는 어쩔 줄 몰라 황황히 이곳저곳 돌아다닌 모양이었다. 좀처럼 무슨 일을 저지르지 않았던 나는 처음으로 말썽을 부린 셈이었다. 아마 그래서 어머니는 더 놀랐을 게다.

좀 전에 나의 마음을 자극했던 정작 두 여자아이는 보이지 않고 있다. 나는 그때 앞마당의 한편에 서 있던 작은 나무에 올랐는데, 마침 이웃에 사는 한 살이 많은 누나와 그집 여동생이 다가오며 나에게 말했다.

"이건 아무나 먹을 수 없는 거야. 넌 먹을 수 있니? 잘못 먹으면 죽을 수도 있다는데…."

둘은 무슨 약을 올리듯이 나를 슬쩍 떠본다. 나는 아무렇지도 않은 듯이 대뜸 "줘, 보라"고 한쪽 손을 내밀었다. 하지만 나도 미련하게 그걸 선뜻 먹을 리 없었다. 아무리 겁이 없더라도 사람이 죽을 수도 있다는네 그걸 선뜻 먹는 바보가 어디 있을까 싶다. 그때 나는 속으로 두 여자를 한번 골탕을 먹여야겠다는 생각이 들었다. 치기 어린 나는 여유 있게 나무에서 내려오지도 않고 그들이 보는 앞에서 바로 입에 넣고 몇 번 씹어버렸다. 두 여자는 정말로 내가 먹는 줄 알고 대단한 눈으로 나의 용기에 사뭇 놀라는 것 같았다. 하지만 아무리 그래도 나의 속셈에 너희들은 이미 속은 거나 다름없다고 나는 믿었다. 여자들처럼 쩨쩨하게 굴고 싶지는 않았다.

나는 순간 이것은 바늘은 씹는 것과 다르지 않음을 느껴야 했다. 나는 내용물을 얼른 뱉어냈다. 사실 나는 삼키는 척하고 슬쩍 뱉을 요량이었다. 그러면 감쪽같이 될 줄 알았다. 그러나 그 독성의 열매는 나의 속임수를 허락하지 않았다. 독성은 대번에 나의 감각을 찔러왔다. 나는 너무 아파 울지도 못했다. 아니 창피함을 드러내 보인다는 것은 어린 나의 수치였다. 순간 이런 게 죽는 거로구나 했다.

너무 아파 누워 있는 나에게 유일한 처방은 그 당시 꿀이 전부였다. 어머니는 나의 입을 벌리게 한 다음 입천장에 꿀을 발랐다. 병원이라고는 읍내에 있는지 없는지도 모를 정도였다. 사람들은 병원이 없어 못 가고, 있어도 아마 가지 않을 게 뻔했다. 뭐든 민간 수준의 것이 전부가 되었던 때였다. 그 후 안티푸라민이라는 연고가 나와 만병통치의 약으로 쓰였던 기억이 난다.

얼마나 시간이 지났을까. 찌르는 듯한 아픔이 서서히 가시고 나서 나는 겨우 일어설 수 있었다. 그런 아픔은 세상의 것들과 부딪쳐 이겨낸 하나의 커가는 과정이 되었다.

한 식물이 키워낸 독소가 아무렇게 다루어서는 안 된다는 교훈을, 익은 여주처럼 붉은 열매의 천남성이라는 독초는 나에게 일깨워주었다. 누구든 함부로 다루려 들면 천남성은 가차 없이 자신만의 독성으로 상대를 쓰러뜨린다는 것을 암시하고 있다.

그런 경험을 나는 한동안 잊고 지냈다. 아니 어른이 되어서도 지각하지 못하고 마구잡이로 뭐든 먹는 것이면 누구 말마따나 환장하고 대들고는 했다. 그 대가는 어른이 되어서도 또 한 번 겪어야 했다.

마흔 살이 지나서였던 것 같다. 친환경 매장에서 나는 여러 가지 약초가 혼합된 산야초를 한 병 산 적이 있었다. 병도 제법 크고 하여 이것을 다 먹으면 몸에도 좋을 것 같았다. 티브이에서도 간혹 산야초의 효능을 소개하곤 하여 나는 기어코 구매했던 거였다. 나는 꼼꼼할 때도 있지만 먹는 것은 별로 가리는 편이 못 되었다. 나이도 그렇거니와 뭐든 탈이 잘 안 나니 겁날 게 없던 시절이었다.

나는 병에 붙은 설명서라든가 효능을 읽어보지도 않고 그냥 적당히 마시는 것으로 알고 큰 컵으로 한 컵을 따라 주스처럼 단숨에 들이켰다. 그래야 효능도 제대로 있고 이것을 먹고 힘을 내어 일도 열심히 할 것으로 믿었기 때문이다. 그리고 원액이었음에도 그리 독하지도 않은 것 같았다. 아니 원래의 맛이려니 했다. 희석은 따져야 하고, 농약이나 하는 것으로 믿었다. 그리고 나는 그냥 맥을 놓고 있었다.

시간이 얼마나 흘렀을까. 갑자기 몸이 이상해져 왔다. 침대에서 무슨 책을 보고 있던 나는 하늘에서 폭격기라도 날아든 듯 납작 엎드려야만 했다. 천장이 기우뚱거리며 빙글빙글 돌았다. 나는 재빨리 매트리스를 잡고 침대에서 떨어지지 않으려 기를 썼다. 이곳에서 떨어지면 나는 끝이라는 걸 몸은 전해 왔다. 천장과 바닥이 몹쓸 풍랑을 만난 듯 심하게 기우뚱거리며 어지럽게 만든다. 이런 세상은 처음으로 경험을 한 거였다. 나는 기를 쓰며 아내를 불렀고 불안에 떨었다. 아내는 갑작스러운 나의 행동에 처음엔 의아해하는 것 같았다. 그도 그럴 것이 아내의 눈에 침대는 그대로 움직이지 않고 있었을 테니까 말이다. 사실 백주에 엄살이라고 해도 할 말은 없었다. 하지만 세상이 뒤집히는 것 같은 소용돌이 속에서 나는 살고 싶었다.

젊을 때 소주를 됫병 가까이 배가 부르도록 멋모르고 큰 컵으로 들이킨 때가 있었다. 그때도 이러지는 않았다. 지금 나는 이것으로 삶을 끝내야 한다는 절박함을 막아줄 것은 아무것도 없는 듯했다. 시간이 얼마나 흘렀을까. 나는 거센 풍랑 속에서 서서히 살아났다. 참으로 다행이었다. 나는 몹쓸 병을 호되게 앓고 난 사람처럼 기운이 없었다.

그 뒤로 나는 산에 나는 것은 함부로 먹지 않게 되었다. 세상은 이처럼 예측하지 못하는 큰 이변을 만나고 겪어가며 죽지 않고 살아가는 것도 태생이며 운명인가 보다. 하지만 내가 좀 더 찬찬하고 쓸데없는 객기를 부리지 않았더라면 이런 고약한 경험은 하지 않아도 되었을 터이다. 모든 게 나에 의한 나의 불찰이 가져온 결과로밖에 보이지 않는다.

나는 어쩌다 자연인이라는 프로를 보면서 내가 먹었던 산야초와 비슷한 것들을 먹는 것을 볼 때면 잘못하면 나와 같은 경험을 하지 않을까 하는 약간의 노파심에 사로잡힐 때가 있다. 뭐든 마구잡이로 먹는 것보다 가려서 먹고 많은 양보다 적게 먹는 버릇을 가져야 함은 당연하다.

천남성과 산야초. 나는 적어도 그 두 가지 만큼은 지금도 쳐다보지 않는다. 한 번으로 족한 것들의 무서움을 오래도록 잊지 못할 것 같다. 이젠 죽는 날까지 먹음으로 인해 무난한 삶을 이어갈 수 있기를 바라는 마음 간절하다. 입은 들어오는 것을 선별하는 하나의 입구다. 이처럼 경계의 불찰은 우리를 고통 속에서 벗어날 수 없게 만든다. 어디까지나 더 이상의 고통과 두려움은 자신의 몫이다.

모를 심던 시절

오월이 되면 농부들은 이래저래 일손이 바빠지기 시작한다. 논과 밭은 농부들을 부른다. 논에는 그동안 타원형의 비닐 속에서 키워온 못자리 안의 모들이 제법 커 시집보내야 했다. 주인의 눈에도 차분하게 올라오던 모들은 어느새 시루에 담긴 콩나물이 수북이 올라온 것처럼 커져 있음을 볼 수 있다.

이쯤이면 비닐을 걷어낸 모들이 따사로운 한낮의 햇살을 차츰 받으며 바깥바람에 잎새가 길든다. 바로 모내기의 시작이다. 그때 사람들뿐만 아니라 소들도 바빴다. 온 논을 돌아다니며 써레질해야 하기 때문이다. 둑엔 소들을 유혹하는 풀들이 제법 올라와 있다. 나물로 뜯기에는 글러버린 만큼 우쭉 자란 쑥들도 듬성 듬성 무더기 져 있다.

저만치의 산에서는 언제 왔는지 뻐꾸기가 여지없이 때맞춰 울어댄다. 뻐꾸기의 울음소리는 아카시아 꽃을 피워냈다. 아카시아 꽃은 벌들을 불렀고, 벌들은 달콤함을 빨아들이려 쉴 새 없이 날아다녔다.

논에는 아낙네들이 못줄에 색동 헝겊을 달고 줄을 맞춰 허리 굽혀 모를 심기 시작했다. 햇살이 제법 따사로웠다. 모두 차양이 달린 모자를 써야 했다.

모내기는 아침 일찍부터 시작되었다. 모를 쩔어야 하기 때문이었다. 누가 다듬어 놓은 것처럼 모판은 길고 반듯한 정방형의 얼굴로 푸르름을 달고 일제히 뽑히길 바라고 있다. 모를 뽑다 보면 모의 잎새에는 아침 이슬이 햇살에 부딪혀 영롱한 빛을 발했다. 일꾼들은 모를 일일이 손으로 뽑아내 알맞게 짚으로 묶었다. 모쟁이는 그걸 지게로 날라 온 논에 어느 정도의 간격으로 겨냥해 던져 놓는다. 포물선을 그리며 날아간 모들은 써레놓은 논바닥에 미끄러지듯 내리꽂혔다. 빈 논의 저만치에 어디선가 날아든 백로의 어슬렁거림도 볼 수 있었다.

모판에 모를 키우는 일은 정성이 필요했다. 물이 마를까 싶으면 논의 귀퉁이에 있는 웅덩이에서 물을 퍼 올려야 했다. 나는 학교에서 일찍 오는 날이면 용질을 했다. 혼자서 할 수 없는 용질은 그러나 웅덩이를 다 퍼대는 날에는 미꾸라지 몇 마리를 건질 수 있어서 좋았다. 가물 때면 둠벙의 물을 매일이다시피 퍼야 했다. 둠벙은 논의 유일한 젖줄이었다. 다 쓴 페인트 통을 대각선으로 잘라내서 끈으로 연결한 용은 둘이 호흡을 맞춰 물을 논 위로 퍼 올리기에는 안성맞춤이었다. 용질은 노를 젓듯이 팔을 들어올려 허리를 뒤로 젖히는 것만으로도 팔의 힘을 키울 수 있었다.

모판에 모들이 다 뽑혀 나갈 즈음에는 구석으로 몰리던 물뱀은 결국 자리를 잃고 논둑으로 도망을 쳐대곤 했다. 개구리의 울음 이 뱀을 불렀고 뱀은 사람들의 눈을 피했다.

사람들은 날이 갈수록 피곤했다. 아낙네의 허리의 숙임이 이어 진다. 반죽이 된 논바닥은 온종일 무수한 손길을 받아주고 있다. 모를 심는 일은 여간 일이 아니었다. 저녁 무렵이면 허리가 아파 왔다. 그래도 어쩔 수 없었다. 일이 어중간하면 못줄이 잘 안 보일 때까지 일을 해야 했다. 모가 다 심어진 논을 보는 주인의 마음은 허리의 아픔도 잊게 해주었다. 일 년의 농사가 절반은 끝난 것 같 은 뿌듯함이 논을 바라보는 주인에게 전해진다.

그쯤이면 하지가 아니더라도 하루의 해는 제법 길었다. 그늘이 없는 논에서의 뙤약볕은 등허리를 따사롭게 했으며 얼굴에는 땀 방울이 맺혔다. 그래도 새참이 있었다. 막걸리와 새참을 기다리 는 마음이 있었기에 그 순간의 힘듦을 감내할 수 있었는지도 모 른다. 일의 원천도 어쩌면 쉼을 바라는 마음이 있었기에 어려움 도 견뎌내는 법이다. 그러다 보면 점심이 나오고 해서, 때맞춰 재배되는 아욱이 있어 새우를 넣은 아욱국을 먹을 수 있었다. 어디 그뿐인가. 콩에 설탕을 넣어 볶아낸 콩장도 달콤하면서 고소했다. 튀각이며, 생선, 그리고 나물의 반찬으로 한껏 배를 채울 수 있었다. 시원찮게 밥을 먹어서는 일할 수가 없었다.

점심의 휴식은 비교적 길었다. 뙤약볕의 극성을 피해 일꾼들은 냇둑의 미루나무 아래에서 한숨을 자는 이도 있었다. 곤한 단잠이 있어 일을 이어가기 좋았다.

모내기의 기간이 지금에 비하면 너무 길었다. 천수답은 비가 와야 했으므로 가뭄이 심할 때면 하지가 가까워서야 모내기를 마칠 수 있었다. 어쩔 수 없이 농사는 하늘을 바라보지 않고는 안되던 시절이었다. 모터의 소리가 기우제의 존재를 퇴색시켰다 해도, 농민들의 심정은 오로지 비가 오는 것을 단꿈으로 알고 언제나 이맘때는 비의 존재를 바라는 심정이 되었다.

모를 심다 보면 어느샌가 종아리의 어딘가 따끔거림을 느낄 수 있었다. 바로 거머리였다. 바라보면 벌써 거머리의 배는 부른 상태였다. 거머리를 떼어낸 자리에는 여지없이 피의 흔적을 피할 수 없었다. 때론 징그럽고도 큰 말거머리의 출현도 있었다. 거머리는 왜 있는 것인가. 피만 빨아먹는 거머리는 그러나 사람만이 아닌 붕어와 같은 물고기는 물론 논에 든 큰 소의 다리에도 간혹 들러붙었다. 누구나 달가워하지 않는 거머리의 존재는 어느 논이고 움직임을 따라 소리 없이 너울거리며 물 위를 떠 다녔다.

모를 심기 전, 논에는 여러 물 곤충과 물고기들이 이따금 보이
고는 했다. 특히 물방개의 출현이 그러했다. 등이 갑옷처럼 두텁
고 검은 날개를 펴면 밤에는 날 수도 있는 곤충이었다. 물방개 새
끼들의 출현은 신선했다. 물이 맑게 고인 그 어딘가에는 작은 물
방개들이 떼를 지어 생기 있게 원을 그리며 물 위를 떠다니며 놀
고는 했다. 물방개들이 움직일 때마다 수면 위에는 작은 원을 그
리며 물굽이가 밖으로 밀려 나갔다.

어려서 우리들은 논둑에 쭈그리고 앉아 그것들의 떠도는 모습
을 재미있게 바라보던 기억이 있다. 그리고 그 곁에 새우처럼 긴
다리를 가진 소금쟁이가 노를 젓듯 물 위에 금을 긋고 떠다니는
모습도 볼 수 있었고, 물밑으로는 이따금 등에 자신의 알을 징그
러울 만치 소복이 담은 물자라의 모습도 보이곤 했다.

하지만 지금에 와서는 그 어느 것도 보이지 않게 되었다. 기계
화와 농약의 사용은 그 모든 것들의 생존을 얼씬도 못 하게 만들
어 놓았다. 더불어 살아가는 것들의 원천의 막음으로 논의 기능
은 오로지 벼의 생산에 모아졌다.

지금에 와서는 모를 심는 것마저 손으로 심지 않게 되었다. 모
를 심던 그 많던 아낙네들은 지금 거의 세상을 등지고 있다. 요즘
은 허리를 숙여야 하는 그런 일은 누구도 하지 않으려 한다. 영원
할 것 같았던 모내기의 풍경은 다 지나간 옛일이 되었다. 힘든 일
들은 차츰 기계가 대신해 주고 인간은 건사만 하면 되었다. 그 오

색의 헝겊을 단 못줄은 말뚝에 칭칭 감겨 지금도 광에 먼지가 쌓인 채 잠들고 있다.

그래도 나는 힘은 들었지만 그 시절이 있어 좋았다고 본다. 나는 지금도 해마다 다만 한두 시간이라도 모내기한다. 기계로 모를 심고 나서 모가 빠진 곳에 보충을 해야 하기 때문이다. 모를 지순다고 했다. 한때 나도 도시의 사람이 되기 전에는 때가 되면 모를 심고는 했다. 어떤 해는 보름 동안 쉬지 않고 모내기를 한 적도 있었다. 젊은 날이었다. 모내기는 주로 품앗이었다. 논이 없는 사람들에게는 품삯이 필요했지만 논 마지기라도 있다 보면 자연 품앗이로 갔다.

모를 심다 보면 옆 사람의 손길이 빨라야 좋았다. 그래야 하나라도 더 심고 좀 더 수월했다. 모는 기계처럼 재빨리 얕게 심어대는 게 상수였다. 손이 느린 사람은 미련해 보였다. 심다 보면 요령도 생겨 빠르게 심는 방법을 알게 된다. 하지만 동작은 어느 정도 타고난다. 아니 성격에 의해서 결정된다 해도 과언이 아니었다. 느긋해서는 많은 일을 진전할 수 없게 만든다. 죽이 맞아야 했다. 죽이 맞으면 모를 심는 일도 재미있게 느껴지곤 했다.

나는 고등학교에 이르러서는 도울 수 있는 날에는 어머니가 남의 집에 품앗이갔기에 그 집 논을 찾아가곤 했다 어머니의 일손을 덜어주기 위함이었다. 태양은 아직 저녁을 준비하지 않은 시각이었다. 하지만 하루의 해가 조금 기운 것만은 분명해 보였다.

그때쯤엔 한두 시간이라도 제일 힘이 들 때이므로 누구나 논에서 나오고 싶은 마음이 들 때였다. 저만치에서 모를 심던 이웃집 아주머니들이 손짓하며 내 이름을 불러댄다. 어서 당신 곁으로 오라는 거였다. 나는 바지를 걷어붙이고 논에 들어가는 게 좋았다.

어머니는 어느새 둑에 나와 손과 발을 씻고 집으로 갈 태세다. 어머니와의 교대에 다들 부러운 눈치였다. 지금도 기억한다. 씩 웃으면서 가벼운 발걸음으로 논을 나오시던 어머니의 모습이…. 다른 사람에게 미안함이 어머니에게는 기쁨으로 다가오는 순간이었다. 나는 내가 어머니에게 효도를 못 했더라도 그것만은 잘한 것 같다. 일을 좋아하고 부모를 생각하다 보니 눈곱만큼의 일로 어머니의 기분을 좋게 했다는 안도감에 되레 나의 기분도 덩달아 좋았던 시절은 가고 없다.

이젠 그 모든 게 옛일이 되었다. 어머니의 그림자도 볼 수 없는 지금은 휑한 들판만 보일 뿐이다. 자식을 위해 평생 일하던 그 손길의 볼 수 없음은 무엇인가. 세월의 흐름이 그 모든 것을 바꿔놓았다. 나는 맘속으로 노래하련다. 그 하얗게 엎드려 모를 심는 풍경을 음미하련다. 가고 없는 풍경들도 세상에는 그 깊은 곳 어딘가에는 존재한다는 사실을.

요즘의 계절이 그렇다. 밤마다 울어대는 개구리의 울음이 모내기를 떠올린다. 분명 우리에게 그 시절은 존재했고, 고달팠지만 끈끈하고 잊지 못할 아름다운 풍경이었다.

아버지의 목욕

"하하하, 호호호."

두 여자의 웃음소리가 들린다. 먼저 웃은 것은 아내요, 따라 웃는 것은 제수씨였다.

"원래 목욕을 안 하셔."

아버님이 목욕하는 걸 못 봤다는 제수씨의 말에, 아내의 대꾸로 둘은 눈빛을 마주하고 웃는다. 아버지가 두 며느리의 웃음소리를 듣지 않은 게 다행이었다. 만일 아버지가 둘의 대화를 들었다면 과연 어떠했을까 싶다. '이것들이'라는 말이 귓전을 맴돈다.

"아버님은 끈적거리지도 않나 봐요, 호호."

"글쎄 아버님한테 물어 보지 그랬어."

아내 역시 물어보지 못했으면서 말머리를 돌리듯 한다. 세상에 궁금한 게 없어 시아버지의 목욕이 도마에 올랐으니 이를 어쩌랴. 목욕을 안 한다고 벌금이야 나오지 않겠지만, 아버지는 그런 일로 졸지에 두 며느리의 관심사가 되었다. 아버지가 이런 사실을 모르기를 망정이지 만일 알기나 한다면 "이것들이 별걸 다 갖고 지랄 떠네, 할 일이 그렇게도 없어" 하며 담배를 피우다 저 멀리 휙 내던졌을지도 모를 일이었다.

하지만 두 며느리의 말들은 틀리지 않는다. 자식인 나도 여태 아버지가 목간통에 든 것을 볼 수 없었다.

둘은 한 방을 거쳐 갔다. 나 역시 결혼하고 마땅히 일자리도 없었으므로 그냥 아버지의 일을 도우며 지냈던 적이 있었다. 그러기는 동생도 역시 나와 같은 전철을 밟았기에 우리 집의 속사정을 제수씨가 모를 리 만무했다. 행랑채의 사랑방은 그런 면에서 잠시나마 시댁의 사정을 살필 수 있는 절호의 장소인 셈이었다.

아버지의 일거수일투족은 자연 제수씨를 비켜 갈 수 없었을 터이다. 아버지는 아들인 내가 볼 때 조금은 뻔뻔한 구석이 있다는 것을 모르지 않는다. 일례로 아버지는 별로 할 일이 없을 때가 많았으므로 담배를 피우다 심심하면 엉덩이를 들어가며 방귀를 뻥뻥 뀌고는 하셨는데, 그 소리는 대문을 열 때면 골목을 지나가는 사람도 들릴 정도였다. 아마도 그럴 때마다 제수씨는 모르는 체, 안 듣는 체하느라 심히 괴로웠을지도 모른다는 생각을 가져본다.

하기야 아버지는 고집도 있고 해서 제수씨가 핀잔의 말을 한다 해도 천연스럽게 "그럼 나오는 걸 안 꾸냐" 하며 되레 호령 아닌 호령을 했을지도 모른다. 아니면 "방귀를 뀌는데, 조선에 방귀 안 뀌는 놈이 그 누구더냐", 혹은 "벌금도 없는데 뭐가 잘못됐다는 게냐" 하며 되레 방귀를 지어 더 뿜어댔을지도 모를 일이다.

'그럼에도 불구하고'라는 말이 있다. 아버지의 경우가 그러하다. 아버지는 변소에 빠진 적이 없었으므로 주로 얼굴과 발만을 씻고는 했다. 여름철에 등목은 젊을 때의 일이었다.

아버지의 피부는 어떠한가. 어느 때나 핏기가 있는 듯하며 얼굴에 동동구루무 한번 마르지 않아도 깨끗하고 윤기가 흐른다. 아버지에게 목욕은 어쩌면 위생과 무관한 것 같다. 언젠가 "목욕은 무슨, 내복이 다 닦고 나오는데 뭐가 필요한가?"라는 말을 얼핏 아버지에게 들었던 기억이 있다. 아마도 어머니의 닦달에 그런 말을 했던 것 같다. 어쨌든 아버지는 가렵지도 않고 잠도 잘 주무시는 것이 신기할 따름이다.

그런 아버지를 내가 닮지 않은 것이 다행인지 불행인지도 나도 모른다. 그래도 아버지는 감기와 병원을 모르고 지냈으니 말이다. 단 한 번의 목욕에, 단 한 번도 병원 가는 것에 인색했던 아버지는 그러나 술에는 관대하셨다.

이제 아버지는 술을 좋아하지 않는다. 아니 술을 들 수가 없게 되었다. 땅속까지 술을 전달할 수가 없기 때문이다.

아버지. 돌아가시기 몇 달 전부터 아버지는 오른손에 술잔을 든 것처럼 빈손으로 심심하면 들어올리기를 반복하셨지요. 오랜 습관은 아버지를 말릴 수 없었지요. 술잔을 들어 올릴 기운도 없어 보이는 아버지의 헛손질에, 아들에게 기운이 있는 게 무슨 자랑인가요. 아버지의 건강은 자식의 책임인 것을, 아버지가 계시지 않고서야 알게 된 못돼먹은 놈임을 하늘은 알 겁니다.

아버지. 아들은 아버지의 일을 끝내 돕지 못하고 자기가 살겠다고 자식과 함께 일찍이 농촌을 떠났지요. 아버지는 그나마 내가 있을 때는 그래도 자식 눈치를 보느라 술도 조금은 절제하셨건만, 그래서 어머니도 때로는 나를 믿었는데 이젠 모두 부질없이 끝난 것을 뭐라 말할까요.

아버지는 기억하는지 모르지만, 두 번의 무례했던 일들을 이제야 사과드립니다. 아버지는 거의 매일 술을 드셨고, 어머니는 그런 모습을 그토록 지겨워하셨지요. 아버지가 길에 쓰러지는 것은 남들에게 어머니의 자존심이 무너지는 것임을 인지하지 못한 데서 문제가 비롯된 거라 봅니다. 술은 사람을 그렇게 만들어 가나 봅니다.

게다가 아버지는 술이 과한 날이면 무슨 몹쓸 병처럼 밤새 지껄이는 버릇이 언제부턴가 생겨났지요. 어머니는 어느 날 내게 울면서 전화를 걸어 왔지요. 원통하고 지긋지긋해서 못 살겠다는 간절한 어머니의 말을 그냥 외면할 수 없었지요. 아버지, 자식에겐 어머니도 있는 것입니다.

　나는 드디어 도시의 일을 팽개치고, 작정하고 고향으로 내달렸지요. 때마침 주막거리에 많은 사람과 같이 있던 아버지는 처음에 어리둥절하셨지요. 자식이 별안간 아버지를 끌어다 차에 태우려 하던 순간에 말이지요. 마을 사람들 누구도 동요하지 않았지요. "이크" 하는 말을 누군가 속으로 지껄였는지도 모르지요. 아버지는 차 앞에서 발버둥을 쳤지요. 당신의 의지와 상관없는 일을 당하신 아버지를, 나는 번쩍 들어 차에 싣고 고향을 아주 등지게 하려고 했지요. 나의 그런 행동에 아버지는 화를 내지도 못하고 마을 사람들 앞에서 되레 겸연쩍은 모습을 보였지요. 아버지는 술이 몸에 들어오지 않은 날에는 말수도 적고 점잖으셨지요. 그런 당신은 지금, 당신의 과오가 어떤 것이었는지를 스스로 알았을 겁니다.

　결국 아버지의 완고한 몸짓에 나는 그냥 못 이긴 척 아버지를 두고 떠나왔지요. 나는 어찌할 수 없어 다시 서울로 올라오며 제대로 운전할 수 없었지요. 내 두 팔의 힘에 아이처럼 끌려왔던 아버지의 몸무게가 너무도 가벼워 눈물이 앞을 가렸습니다. 순간 마음이 약하게도 가여운 것은 어머니가 아니라 아버지였습니다. 아린 가슴 속에는 어릴 때 아버지와의 온갖 추억이 서려 있었습니다.

　그런 아버지를 나는 또 어떻게 했나요. 아마 내가 스무 살쯤이나 되었나 봅니다. 어머니의 하소연에 나는 그날 어머니의 편에

섰지요. 술이라면 아주 몸서리가 난다는 어머니의 가슴엔 독만
남았지요. 그날도 술에 잔뜩 취한 아버지는 어머니 앞에서 부질
없는 버릇이 되어 쓸데없는 잔소리를 늘어놓았지요. 그냥 끝없는
중얼거림이었지요. 아버지답지 않았지요. 아니 술이 아버지를 다
른 사람으로 만들어 놓았지요. 나는 부아가 치밀어 아버지의 얼
굴보다 어머니의 가여움을 택했지요. 욱하는 성격은 아버지를 닮
았지요. 그걸 아버지에게 못되게도 실천에 옮겼지요.

　아버지, 기억이 나시나요. 나는 벼를 저장하는, 숫자가 달려 벼
가 쌓일 때마다 숫자가 올라가며 문에 기울여 송판을 끼워 넣는
미닫이 창고에 아버지를 들어다 넣었지요. 그리고 1자에서 시작
하여 아버지가 도저히 나올 수 없는 7자의 숫자까지 모조리 닫아
놓았지요. 대낮에 어둠이 내려앉은 그곳은 그 옛날 뒤주 속의 사
도세자를 연상시켰을 겁니다. 아버지는 여느 때 아무리 잘하는
아들을 뒀어도 아니 둔 것만 못한 자식을 둔 겁니다.

　어머니는 나의 그런 행동을 은근히 즐기셨지만, 그건 말이 안
되는 일이었습니다. 아버지가 아들에게 가했던 영조 임금은 그렇
다손 치더라도, 아들이 아버지를 가뒀다는 말은 세상에 들어보지
못했으니, 이런 불효에 하늘이 가만히 있었던 게 다행인지 불행
인지 저도 모릅니다. 다만 하루해를 넘기지 않았지만, 그 어둠의
속에서 아버지는 무슨 생각을 하셨을까.

　아아, 세상에 없었어야 하는 일을 저지른 나는 지금 살아 있다.

어쩌면 나는 죽음에 자유롭지 못한 사람인지도 모른다. 아직도 나의 살아 있음은, 아버지가 타인이 아니었기에 그런지도 모른다. 아버지의 나에 대한 용서라고 믿는다. 그렇지 않고서야 어찌 내가 지금까지 생존해 있단 말인가.

아버지, 아버지는 지금 목욕을 안 하셔도 누가 뭐랄 사람이 없습니다. 편히 쉬세요.

5월이 부른다

올해 오월의 하늘은 대체로 맑게 보인다. 미세먼지가 극성을 부리지 않은 탓이다. 마침 야외에서는 마스크 착용도 자유로우니 그나마 얼마나 다행인가. 늘 보는 사람도 답답했었다. 서로가 서로에게 다소간에 가까이 있기를 꺼리던 것에서 이제는 조금은 그런 것들을 몰아낼 수 있는 계절이 된 것 같다.

하늘도 푸르고 잎새도 푸른 오월은 어린이만 좋은 게 아니다. 산으로, 들로, 바다로 떠나고 싶은 유혹을 어찌 막을 수 있으랴. 게다가 밖을 나서면 오월의 꽃들은 여지없이 반긴다. 사월의 진달래나 개나리, 그리고 앙증맞은 조팝나무의 꽃망울들이 스러지는 대신, 들판엔 클로버꽃의 달콤한 향기가 콧속으로 스며들고,

잘하면 네 잎의 행운도 가져다준다.

산속 어딘가에서 뻐꾸기가 울 때쯤엔 냇가의 둑이나 야산에 지천으로 흰 이빨을 드러내며 웃고 있는 아카시아꽃은 멀리 그 향기를 은은하게 풍긴다. 담장 너머엔 달덩이처럼 탐스러운 불두화가 무게에 못 이겨 고개를 떨구고 있다.

밭둑이나 논둑 어디선가 그윽한 향기가 바람에 실려 온다. 모내기 철이면 야산에 지천으로 피어나는 찔레꽃의 향기다. 새하얀 꽃에는 벌들의 잔치가 벌어진다. 꽃 앞에 가서 깊은숨을 들이마시면 찔레꽃의 향기가 폐부 깊숙이 채워진다. 향기에 취하게 된다. 그래서 오월은 숨만 쉬어도 행복이 지절로 피어나는 계질이 아닌가 싶다.

누가 오월의 얼굴에, 오월의 햇살에 침을 뱉으랴. 일하기도 좋고, 어디를 놀러 가기도 참 좋은 계절 앞에, 그래서 오월의 하루는 여느 계절의 이틀만큼이나 값진 것 같다. 야외로 아이들과 놀러 가는 부모의 마음도 덩달아 좋았던 시절이 있었다. 이제 어린이 대공원의 방문은 언제였던가 싶다. 어느새 세월은 껑충 뛰어서 이젠 손자의 손을 잡아야 하는 무서운 세월의 축척 앞에 와 있다. 어찌 보면 기쁘고도 어쩔 수 없는 세월은 그러나 오월 앞에서는 환하게 웃어보자.

행복은 멀리 있지 않다고들 말한다. 큰 것에 있지 않은 것도 알게 된다. 사람이 걷다가도 자연의 한 일부에 반하여 행복을 얻을 때도 있는 것이며, 새들의 울음 하나에도 우리는 그 새의 목소리가 예쁘면 그 소리의 근원지를 찾느라 나뭇가지를 올려다보고는 한다. 아름다운 새의 소리는 아름다운 계절에 더 어울리게 난다. 문득 사람들이 드문 저 안쪽의 숲속 어디에선가 들려올 것 같은 휘파람새의 독특하고 아름다운 선율에 취하고 싶다. 귀한 목소리의 새는 그러나 흔하지 않아서 아쉽다. 나에게 기쁨과 행운이 있다면 그런 게 아니고 무엇이겠는가. 사람과 사람들 사이에서는 그런 신선하고 아름다운 마음의 선율을 만나기 어려우니 말이다.

계절이 계절인지라 요사이 나는 아침저녁으로 공원에를 나간다. 나는 강아지를 끌고 다니지는 않지만 마음은 늘 흡족하다. 아침의 찬란하게 떠오르는 햇살은 상큼해서 좋고, 그 맑은 공기 질에 기지개를 켠다. 가뿐히 걸을 수 있으니 좋고, 저만치의 짙푸른 산도 쳐다볼 수 있어 더 없는 나날로 여기며 걷고는 한다. 목표를 정하지 않고 발길이 닿는 대로 그냥 걷는다. 마음을 편하게 하니 기분도 한껏 좋아진다.

밤은 또 어떠한가. 공원에서 바라보는 달은 한가롭게 보인다. 나는 달이 뜨면 밤하늘을 올려다보며 걷고는 한다. 거기에 매달려 있는 고고한 달을 보기 위함이었다. 아무리 쳐다보아도 지루하거나 질리지도 않는다. 매일 본다 해도 의미를 담고 싶은 달이다. 어린 시절의 밤에도 달은 높다랗게 떠 있었다. 높다랗게 뜬 달은 가만히 보면 흐릿하게 달 속에 그늘이 진 것도 같았으며, 세상의 누구나가 볼 수 있음에도 그 고귀함과 신비함으로 늘 하늘에 매달려 우리들에게 빛을 발하며 은은한 세상을 꾸며준다.

어떤 때는 한동안 가만히 달을 볼라치면, 세상에 저 높이 떠 있는 고요한 달빛을 볼 수 있고 음미할 수 있음에 마음마저 가벼워지고, 사는 것에 고마움을 느낀다. 가슴속까지 정화되는 듯한 달의 존재는 우리에게 얼마나 값진 것일까. 달무리조차도 아름다운 밤하늘은 모든 만물을 어렴풋이 비추고 있다. 그래서 살아있다는 것은 하늘의 달과 별을 볼 수 있음이요, 아름다운 지난 유년의 시절도 기억할 수 있음에 달은 추억의 달이요, 미래의 달이다. 거기에 마음을 담아 소원도 빌 수 있으니 말이다.

우리가 살아가는 욕심 없는 본연의 마음 정화는 달님에게서 있다고 본다. 달을 가만히 들여다보면 달은 어떤 연출도, 줄거리조차 없지만, 사람의 마음을 고요한 상상 속으로 빠져들게 한다.

"달 달 무슨 달, 쟁반같이 둥근 달, 어디 어디 떴나, 동산 위에 뜨지"라는 노래도 있지만 달은 아무 데서나 볼 수 있게 뜬다. 오월이여 푸르른 잎새와 꽃도 실컷 보고, 밤에는 알맞은 기온이 몸을 감싸니 모두 밖으로 나와 달빛 아래서 달을 실컷 쳐다보라. 거기에 물질과 욕심이 배제된 어떤 보이지 않는 은은한 내밀의 정화와 함께 자신의 살아 있음을 오롯이 감지할 수 있으리라. 영혼의 맑음은 마음의 고요와 눈을 통해 우리에게 은은한 기쁨을 선사한다. 오월을 맘껏 받아들이자, 즐기자!

세상을 푸르게 그리다

어른들은 어린이처럼 세상을 푸르게 그리기 어렵다. 삶이 단순하지 않은 탓도 있겠지만 사회는 순진무구하게 살아가기 어렵게 만들고 있다. 그러니 사람이 괜찮아 보여도 무턱대고 상대방에게 자신을 스스로 드러내려 들지 않으려 한다. 사람이란 믿을 만한 게 못 된다는 말도 괜히 생겨난 말이 아니란 걸 조금만 나이를 들어도 알 수 있으니 말이다.

그래도 가끔 좋은 사람도 만날 수 있으니 그 맛에 또 인간 본연의 마음을 가져보려 한다. 하지만 사람이 무르고 순진한 사람은 어찌 보면 세상을 살아가기에 얼마나 힘들며 피해를 볼까 하는 괜한 노파심마저 들 때가 있다. 그래도 진실하고 믿음성 있게 견지하며 살아가기가 쉬운 일은 아니지만, 인간은 그래야 한다는 것에 마음을 두고 싶다. 각박하고 무정한 세파는 인간 사회에서 언제나 존재해 왔다. 삶은 고달프다는 말이 괜히 생겨난 게 아닌 그것처럼 말이다. 그러기에 우리는 무슨 무르익은 보리밭에 앉아 노래를 부르는 여치도 아닌 이상, 혼자서 맘 편하게 푸르름을 노래하기란 결코 쉬운 일이 아니라고 보인다.

살다 보니 어릴 때 배운 세상의 윤리와 도덕을 지키며 살아가는 것도 생각보다 쉽지 않은 것 같다. 왜일까. 사람을 믿고 멍청히 있다 보면 당하기 일쑤다. 알고 지내거나 가깝다고 해서 안 그러리라는 보정도 없다. 아니, 작은 상처도 알고 지내는 사람늘에게서 원인이 된다는 것도 나이가 들어서 겪게 된다. 세상은 경계와 의심의, 믿음의 불신에서 누구든 자유로울 수 없게 만들고 있다.

젊을 때는 모든 경계에서 벗어나 맘껏 펼칠 수 있는 사람들과의 여건 조성이 아무래도 수월했다고 보인다. 하지만 거침없이 세상을 나름 푸르게 그릴 수 있었던 젊음은 가고 없다.

세상을 살다 보면 이런저런 일들로 마음이 상할 때도 있다는 것은 누구나 다 아는 사실이거늘, 그렇다고 매일 우울하고 움츠러 산다는 것 또한 자신은 물론 보는 주변의 사람에게도 좋은 모습은 아닐 것이다. 세상을 푸르게 그리지 않는 사람들은 의외로 많아지고, 이익과 타산의 실체를 찾아서 헤매기 일쑤가 되었다.

더욱이 사회와 가정의 다변화된 세상살이에 어찌 무사태평으로 즐기며 편한 마음으로 세상을 푸르게만 꿈꿀 수 있을까. 인간의 꿈을 현실로 만드는 게 어디 쉽단 말인가. 푸르름의 꿈은 머릿속에서 가꾸고 희망할 뿐 밖으로의 도출은 쉽지 않은 것이 습관처럼 되지 않았나 되돌아볼 필요를 느끼게 되는 게 요즈음 나의 심사다.

부모의 그늘에서는 비교적 세상살이에 걱정이 덜 되었던 게 사실이었다. 하지만 지금에 이르러서는 자식은 물론 한 가정의 미래를 생각하면 웃을 수만 없는 게 현실인 것 같다. 누구나 지내다 보면 자식이나 친척에게 어려움이 생기게 되고, 그럴 때면 맘이 편할 수가 없게 된다. 그러니 어찌 보면 "삶이란 잘 돼야지, 잘 돼야 할 텐데"를 연발하고, 그 기대치에 가깝지 못하면 욕심과 걱정이란 것에 부딪히게 된다.

삶은 혼자서 사는 게 아니기에 당연히 그러려니 하면서도 머리를 식히고 싶을 때가 있는 법이다. 잘 먹고 잘 지낸다 해도 인간은 마음이 편해야 하는데 나이가 들수록 그렇게 살아가기란 쉽지 않은 것 같다. 때로는 조용히, 사람과 사람 사이의 어떤 초연함이 되레 편할 때가 있다. 그래서 사람들은 홀로 여행을 가고 자연을 즐기려 하는지도 모른다.

나뭇잎은 푸르다. 그래서 우리는 자연을 벗으로 삼아 산에도 오른다. 만일 나뭇잎이 푸르지 않고 검다면 분명 나는 산에 오르기를 거부할 것이다. 마찬가지로 사람의 마음도 검다면 그 사람과 가까이하지 않을 게 뻔해 보인다. 나는 과연 검은 사람인가, 아니면 푸른 쪽에 속하는가. 타인의 거울에 비친 내 모습은 결코 내가 바라던 모습이 아닐지도 모른다. 하지만 타인의 거울은 거짓을 못 하기에, 한 발짝 더 타인의 처지를 이해하며 살아야 할 것 같다.

사람의 본연이란 게 있을 것이다. 세상을 살다 보면 인간의 본연으로 다가선다는 게 쉽지 않은 것을 모르지 않는다. 하지만 본연의 푸르게 그리는 마음을 이 봄에 새삼 되찾고 싶다. 남들이 뭐라고 해도 세상을 검게 색칠해서 타인에게 그렇게 비치는 그것보다 에써 세상을 푸르게 그려보자. 나를 찾자, 나에게로 돌아가사는 말이 있듯이, 나는 그 길로 가고 싶다. 살아 있다는 것은 무엇인가.

키를 쓰던 날

나는 오늘 오줌을 쌌다. 그런 줄도 모르고 나는 밤새 꿈을 꾸며 잠속에 빠져들었다. 하지만 어머니는 그런 사실을 알게 되었고 결국 나는 아침부터 꾸지람을 들어야 했다. 나는 구석에 몰린 쥐처럼 어머니 앞에서 고개를 숙인 채 꼼짝 못 하고 서 있다. 어머니가 손짓하는 요를 흘끔 보니 그 얼룩이 확연히 드러나 보였다.

이제는 눈치도 멀쩡해 보여 이런 짓거리는 하지 말아야 했음에도 그것은 내 마음대로 되지를 않았다. 분명하지는 않지만 아마도 초등학교를 들어가기 전이었으리라. 그땐 친구조차도 생기지 않을 정도여서 그저 뒤란이나 앞마당 같은 곳에서 혼자서 겨우 놀고는 했던 것 같다.

어머니는 드디어 결단을 내린다. 늘 곁에 있던 할머니는 오늘 따라 보이지 않고 있다. 아니 부러 자리를 피했는지도 모를 일이다. 할머니였다면 당연 부드럽게 감싸고도 남을 일인 것을 나는 안다. 나는 어려서부터 부끄럼을 꽤 타는 편이어서 남의 집에 무엇 하나도 빌리러 못 갔던 그런 주변머리 없는 아이였다. 대신 떡과 같은 음식을 남의 집에 갖다 주라고 하면 신이 나서 얼른 갔던 기억이 난다.

골목을 비추던 햇살은 아직 깨어나지 않고 있다. 라디오 소리조차도 들리지 않던 시절이어서 집안은 늘 조용하고 한가로워 보였다. 어머니는 큰 기를 광에서 꺼낸다. 그리고는 내뜸 내 머리에 씌우며 이웃집에 가서 소금을 얻어 오란다. 어머니는 오늘따라 쌀쌀맞아 보였다. 나는 죄를 지은 사람처럼 키를 써야 했다. 더 이상 버틸 수가 없었다. 그런 나는 눈치가 있었음에도 여지없이 오줌을 쌌기에 누구의 탓이라고 할 수 없었다. 큰 키에 작은 몸이 가려져서 뒤에서 보면 겨우 신발이나 보였을 것 같다. 질질 끌리지 않은 것만으로도 다행이었다.

나는 곧바로 앞집으로 갔다. 대문을 들어서자 앞집의 아주머니가 나를 바라보며 빙그레 웃는다. 그 웃음의 의미를 짚어내기에는 아직 나는 어렸다. 하지만 아무런 말을 하지 않아도 서로의 처지는 어떤 것인지 모를 리 없어 보인다. 교육이란 때론 이웃의 도움으로도 일어날 수 있음을 나는 배워나갔다. 나는 키 속에서 고개를 숙였다. "네 죄를 네가 알렸다"라는 말을 어려서 미리 들은 셈이었다. 아무리 매일 보는 이웃집 아주머니라고 해도 오늘 같은 날은 어린 나도 창피함을 모르지 않는다. 나는 거기에 서 있는 게 싫었지만 어쩔 수 없었다. 그저 어른들의 말을 고분고분 따를 수밖에 없었다.

순간 아주머니는 목소리를 높여 "또 오줌을 쌀 거냐!"며 키를 쓴 나를 향해 소금 한 움큼을 냅다 뿌린다. 대나무로 엮어진 키 속에서 소금의 부딪히는 소리가 마치 우박이라도 떨어지는 것처럼 들려왔다. 굵은 소금이 분명했다. 나는 순간 움찔하며 그 소리를 온몸으로 받아야 했다.

이웃집 아주머니는 어머니보다 무서워 보였다. 곱게만 자랐던 나는 태어나서 처음으로 받는 수모에 부끄러움이 어떤 것인지 스스로 느끼게 되었다. 노여움이 목까지 차올랐다. 오늘은 그 누구도 내 편에 서지 않을 것을 어린 나는 익혀야 했다. 살아가는 것이 만만하지 않음을 차츰 알아가야 했다.

그렇다. 그것은 어쩌면 회초리보다도 더 의미 있는 교육이었다. 알고 행하는 것이 아닌 생리적인 어쩔 수 없는 것이라고 해도 그 결과에 따라 가해지는, 그것은 스스로의 책임이라는 어머니가 준 하나의 교훈이었다. 언어가 아닌 몸소 체험에 가까운 실천적인 따름이 내겐 작은 행사였다. 그 행사를 도모한 사람은 다름 아닌 나를 낳아준 어머니였으며, 이웃집의 아주머니는 어머니의 암묵적인 부탁을 행하는 것에 불과했기에, 그 모든 책임은 커가는 아이에게 있어 당신이 얼마나 막중하다는 걸 알고도 남았을 터이다.

한 아이에게 남의 집을 방문해서 작은 것 하나라도 얻어 오라던 그 자체가 비길 데 없는 행사요, 바른 가르침이었다. 그것은 나 혼자만이 가는 외로운 나섬이었다. 그때 한 아이에게 그보다 더한 가혹함은 없으리라 보아진다. 서당이 따로 없으며, 유치원 또한 키를 쓰는 것에 뛰어넘기 쉽지 않아 보인다.

그날 어머니는 내가 오줌을 싼 이불을 빨아 바지랑대를 높이 올려 햇볕에 이불을 말렸을 것이다. 사람은 짐승이 아니기에 아무 데나 오줌을 싸면 인 되었다. 나는 그 뒤로는 다행히 알세 모르게 소금의 세례를 받아서 그런지 오줌을 싸지 않았다.

지금의 아이들은 어떤지 모른다. 그러나 지금에 와서 보면 그런 아련한 추억의 한 장면이 있기에 어린 나는 살아 있었으며, 한 마을의 골목에서 어른들의 보호 아래 이런저런 추억거리를 쌓으며 자랄 수 있음에, 지나고 보면 그것마저도 행복했던 순간이 아니었나 싶다.

지금의 시골 마을에는 아이가 없다. 아니 곡식을 까불곤 하던 키마저 잘 보이지 않고 있다. 죽은 골목이 되었다. 아이들이 뛰어놀다가 넘어져서 울고, 골목마다 앙증맞은 작은 손길은 자취를 감춰버렸다. 새싹 같은 아이들의 존재는 구름만 긴 하늘과도 같은 모양새가 되었다. 오줌을 싸는 아이들이 키를 쓰고 남의 집을 찾는 일은 이제 사라졌으며, 그 탄생의 의미인 대문에 가로로 새끼 줄을 매서 거기다 붉은 고추와 검정 숯을 번갈아 매달아 며칠간 그 집에 아무도 들어올 수 없음을 표시하던, 그 부정을 존중했던 정겹고도 소박한 풍경도 사라진 지 이미 오래인 것을 안다.

오줌을 싼다는 일은 한 아이가 커가는 과정이요, 어찌할 수 없는 어린아이만이 가질 수 있는 주어짐이다. 나는 오줌을 싸고 싶다. 그 오랫동안 오줌을 싸지 않았기에 나는 어린아이처럼 순수하지 못했었는지도 모른다. 사람들은 누구나 오줌을 누지만 싸지를 않는 것은 인내와 습관인 것 같다. 아이가 오줌을 싸는 일은 누구의 도움이 필요한 만큼 어리다는 것의 증명이요, 이제는 한 단계를 넘기 위한 보다 큰 세상으로의 열림에 다름 아닐 것이다.

어린아이들이 오줌을 싸고 그 어머니는 이불을 빨래하고, 그런 세상은 행복이 멀리 있어 보이지 않는다. 아이들의 숫자가 급격히 줄어가는 마당에 누구든 오줌을 싸거들랑 우리 집으로 오라. 그땐 소금이 아니라 금가루가 섞인 소금을 뿌릴지 누가 아는가.

골목에 아이들의 웃음소리가 언제 많아질까. 아무래도 그런 세상은 다시 오지 않을 것 같다. 그래서 서글프다. 오줌싸개의 후예가 사라진 지금, 나는 내 후예를 한 번쯤 보고 싶다. 나도 어려서 오줌을 쌌으니 너는 내 후예이며, 언제나 오줌을 싼다는 것은 그렇게 큰 흉이 아니니 밥만 잘 먹으면 된다고 타이르고 싶다.

여기저기서 오줌을 쌌다는 어머니들의 하소연 아닌 하소연 소리가 많이 들릴수록 우리는 살맛이 나는 그런 세상에 와 있을 거라 믿는다. 다만 오줌싸개, 라는 별명은 붙이지 말아야 할 일이다.

골목에 햇살이 비추면 햇살은 우선 오줌을 싼 이불부터 말려줄 것을 하늘에 기도하자. 그리하여 그대로 깨끗한 이불이 되어 아이는 더 성장하고 꿈을 키우리라. 비록 나처럼 아름다운 지도를 그리지는 못했지만, 오줌을 안 싸고 자란 아이에 비한다면, 나는 내가 못났다고 말하고 싶지 않다. 왜냐하면 나는 그런 것이 좋은 것인지 그렇지 않은 것인지는 모르겠지만 키를 쓰고 이웃집에 갔던 그 아름답게만 보이는 아련한 추억을 가졌기에 나의 어린 시절은 미래의 꽃을 피우고 있었노라고 당당하게 말하고 싶다. 오늘 나는 행복하지 않다. 오히려 오줌을 쌌던 그 어린 날이 지금보다도 훨씬 행복했었노라고 말하고 싶다. 유년의 시절 속에는 언제나 봄이 있었다.

나는 오줌을 싸런다. 이제는 아내도 있고 하니 부끄럽기도 해서 꿈속에서나 오줌을 싸런다. 그리하면 나에게 아무런 시비를 할 사람이 없으니 얼마나 좋은가 말이다. 세상의 사람들이여 오줌을 싸자. 하루의 해는 오줌에 젖은 수분을 얼마든지 말릴 수 있으니 말이다. 다만 나이가 들어서는 꿈을 밤새 먹고 오줌을 싸야 함은 물론이다. 꿈을 먹고 사는 노인은 그래서 아름답게 늙는다는 말을 들어야 할 것이다.

키를 쓴 아이가 있었기에 세상의 사람들이 이처럼 불어났다. 이

제는 키를 파는 이도, 키를 쓰는 아이도 없는 세상을 어찌 살아가
야 하나. 세상의 것들은 이렇듯 떠다니는 안개처럼 사라져 간다.

오늘의 날씨처럼 햇살 한 점 비춰 와 오줌을 싼 이불을 말릴 수
있는 날을 우리는 복된 날이라고 부르고 싶은 것은 필연 나만의
생각일까.

아침이 있어 좋다

새를 보라. 새들은 아침을 기다린다. 날이 다 밝기도 전에 새들은 지저귄다. 늑장을 부린 어둠을 새들이 쫓아낸다. 새들은 언제나 새벽을 반긴다. 새들은 눈을 뜨고도 얼른 일어나기 싫어서 몸을 뒤채는 사람들과 달라서 곧장 나뭇가지를 오가며 몸을 푼다. 새는 늦잠을 자거나 피곤해하지 않는다. 잽싼 몸동작으로 늘 주위를 살피며 경계한다. 새가 나무에서 졸다가 떨어졌다는 이야기를 들어본 적이 없다. 사람만이 늦잠을 자는 것 같다.

아침은 출발이요, 생명력이요, 부지런함이다. 아침에는 싱그러움과 정제된 에너지가 있다. 그런 아침을 나는 사랑한다. 아침을 건너뛴다면 그날 하루 삶의 의미는 그만큼 충족한 하루가 못 될 것 같다. 그래서 나는 아침을 잡으려 한다. 그러나 사람이기에 간혹 전날 늦게 잠이 들거나 하면 그만큼 아침이 늦어질 때가 있다. 그런 날 아침까지 잠들다 슬쩍 샛눈을 떠보면 햇살이 저만치 올라왔음을 보고 모자란 잠을 다시 청해본다.

하지만 그 억지 같은 잠은 나에겐 고역이다. 몸은 잠들기를 원하고, 정신은 깨어 있기를 바라니 참으로 난감할 지경이다. 비몽사몽간에, 그 아까운 아침이 저만치 도망을 갈까 봐 제대로 늦잠을 잘 수 없다. 내일은 또 오지만 잠결에도 오늘 아침에의 욕심은 놓치고 싶지 않아 안달한다.

오후의 한 토막 시간보다, 아침에 반짝 빛나는 햇살이 더 신선하고 값지게 느껴진다. 해가 뜨면 일을 하고, 자연을 통해서 뭔가 살아 있는 느낌이 든다는 게 얼마나 값진 일인가. 그렇다. 밤은 밤처럼, 저녁은 저녁답고 아침은 아침답게 사는 게 지극한 바람이거늘, 나에게 도회지의 삶은 그렇지 못하다. 농부들처럼 아침에 일어나 밭으로 향할 수 없으니 말이다.

아침의 향기가 있다. 밥을 먹지 않아도 아침의 햇살을 받으며 하루를 시작하는 이가 진정한 하루의 정복자가 아닌가 싶다. 산을 올라도 아침에 오르는 것과 오후에 오르는 것에는 차이가 있다. 진정한 산사람은 늑장을 부리지 않으려 한다. 아침의 상쾌함을 잘 알기 때문이다. 아침에는 산의 신성한 정기가 보인다. 인생에는 저물어 가는 노을의 아름다움이 있다면, 하루의 출발은 당연히 아침이요, 그 햇살에 있다.

아침의 햇살은 자연이다. 아침의 햇살은 어린아이처럼 살포시 내려앉는다. 다 익지 않은 풋과일 같다. 풋과일에 맺힌 이슬은 반짝반짝 아침의 햇살 아래서 빛난다.

시골 사람들은 일찍 일어난다. 일찍 잠들기 때문이기도 하다. 동이 트기 시작부터 맑은 햇살을 등에 업는다. 진정한 하루를 살 수 있는 시간적인 여건이 자유롭고 비교적 도시에 비해 아침이 길다. 여름날에는 조반 전에 그날의 밭일을 끝내기도 한다. 나도 젊어서는 그런 걸 보며 몸에 익혔다. 이제 다시금 그런 시간 속에서 살고 싶다. 아침 일찍 눈을 뜬 사람에게 하루는 길다. 그래서 옹골찬 하루가 저물어 갈 때는 누구나 뿌듯하다.

아침은 어린이다. 어린이는 늦잠을 꺼린다. 바지런을 떠는 데서 하루가 시작된다. 어린 마음에는 신기한 미래의 하루가 눈앞에 펼쳐져 있다. 그래서 꿈도 많고 하고 싶은 미래를 꿈꾸게 되는가 보다.

어린 시절 학교 때의 소풍은 아침에 있다. 설렘은 곧 아침이다. 운동회도 그랬다. 그런 날 아침이 열리면 곧장 학교 운동장으로 달려갈 수 있었다. 이슬이 채 마르지 않은 아침이 있었기에 아이들은 힘이 난다. 아침에는 꿈과 희망의 첫발을 내디딘다. 아침은 준비다. 아침은 기둥이다. 기둥이 무너진 집은 아침이 없다.

아침은 아무에게 열리지 않는다고 보인다. 전날의 준비된, 내

일을 위함이라는 작은 바람을 키워야 했다. 그래서 오늘의 하루는 어쩌면 내일의 밑바탕이다. 내일의 아침이 있기에 오늘을 멋대로 살아가지 않으려 하는지도 모른다. 내일의 아침이 소중하기에 모두 늦지 않게 잠들려 한다. 모두 꿈꾸는 자의 모습이다. 할 일도 없이 뒤틀린 밤을 보낸다면 그 사람에게 찾아올 아침은 뻔하다. 닫힌 아침은 후회해도 소용이 없게 된다.

아침에는 밤의 잔상들이 드러나게 마련이다. 덮여 있던 어둠의 짓거리들이 모습을 드러낸다. 어둠에 잃어버린 것들도 아침에 드러난다. 술에 취한 이의 실수와 욕지거리와 비틀거림의 형체들이 아침이면 속속 밝혀진다. 밤에만 우는, 밤의 생리에 맞는 짐승들의 움직임도 아침이면 동굴 속으로 숨는다. 아침의 열림 앞에 귀신과도 같은 도깨비의 출현이 빗자루로 밝혀지기도 한다. 사랑의 달콤했던 속삭임도 아침이면 추억으로 남는다. 달빛 아래 애정의 입맞춤도 아침이 있어서 유한한 간결함으로 더 뜨거울 수밖에 없도록 만든다.

새벽은 한 발 한 발 더듬듯이 온다. 어둠이 밀려나는 모습을 나는 부러 관찰한 적은 없다. 그러나 언젠가는 어둠이 벗겨지는 속도를 한 번쯤 기다리듯 지켜서고 싶다. 눈으로 보고 있어도 어둠은 안개가 걷히듯이 사라질 것이지만, 그런 점진적인 속도를 바라보는 것도 이색적일 것 같다. 아니 자연의 이치이기에 그냥 가만히 보면 되리라.

상쾌한 아침은 소중하기에 놓치면 안 되었다. 아침에는 찬 이슬 같은 영롱함이 묻어 있다. 새벽의 찬 이슬이 아침을 깨운다. 아침과 함께하자. 그렇기에 언제고 아침엔 일찍 깨어 있고 싶은 게 나의 소망이기도 하다. 아침을 기다리는 마음은 세수한 어린아이처럼 깨끗하고 순수해 좋다. 내일의 아침은 도망가지 않는다. 그래서 우리는 살고 싶고, 또 살아야 한다.

제3부　　1984년을 노래하다

군자란이 피어날 때까지

우리 집은 어째서 남들처럼 군자란이 꽃을 피우지 못하는가. 우리 집의 환경이 그러해서인가. 아니면 가꾸는 방법이 형편없이 부족해서 그런가 하고 나는 노심초사했다.

군자란을 키우는 목적은 무엇인가. 과연 꽃대 속에 꽃은 잠재해 있는 것인가. 늘 꽃은 피우지 못하고 넓적한 줄기만을 가르마 타듯 양편으로 자그마치 10장씩 축 늘어뜨린 채 거실에 앉아 있었다. 그 모습은 마치 불임이 된 암소와도 같은 처지가 되었다.

그러나 올해는 달랐다. 베란다가 있는 안방으로 군자란을 옮겼다. 그리고 나는 3월의 어느 따뜻한 날 혹시나 하고 갈피를 헤집고 아래쪽을 슬쩍 뒤져보았다. 그러나 아무런 소식이 없었다. 그래서 나는 실망하여 올해도 결국 포기를 하고 이제 저 꼴 보기 싫은 군자란을 어쩌나 하고 한탄의 눈빛을 보냈다.

그동안 수없이 물을 주며 가꿔왔던 순간들이 주마등처럼 스쳤다. 벌써 몇 해이던가. 올핸 조금만 추워도 뽁뽁이를 밤마다 덮어주고, 물주는 기간도 길게 늘이고, 물의 양도 작게 줌으로써 신경을 썼건만, 이제 허탕인 걸로 판명이 난 것 같아서 아쉬움만 더했다.

그러던 어느 날 나는 4월이 되어서 혹시나 하고 마지막으로 속 안의 대궁을 슬쩍 뒤져보았다. 아! 드디어 뭔가가 나왔음을 직감했다. 순간 나는 너무나 기뻤다. 이게 사실인가 싶었다. 나에게는 영원히 찾아올 것 같지 않은, 그러나 가만히 들여다보니 줄기의 한가운데 뭔가 삐죽삐죽 돋아나고 있지 않은가. 나도 이제 남들처럼 꽃을 볼 수 있다니 이 얼마나 고마운 일인가. 나는 거짓말 같아서 손을 내밀어 슬며시 작은 망울을 직접 만져보았다. 과연 맞다. 그것은 나에게 생소하리만큼 성큼 다가온 행운이었다. 기대가 끝났다고 생각할 즈음에 생겨난 새로운 선물이었다.

나는 얼른 아내를 불렀다. 아내도 반가움에 재빠르게 다가왔다. 올라온 꽃망울을 보니 키울 때의 수고는 다 어디로 가고, 되레 그렇게 핀잔만 줬던 군자란에 미안한 마음이 없지 않았다. 드디어 우리 집에도 한 송이 군자란을 피우기 위해 그 수많은 날을 점검해 가며 정성껏 물을 주고 한 것들이 결국 소쩍새는 아니더라도 집 앞에서 까치가 울고 이렇게 꽃망울을 피워 올렸나 보다. 행운이여 주렁주렁 열려다오. 망울망울 일렬로 다투어 고개를 내밀고 있는 군자란은 우리를 잠시나마 행복에 젖게 했다.

일을 나가 돌아올 때면 과연 오늘 하루도 꽃망울이 얼마만큼 자랐을까 기다려졌다. 하루가 다르게 그것들은 꽃대를 드러내며 꽃망울을 키웠다. 삐져나오느라 조금은 눌린 듯한 꽃망울은 한 가족처럼 뭉쳐 있다. 이제 우리 집 베란다에도 주황빛의 탐스러운 꽃이 피어나 집안을 화사하게 꾸밀 것이다. 우리 집은 그걸 보는 그것만으로도 매일 파티를 앞둔 작은 경사가 찾아온 것 같아 퇴근 후면 기분이 은근히 들떠있다.

내일은 출근길에도 너희들의 자람을 꼭 보리라. 밤새 안녕하며 나누는 인사는 하루를 즐겁게 빛낼 수 있으리라. 그것들은 군자란의 줄기 가운데서 끝이 노란 듯 붉은 듯한 크고 작은 촉을, 잎새의 늘어짐과 경계를 가르며 다른 일렬로 쌍을 이루어 우아하게 부풀리며 웃을 것이다.

군자란을 키운 지 어언 5년이 넘은 것 같다. 여태껏 겨울이면 추울까 봐 거실의 안쪽에서 키웠다. 그러던 어느 날 유튜브에 저 이국땅 버지니아에서 '정원지기'라는 닉네임을 가진 성우보다도 더 곱다란 목소리의 여자 주인공을 만날 수 있었다. 무성한 잎만 보며 키우는 앙꼬 없는 찐빵 같은 군자란을 이제는 키우고 싶지 않아 나는 그 여인의 군자란 키우기에 귀를 기울이고 있었다. 그 솜사탕 같은 고운 목소리는 햇볕과 좀 춥더라도 베란다와 같은 곳에서 키우기를 희망했다. 그래서 나는 그 여인의 가르침대로 그렇게 했다.

이제 곧 두 개의 화분에서 3포기를 담은 군자란은 실한 잎새를 달고 어여쁘게 꽃을 피울 것이다. 오랜 기다림이 빚어낸 것이기에 그 느낌은 더욱 실체감 있게 다가왔다.

꽃은 뭐니 해도 사람이 보아야 했다. 아깝게 안방의 베란다가 뭔가. 꽃망울을 터뜨리거들랑 그땐 예전에 그랬던 것처럼 다시 거실로 옮기리라. 그리고 거실문을 빼꼼 열어주리라. 이젠 티브이를 볼 때도, 식탁에 앉아 밥을 먹을 때도 고개를 돌리면 군자란은 주인의 눈길을 외면하지 않으리라 믿는다. 어쩌면 식물들은 사람들보다도 키운 이의 정성으로 보자면 자기가 가진 숨긴 것들을 언젠가는 펼쳐 보인다는 잠재력을 안 이상 식물을 하찮게 대해서는 안 된다는 교훈쯤은 얻게 되었다.

이젠 기다리지 않으리. 초조해 하지 않으리. 꽃이여 천천히 피어올라 그동안 기다렸던 오랜 순간만큼 길고 긴, 피어나는 순간을 놓치지 않고 꽃에 눈을 주고 싶다. 사월, 아니 오월이 끝나는 날까지 맘 편히 오래도록 피어나렴. 꽃이 내 눈에 물들 때까지.

무등산 수박

식물도 숨을 쉰다. 살아 있기 때문이다. 살아 있는 것은 가꿔야 했다. 밭에 나는 것들은 산속의 그것들과 달랐다. 저마다 주인의 손길이 필요하기 때문이다.

밭에서 자라는 것들은 꼭 수확과 돈벌이를 목표로 한다면, 사람에게도 나중에 돈벌이하는 것에 목표를 세우는 것과 뭐가 다를까. 아이들을 기를 때의 귀여움과 자라면서 겪게 되는 그 모든 것들이 허사가 아닌 것처럼, 작물도 주인의 손길 못지않게 커가면서 주인에게 기쁨을 전달할 수 있음을 알아야 한다.

괜히 꽃이 피는 게 아니다. 뭇 나비도, 벌들의 합창도, 주인의 발걸음에도, 눈길에도 작물들은 웃음을 준다. 자라는 것만 보아도 흐뭇한 게 밭을 가꾸는 주인의 심정이다.

가물 때 비에 젖는 작물만 보아도 그토록 흐뭇할 수가 없다. 자신이 하루를 굶더라도 그럴 때 내리는 단비가 밭의 주인에게는 그보다 더한 영양소는 없을 것으로 보인다.

작물은 하늘이 주관하는 것이지만, 적당한 수분과 햇빛만으로도 푸른 잎새와 꽃들을 알아서 만든다. 씨앗은 주인에게 빈손만을 남기지 않으니 얼마나 정직하고 대견한가. 그래서 밭의 주인들은 호미로 작물들을 쓰다듬고 보듬어 안으려 한다.

작물은 밤새 이슬을 머금고, 작은 거미는 잎새 사이에 아늑한 터전을 꾸며 이슬을 막으며, 기미줄 끝에 숨어 있다. 그러다 한낮에는 뭔가의 작은 날것을 사냥한다. 그것들은 살아가는 한 방편이 되어 밭은 온갖 것들의 침입으로 자연의 질서를 유지한다. 땅이 살아 있어야 본연의 땅내음을 선사한다. 고약한 것들의 집약으로서는 온전한 밭이라고 볼 수 없는 것과 같이, 반친화적인 작금의 형태에서 자연 친화적인 것으로 바뀜은 요원한 것인가.

표면적으로 작물의 얼굴색이 같다고 내용도 같을 거라고 믿어서는 안 된다. 그건 장사꾼의 논리다. 굳이 성분을 따지지 않아도 자연적인 작물의 재배는 그 결과물에 고스란히 주입되는 것은 당연하리라. 그것들도 면역체라는 게 있어 한 해 두 해를 거듭할수록 벌레들은 작물에서 멀어진다. 아주 쉬운 농법의 발견은 조금의 인내로도 해결된다는 것을 겪어본 사람들은 안다. 하지만 대다수 사람이 관농에 어쩔 수 없이 매달리며 살아간다. 판매를 주목적으로 해야 하는 것에서는 선뜻 포용할 수 없음에 아쉬움을 남기지만, 한 가정을 위한 것에도 그러기는 매일반이 되었다.

보름 만에 찾아온 시골집이었다. 여유를 부릴 만도 하련만 여느 때처럼 몸은 곧바로 밭으로 향한다. 거기서 무슨 금덩어리도 나오지 않는데도 말이다. 아니 금이 나오는 것이라면 내 차례가 올 리 만무할 것이다. 돈을 잘 벌지 못하는 것에서 행복을 누릴 수 있다. 작물은 그냥 놔둬도 남들이 금으로 여기지 않아 좋았다. 흔한 것을 키우는 것이 어쩌면 전부가 되어버린 밭은, 유별나지 않은 채 가만히 앉아 있기만 한다. 그래도 밭엔 누구나 이것저것 심고 가꾼다. 그래야만 했다. 콩만 먹을 수 없기 때문이다.

더위에 보름은 작물들을 우쭉 키운다. 나는 올해 처음으로 밭에 무등산 수박을 몇 포기 심었다. 밭은 그새 풀이 많이 자랐다. 언제였는지 무등산 수박의 꽃 피움도 제대로 볼 수 없었다. 무등산 수박의 존재도 잊을 만했다. 나는 얼마쯤 밭을 맸을까. 어느덧 무등산 수박이 있는 근처에 다다랐나 보다.

저만치 어디에선가 바람이 불어왔다. 땀을 식힐 만한 바람은 못 되었다. 비가 내린 후였을까, 풀들은 수분을 머금고 있었다.

나는 순간 일을 하다가 깜짝 놀랐다. 밭의 한 귀퉁이에 고귀한 자태로 별안간 무엇이 생겨난 것처럼 그야말로 보물을 본 듯했다. 언뜻 보기에 축구공만 한 것 같다.

밭은 여태껏 어머니 때부터 콩이며, 고구마며, 녹두며, 동부와 같은 등속들의 작물만 담고 있었다.

나는 나도 모르게 그 앞에 무릎을 접고 앉았다. 봄에 내가 심은 무등산 수박이었다. 바랭이풀에 반쯤은 가린 채 드러난 무등산 수박에 나는 눈을 주고 있었다. 하마터면 풀에 가려 이것이 남의 것인양 자칫 무관심했더라면 어떻게 되었을까, 하는 쓸데없는 망상이 들만도 했다.

세상에 이렇게 한 번도 본 적 없는 문양과 때깔의 아름다움이란, 자연이 자라게 해준 자연의 오묘한 스케치에 그만 나는 반해 버렸다. 실물이리서 그리했을까, 그곳에 눈길이 한참을 머물세 했다. 나는 이 순간을 오래도록 잊지 못할 것 같다.

어느 예쁜 여인의 얼굴이 이토록 고귀한 자태를 뽐낸단 말인가. 짙지도 옅지도 않은, 원색도 보카시도 아닌 순수한 빛음은 우리들의 눈을 빨아들이는 데 충분한 요소를 갖고 있음에 틀림이 없어 보인다.

무등산 수박. 사람이 먹기에 그 그물망처럼 수놓은 크고 작은 곡선의 미학이 신비로울 만큼 과분하게 느껴진다. 그저 꿀을 담은 항아리만 한 크기의 아담한 원형의 형체. 달님과 별님은 뭇 밤을 그 모양과 문양을 만드느라 서로 얼마나 가까이 지냈을까, 문득 상상해본다.

누구의 눈길도 받지 않았을 무등산 수박은 표면의 신선함을 유지한 채 다소곳이 앉아 있다. 풀의 색을 닮은 무등산 수박은 도드라지지 않고 자신의 문양을 얼굴로 드러낼 뿐이다.

　지금 밭엔 홀로 이 밤을 지새울 무등산 수박은 울타리가 쳐진 밭의 한편에 별들의 반짝임을 올려다보고 있다. 달빛에 어렴풋이 형체를 드러내고 있다. 아니 주인의 손길과 상관없이 숨을 쉬고 있다.

낮달은 언제 뜨는가

오늘은 낮달을 볼 수 있으려나. 도대체 낮달은 언제부터 하늘에 얼굴을 내밀고 있는 것인가. 해로부터 외면당한 낮달은 빈 껍데기처럼 하늘의 한편에 우두커니 매달려 있는 것처럼 보였다. 우주에 관심이 많은 편도 아닌 나는, 하릴없이 하늘을 올려다보며 낮달의 출현을 지켜 볼 수는 없었다.

대낮에 희미한 등불만도 못한 낮달의 존재는 무엇을 의미한단 말인가. 낮달은 하나의 흔적처럼 보였다. 상처가 배제된 한 우주의 흔적은 반원형의 모양으로 구름 사이에 자리를 메우고 있다.

나는 오늘 저녁에 낮달이 어찌 사라지나 관심을 두기로 했다. 우주의 헛되지 않음을 알고 싶었다. 늘 하늘을 지켜 볼 수는 없지만, 그 이면엔 달은 도대체 어떻게, 언제 뜨는가도 불현듯 알고 싶었다. 하지만 천문학에 대하여 깊이 아는 게 없으니 어찌 우주의 신비한 공간을 꿰뚫을 수 있는가.

나는 한 단면이지만 이제야 볼 수 있었다. 아니 알 수 있었다. 남들이 알고 있는 것을 이제야 알게 되는 것 같은, 그래서 여태껏 살았던 세월을 덧없이 살았다는 자괴감마저 들었다. 아니 무관심의 소치였다.

하늘은 사람을 뒤돌아보게도 하는 배경으로도 좋았다. 아니 미미한 존재는 어디에 의지할 곳이 마땅치 않아서 그런지도 모른다. 세상 뜻대로 되겠지, 할 때도 무심결에 하늘을 올려다본다. 드넓은 공간의 포용은 모든 마음을 열어줄 것만 같았다.

한여름날의 대낮에 떠 있는 낮달. 어째서 반 쪼가리의 온전치 못한 형상으로 하늘의 한편을 차지하려 드는가. 우주의 둥근 원리에 부합하지 않은 그 모양새에 사람들은 그 존재를 인정하려 들지 않는지도 모른다. 겉모양을 팽개친 모습, 그래도 달은 달이다. 어떤 사람이 못났다고 사람이 아니라고 말할 수 없는 것처럼 말이다. 그렇다면 하나의 보름달을 받쳐주기 위함이란 말인가. 그래서일까. 그 뒤안길에 낮달의 존재로 부각하는 보름달은 과연 탐스럽고도 웅장한 위엄이 있다. 보름달엔 사람들이 그 아래서 두 손을 모을 만한 신비하고도 빛나는 자태가 있다. 누구든 밤하늘에 뜬 달을 바라보라. 거기엔 고요와 함께 마음의 평화를 얻게 되리라.

낮달은 태초부터 그렇게 되었을까. 반 쪼가리의 달. 무릇 보름달의 기세에 눌려서 그렇게는 되지 않았나 하는 헛된 생각을 문득 가져본다. 아무튼 그 존재는 비추기 위함이 아니라 바다에 떠 있는 하나의 부표에 지나지 않은 것처럼 보였다. 지상을 많이 비추지 못함은 하나의 아쉬움으로 남을 만했다.

오늘도 낮달은 희멀겋게 그리다 만 그림처럼 하늘에 남아 있다. 하지만 하늘은 그 존재를 무의미하게 그냥 두지는 않을지도 모른다. 어쩌다 하늘에서 떨어지는 빗방울도 지상에서는 자연에 긴요한 영양분인 것처럼, 도리어 비보다 더 소중해서 지상으로 떨어뜨리지 않고 하늘은 낮달을 매달고 있는지도 몰랐다. 어쩌면 낮달은 맹물처럼 싱겁게 매달려 있지만 어찌 보면 그처럼 얌전한 것도 없다. 시집을 온 새색시가 저 낮달처럼 다소곳이 자리를 바꾸지 않고 얌전하다면 어찌 부산을 떠는 것에 비하랴. 다만 낮달은 맨 하늘에서 보듯이 화려함의 부족에 연지라도 한 점 찍어 발랐더라면 아이들은 무지개라도 뜬 것처럼 탄성을 지를지도 모를 일이다.

낮달은 태양에 온종일 쥐여살았다. 낮달은 언제 끌려와서 한낮의 중심부에 버젓이 끼어들었을까. 무료한 줄 모르고 몇 시간은 붙박여 있었다. 그러다가 노을이 지고 나서 낮달은 서서히 옷을 입을 채비를 한다. 아니 가만히 있는다. 드디어 하늘이 어둑해지고 지상에는 땅거미가 진다. 낮달은 어둠에 묻힐 것이 두려운지 슬며시 스러졌다. 아니었다. 낮달은 그 자리에 붙박여 있었다. 낮달은 어느새 밝기가 선명해진다. 밤의 달로의 변모였다. 나는 두 눈을 의심했다. 밤의 서막을 알리는 하늘에 어떤 멋진 그림이 새로 그려지는 줄 알았다. 그러나 그것은 덧칠이었다. 달은 새로 뜨지 않고 낮달의 주변에 어둠을 묻혔다. 가장 쉬운 선택이었다. 이제 낮달은 흔적도 없다. 달은 낮부터 떠 있던 달이라고 보이지 않는다. 낮달은 마치 새로 뜬 것처럼 반달이 되어 밤하늘을 유유히 지키고 있다.

나는 순간 하늘의 이치가 이토록 싱겁고 신성치 않은 것에 놀라웠다. 하늘의 실체는 알 수 없었지만 언뜻 그렇게 보였다. 아침에 뜨는 태양은 저 멀리 수평선 어딘가에서 새로 온전하게 떠오르기에 낮달처럼 치사하지 않게 보였다. 아무리 해에 의존하며 화려한 자태를 뽐낼 수 없는 비발광체, 라고 해도 온종일 졸린 듯 낮잠을 자는 듯이 보였다.

푸르스름한 밤하늘에 구름 몇 점 흘러갔다. 밤하늘에 둘러싸인 달은 낮달의 모양새로 밤하늘을 밝히고 있다. 낮달은 오늘 밤하늘에 둥근달을 대신해서 그나마 후에 달의 등장을 알리는 표시란 걸 낮에는 미처 몰랐다. 말하자면 낮달은 며칠 후의 밤에 뜨는 둥근 달의 예고편 같았다. 낮달이 밤에 빛나는 것은 밤이 주는 어둠 때문인 것처럼 보인다. 밤은 달도 별도 빛나게 만든다. 낮달, 낮달은 달이 뜬 게 아니라 달은 가만히 있는데 밤이 불쑥 찾아온 거다. 그 내면에 해가 지고 나서 저 멀리서 희미한 빛에 따라 달의 표면에 엷게 비추고 있다고 해도 그것까지는 눈으로 보이지 않는다. 하늘은 달의 호위병으로 별 몇 점을 던져넣었다.

낮달은 어쩌다 온전하지 못한 모양새로 세상에 존재하는가. 그 달은 오래전에도 존재했듯이 우리가 세상을 떠난다 해도 시간성에 따라 그 자리에 붙박여 있을 것을 믿는다. 낮달이여 반만을 채운 의미를 낮달은 안다. 어쩌면 낮달은 우리들의 자화상인지도 모른다. 다 채워지지 않은, 그래서 오늘도 나머지 부분을 채우려느는 인산 세상의 모습과도 닮아있다는 생각을 가지려 한다.

우리는 그저 하늘이 준 대로 바라보고 느낄 뿐이다. 우리는 영원하지 않아도 너희는 영원하리라. 낮달은 오늘도 하늘 어디쯤 매달려 볼까 염려하지 않는다. 태곳적부터 신비로운 우주의 천체는 그렇게 돌아가고 있었기 때문이다.

두 집 살림

집을 나서다 뒤를 돌아다 본다. 낮 동안 열려있던 모든 창문은 조용히 입을 다물고 있다. 우물가였던 그곳의 오래전에 아버지가 심어놓은, 원형으로 다듬어진 사철나무가 안채를 배경으로 눈에 들어온다. 나는 잠시 집의 모든 것들을 한눈에 담아둔다. 헌 집이지만 나에게 그 정겨움은 어느 것에도 비할 바가 못 되었다. 쓸쓸함이 곧 어둠에 묻히려 하고 있다. 이제는 누구도 집을 지켜주지 않는다.

하루의 들일은 끝났다. 휴일은 그렇게 정리되었다. 나는 시골집을 떠나 다시 도시로 올라가야 했다. 자식을 두고 떠나는 마음이 이러할까. 한때 고향의 집은 살아 숨 쉬고 있었다. 이곳에서 부모님은 우리를 낳아 기르고, 그 윗대인 할머니도 이곳에 살았었다. 대대로인 집이다. 집엔 이따금 나무에 찾아온 새들만이 주인인 듯 앉았다간 어디론가 날아갈 뿐이다.

부모님을 떠나보낸 지 어언 10여 년. 부모님이 떠난 자리는 누군가가 대를 이어 살았어야 했다. 하지만 그렇다고 해도 살던 도시를 접고 선뜻 시골에 올 수 없었다. 타향도 삶의 터전이 되어버린 지금으로서는 어느 곳 하나를 선뜻 내줄 수 없었다. 더욱이 농토는 애착이 갔다. 평생을 부모가 지어온 논과 밭이었다. 하고 싶은 일이기도 했지만 무엇보다 아까운 땅을 그냥 놀릴 수는 없었다. 나는 서서히 기지개를 켰다. 오래진부터 마음속에 꿈꾸던 일에의 향수가 스멀스멀 온몸으로 파고들었다. 넓은 들판이 보였다.

어머니를 잃고, 아버지가 돌아가시기 전에 얼마간은 맞지도 않는 옷을 억지로 입히듯 아버지를 도시에서 모시며 고향엘 오갔다. 아버지에게 일주일은 길었다. 평생을 지켜준 고향을 떠난다는 일은 당신의 모습을 잃는 것과도 견줄만한 것임을 모르지 않는다.

아버지는 일요일 아침이면 새벽에 일어나 끈이 없는 흰색 운동화를 신으셨다. 어느 날 당신의 고향 땅은 혼자서 갈 수 없는 가깝고도 먼 곳이 되었다. 일요일 아침에 내려가서 온종일 밭을 누비다 저녁에서야 도시로 향하곤 했었다.

아버지는 내가 밭에 있는 시간에 마을 사람들을 만나서 담소하며 술도 걸치고 그동안의 회포를 풀곤 하셨다. 하지만 그런 시간마저도 오래가지 않았다. 노인에게 삶의 유한성은 늘 눈앞에 있었다.

삶의 이중성은 어찌 보면 버겁다. 도시에 와 있다고 시골을 벗어나서는 안 되었다. 마음의 준비는 시골의 삶을 꿰뚫고 있어야 했다. 마을의 한 사람으로서 벗어나서는 안 되었다.

멀리 있어도 일일이 작물에 맞추어 심고 수확하는 것에 소홀히 할 수 없었다. 그만큼의 손길이 필요했다. 휴일이 따로 없다. 도시에서 가만히 노는 사람이라면 사정이 다르겠지만, 도시는 살아가는 밑천으로서 사람들을 대하고 벌이를 해야 하는 삶의 터전이라면, 시골은 어떤 보상을 따지기에 앞서 농업 본연의 소소한 일상에 의한 뿌리고 수확하는 것에의 보람이 앞선다. 두 집 살림. 그것은 남들이 즐기는 휴일을 반납하고 땅과 함께 땀을 흘려야 하는 일이다.

5월은 더욱 그러했다. 주일마다 단 하루라도 쉬는 걸 허락하지 않았다. 논과 밭은 주인을 부른다. 좋아하는 일을 힘들다고 말을 해서는 안 된다. 뿌리고 심는 만큼 갖가지 작물들을 수확할 수 있기에 때를 놓쳐서는 곤란하다. 뿌린 만큼 거둔다는 의미는 이미 5월에 결정 난다 해도 과언이 아닌 셈이다. 그만큼 농부는 부지런해야 한다. 아침의 햇살이 창문에 비추면 안 된다. 이미 햇살은 밭에서 맞이해야 한다.

조반 전이란 말이 있다. 밭의 풀들이 호미질을 부른다. 이슬은 농부의 손을 어루만지고 작물들은 싱그럽게 주인을 보고 웃는다. 일을 아는 사람은 일의 만끽함과 흙내음을 느끼게 된다. 밭을 매는 그 순간 내가 세상에서 가장 행복한 순간임을 알게 되는, 그런 싱그럽게 전해오는 감흥들을 온몸으로 느끼게 된다.

두 집 살림은 봄으로부터 전해져온다. 시골에 오면 차에서 내리자마자 도시로 올라가는 것을 전제로 일하지 않으면 안 되었다. 마음이 급할 수밖에 없다. 단 10분의 시간도 아까울 수밖에 없다. 매일 밭에 가는 게 이니기에 할 일은 보나 마나 투성이다. 어물쩡거리다가 해는 저물게 되어있다. 이리 뛰고 저리 뛰고 몸 동작을 빠르게 움직여야 했다. 다른 사람들은 늘 시간에 쫓기면서 일하지 않는다. 바쁠 때를 빼놓고는 시간에 여유로움이 있는 법이다.

도시에 있는 나에게 시골 일이란 마라톤이 아니다. 속도를 늦춰서는 안 되었다. 여느 사람들처럼 오늘 못 하면 내일이 있는 게 아니었다. 나에게는 오늘 해야 할 일이 정해져 있는 게 밭일이었다. 가급적이면 그렇게 해야 했다. 그러니 마음이 급하게 되고 몸의 동작도 자연히 빨라지게 마련이다. 그러다 보니 일이 거칠 수밖에 없다.

어쨌거나 때에 맞춰 심는 시기를 넘기면 그만큼의 소득은 감소

하거나 수확을 할 수 없을 때가 있으니 시간을 재며 일을 해야 했다. 그러므로 얼추 해거름이 되어서는 그날의 일의 아퀴를 지어야 했으므로 단거리 경주가 따로 없다. 성격상 어지간한 것은 그날 다 해치워야 속이 시원했다. 육체적인 것에 끌려다닌다면 그것은 일꾼이 아니었다. 비가 오는 것과 태양의 열기와는 상관없이 일을 해왔다.

더구나 우리 밭은 경운이 어려운 밭이라서 손수 삽을 이용해서 땅을 뒤집어야 했다. 원시적이요, 무슨 청동기시대도 아니건만 그런대로 해나갔다. 그래서 조금은 힘이 들 때도 있었지만, 그래도 땅을 보고 일을 할 때가 세상에서 가장 행복할 때가 많았다. 온갖 농기구들을 내가 잡았을 때는 나와 한 몸이 되었다. 작물들의 가려운 곳을 긁어주고 나서 밭을 떠날 때는, 일을 한 대가라면 하늘에게 바라는 심정이 되어 스스로 홀가분했다.

시골에서의 할 일을 며칠 전부터 사소한 것에서부터 메모를 게을리하지 않는다. 열 가지고 스무 가지라도 메모하지 않으면 꼭 해야 할 일을 빼먹게 되어 나중에 아쉬움만 남게 된다. 뭐든 챙기는 것에 소홀히 할 수 없다.

다만 아쉬운 것은 여유롭게 마을의 뒷산을 한번 오른다던가, 친구와 담소하며 막걸리라도 한잔한다든지 하는 것은 메모에 기록되지 못했으니 앞으로 채워갈 부분이다. 가끔 하늘을 올려다보며 일을 하는 습성을 키워야 했다.

세월의 더께에 따라 그동안 해 온 일들을 적어놓은 것들이 대학노트를 가득히 채우고 있다. 하나의 농사일의 지표가 된다. 그때그때의 일들을 바탕으로 다음 해에 참고가 된다. 기후의 변화도 읽을 수 있게 된다. '오늘은 4시간 걸려 밭을 일구고 배추 몇 포기와 무를 파종했다'처럼 노트에 한두 줄로 처리되지만 거기에 미치는 손놀림은 상당한 거였다.

이렇듯 나에게 있어, 농사일은 매번 저녁에 땅거미가 질 때가 되어서야 호미와 삽을 챙기는 시간의 연속이었다. 관농을 따르지 않는 자연 농법은 그만큼 풀들을 키웠다. 일일이 삽과 호미에 의존하는 밭일은 힘은 들더라도 그만큼 산속에서의 그섯처럼 자연과 함께하는 일임을 체득할 수 있어 좋았다. 때론 신비한 밭에 서 있는 기분이 들 때도 있었다. 과일나무와 같은 것들의 조화를 이룬 밭이기에 더욱 그런 감흥들이 가미되어 생겨나는 것이라 보인다.

비가 내린다. 봄비. 그 촉촉함이 작물들을 싹틔우게 하고, 목마름에 물기를 머금은 것들은 햇빛 아래 찬란하게 한 식물의 잎을 푸르게 한다. 허리를 숙여 모종을 하는 손길에 생장의 토대를 잡고 커가며 거기서 가지치기도 하고, 꽃도 피우고, 열매도 맺고 다시 주인에게 두 손 가득 먹거리를 건네준다.

일을 적게 하면 몸에 무리가 없어 편하고 좋은 것은 누구나 안다. 하지만 일에 욕심이 붙게 되면 그런 사사로움은 빌붙지 못한다. 사람이란 일을 하기 위해 태어난 것이지 어린이 놀이터처럼 놀다가 가는 인생이 아닌 것을 일꾼들은 안다. 쉼 없이 움직이는 것만이 능사가 아니라고 말한다면, 과연 삶의 의미란 무엇인가. 다 태생이라 해도, 쉬는 것보다 뭔가를 움직이는 게 좋은 것을, 나는 그렇게 태어났는지도 모른다.

젊은 시절엔 더욱 가슴에 와 닿았던 격정적이란 단어를 가슴 깊이 새기게 되었다. 아마도 어느 문인의 말이 나의 가슴을 불태우게 했는지도 모른다. 그 문인은 정신적인 것에의 열정을 말했지만, 나의 속성상 정신적인 것만을 추구할 수 없었고, 현실에 주어진 육체적인 그것에 대입시켜 뭔가 그렇게 살려고 애썼다.

격정적(激情的)으로 사는 것. 지치도록 일하고, 노력하고, 열기 있게 생활하고 많이 사랑하고 아무튼 뜨겁게 사는 것, 그 외에는 방법이 없다. 산다는 것은 그렇게도 끔찍한 일, 어려운 일이다. 그러나 그만큼 나는 더 생을 사랑한다, 생에 집착한다.

젊은 시절 오랫동안 나를 지배했던 말들. 내 삶의 좌우명이었다 해도 과언이 아니었다. 그렇게 하고 싶었다. 많은 시간 동안 그렇게 할 수 있었음에 나는 감사한다. 그것은 아마도 풍류객인 아버지를 닮지 않고, 개미의 습성을 닮은 어머니의 피가 내 몸속에 있었기에 가능하지 않았나 생각된다. 그렇더라도 내부의 어떤 뜨거움의 감정은 아버지를 당해낼 수 없다. 부모가 떠난 자리는 내게 두 집을 갖게 했다.

떨어지는 꽃이 되다

떨어지는 꽃은 아름답다고 말하려 하지 않는다. 그냥 힘없이 그 끈을 놓았을 뿐이다.

과거의 아름답던 시절은 꽃 속에 있지 않다. 꽃을 보아준 다른 이의 가슴마다 한 점씩 남아 있을 따름이다. 그 울림이야 어떻든 영원히 살아 있는 꽃으로 살 수 없음을 알면서도 떨어지는 꽃이 되고 싶진 않았겠지.

발버둥쳤던 지난날도, 웃고 지내던 시절도 눈감으면 그만인 것을 그냥 허둥거리다가 세상을 떠나지 말아야지 한다. 배가 터지게 놀다 세상을 떠난다고 저승을 가서도 웃을까. 하루하루 코바늘 엮듯 촘촘하고 조금은 쪼잔하게 살아서 무엇을 할 거노? 빛 한 점 가슴 따뜻한 곳에 비치지 못할 거면 차디찬 바위에 누워 있는 것.

햇빛만 보아도 행복인 것을 얼마나 당신은 느꼈는가. 푸르름이 세상을 도배해도 잎새 하나 건드려보지 못하는, 그래서 무미건조한 당신도 사람인가. 바람 한 점 옷깃이나 얼굴에 스쳐도 그게 사랑이며 삶이라는 것을 누구에게 말할 필요 있을까. 사물과 자연을 쳐다볼 수 있는 아름다운 눈을 가진 것도 행복인 줄 모르고 얼마를 살았던가. 또박또박 걷는 것도 행복인 걸 그대는 언제 알았는가.

세상이 끝나는 날이 내게도 있으려나, 젊을 땐 반추조차 안 했지.

나이 먹음의 발걸음은 사뿐하지는 않다. 마음이 무거워서일까, 살아온 날보다 앞으로의 나날들이 더 짧게 느껴져서일까. 아니, 과연 시간이 멈추는 날이 오기는 오는 걸까. 죽음의 뒤편은 어떻게 되는 걸까. 깊이 생각하면 슬퍼져. 생각만 해도 죽음은 갑갑해. 사람이란 그래서 언제고 유동하는 것. 에라, 어린아이처럼 모르는 척, 치매라도 걸린 척 살아볼거나.

나는 걷는다. 몹쓸 병에 걸린 것처럼 절망도 해봐야 빛 한 점의 소중함도 맛볼 수 있으리라 한다. 그렇다고 자처해서 아프고 싶은 사람은 있지 않을 거다. 아픈 것도 살다 보면 몰래 찾아오는 것이요, 억울해도 또 순리라고 해두자.

혼자 왔다가, 여럿이 놀다가, 갈 때는 여럿이 못 가는 게 인생의 진리인 것을. 사람과 사람 사이에도 너무 가까이 지내다가 때론 상처라는 멍이 되어 되돌아온다는 사실을 알고 있어야 하거늘, 괜히 아는 상처만 생기게 돼.

사람과 사람 사이의 멍들. 서로 간에 멍이 안 들게 되면 본전은 찾은 거지.

도시로 시골로 많이도 걸어 다녔다. 자국이 없는 발걸음을 살겠다고 매일이다 싶게 떼어 놓았지. 얼마를 더 걸어야 하는가. 인간이 일이라는 것은 끝없는 길과도 같아야 하는지. 힘이 있을 때 걷는다는 것도 행복이라는 위안으로 감싸 안고 천천히 걸어가는 것, 늙어도 추하지 않으려 실력으로 노력하려는 것. 삶에, 일에 정성을 기울여 보는 것. 그래도 어떤 때는 늦됨까지 도시에서 일을 하는 게 부끄러울 때가 있지. 괜히 뭐가 좀 뒤진 듯도 싶고. 다 자기 최면인 거지. 그렇게 살다 고꾸라지면 그만인 것을 알면서도…. 이젠 멋없는 사람으로 되어버린 자신을 어쩌랴.

그래도 마지막 얼마간은 여유 있게 쉬며 소일거리나 하며 지내는 때가 있으려니 한다. 지극히 평범하고도 목가적인 삶이다. 마치 자라던 시절에 겪어보았던 것 같은 분위기랄까, 그저 할 일이 없으면 햇볕 드는 벽에 우두커니 기대어 실컷 해바라기라도 해야 할 것 같은.

애완견에 관한 단상

요즈음엔 강아지를 키우는 사람들이 부쩍 많아졌다. 밖을 나서면 강아지와 산책을 하는 것을 어렵지 않게 볼 수 있다. 예전에는 아파트에서 강아지를 잘 키우지 않았지만 언제부턴가 그 패턴이 달라졌다. 마치 서로 경쟁이라도 하듯 앞다퉈 키우고 싶어 야단들인 것 같다. 곁에 아무것도 없으면 적적함에 노출된 것 같은 심정이 되어, 벗이라도 생긴 양 강아지와 함께 있고 싶어 한다. 어른 아이 할 것 없이 강아지의 목줄을 잡고 있다.

이젠 누구든 뭐라 할 수 없는, 마치 필수품이라도 된 듯하다. 이른바 애완견인 셈인데, 인간의 외로움과 쓸쓸함을 달래 줄 수 있는 데는 강아지를 기르는 것만 한 게 없을 줄 안다. 아이들에게는 말할 것도 없고, 혼자서 살아가는 이에게 있어 삶의 동반자로서 강아지를 키우는 일이야말로 대화는 물론 마음의 정서와 살아가는 활력에도 상당한 영향을 주지 않을 수 없다.

나는 가끔 저녁을 먹고 어둠이 내리면 공원엘 거닐곤 하는데, 그때는 여기저기서 불빛이 번쩍거린다. 강아지의 목에 두른 반사 줄 탓이다. 그야말로 강아지는 자유로움에 살판이 난 듯 불빛은 가만히 있지 못한다. 개들이 몇 마리 모여 있다. 따라서 그 주인도 각기 리드 줄을 잡고 있다. 개들은 서로의 호기심으로 대하기도 하며, 그러다 이미 친하다는 듯 반기는 태세다. 덩달아 목줄을 쥔 주인들도 서로 강아지를 향해 말을 주고받으며 하나의 친한 벗이 된다. 다 젊은 사람들의 교류다. 따지고 보면 개 좋고, 사람 좋은 거다. 이렇듯 강아지와 놀고 운동도 하며 좋다고 날뛰는 강아지의 모습을 보며 그 주인도 덩달아 기분이 좋아지는 것은 당연할 터이다. 곁에는 아이들도 따라오기도 해서 모두의 즐거움이 된 듯하다.

하지만 강아지는 우리에게 즐거움을 주는 만큼 주인의 손길이 필요하게 되었다. 기르는 과정에서 반려동물을 위한 미용실도 다니고, 때론 병원도 다니며, 또 상황에 따라 어떤 이는 수술을 요하는 것에까지, 마치 한 가족의 일원으로서 받아들이며 살게 된 것 같다. 게다가 한 마리가 부족하여 두 마리를 키우는 것을 마다하지 않는다.

개의 특성이 주인에 대한 복종과 살가움으로 가득하니 우리 인간이 싫어할 이유야 없을 듯싶다. 강아지를 끼고 다니는 것이 예삿일이 되어버린 지금 함께 웃고, 놀고, 즐기고 하다 보니 강아지와의 시간이 부쩍 많아진 셈이다. 사랑과 애정의 남발이 아니라, 그것들의 태생에서 오는 본성의 날것이어서 꾸밈이 내재한 인간의 그것과는 그 진정성에서 사뭇 다르다고 보인다.

무릇 인간에게 상처가 있다, 라면 그런 사람들에게는 더할 나위 없는 조건으로서 강아지만 한 반려동물은 없을 것이다. 강아지의 소유함은 행복함을 영위할 수 있고 나아가 우리들의 생활을 보다 안락과 안정된 길로의 안내에 다름 아닐 것이다.

사람들이 그토록 강아지를 좋아하는 이유가 뭘까. 애정의 결핍과 인간관계의 상실에서 오는 회복의 조건으로서도 그만한 매개체가 있을까 싶을 정도로, 개는 사람들의 마음에 정과 믿음과 살가움으로 인간에 다가오고 있다. 그것들은 말은 못 해도 인간과 가장 가까운 눈치와 감각으로서 인간에게서 보이는 거짓과 위선, 야누스적인 양면성은 적어도 갖고 있지 않으니 얼마나 부담이 없는 존재인가. 다가서려 하는 이유가 거기에 있다. 주인에게 언제고 짜증이 아닌 활짝 갠 모습으로 방긋 웃어 주다가 그것도 모자라다 싶으면 몸을 발랑 뒤집어 네 발을 휘저으며 재롱으로 보탠다.

나도 아이들이 자랄 때 잠깐 아파트에서 강아지를 키워 본 적이 있다. 사실 여간 일이 아니었다. 첫째로 배변의 문제도 그렇고

털이 날리니 집을 위생적으로 깨끗하게 하기 어려운 점이 있어
우리는 키우던 강아지를 시골로 내려 보낸 적이 있다. 그러나 사
람들은 모든 걸 감수하더라도 강아지를 키우려 한다.

사람이 갖고 있지 않은 것들, 이를테면 꼬리를 흔든다든지, 껑
충거리며 좋아서 어쩔 줄 모르는 변함없는 에너지의 보고이기에,
사람들은 강아지와 떨어지지 않으려 하나 보다. 바로 키우는 이
를, 즉 사람을 배반하지 않으니 맘껏 사랑을 줘도 후회를 수반하
지 않는 투자라면 투자의, 정을 준다면 정에의 가치가 인간의 그
것과는 다른 어떤 필연적인 붙따름의 개연성에 사람들은 강아지
를 기르고 있는지도 모른다.

누구나 알고 있듯이 개만도 못한 인간이란 말, 말이다. 오죽하
면 개만도 못한 인간이란 말이 회자되는가. 짐승만도 못한 인간
들이 세상에는 살아가기 때문이다. 인간에게서의 배반은, 강아지
는 어쩌면 회생의 가치를 부여해 줄 수 있는 유일한 진실의 매개
체가 아닌가 한다. 무릇 인간의 신뢰에 대한 상실이라면, 그와 달
리 강아지에게서는 신뢰할 수 있다는 어떤 안정된 불변의 한 대
상을 택함으로써, 인간의 평온이라는 본래의 마음으로 회복될 수
있는 것에 만족하려는 인간의 심리가 내포되어 있다고 본다. 예
전에는 특별한 소수의 사람 사이에서 전개된 것이라면 이제는 보
편적 개념의 차원으로 바뀌게 된 것도 달라진 시대의 풍속도라
하겠다. 이젠 개와 함께 사는 시대가 온 것이다.

어린 시절에 나는 강아지를 끼고 살았던 적이 있었다. 강아지와 방에서 함께 생활하게 되었다. 아마도 겨울이었던 것 같다. 살아 있는 것은 뭐든 똥을 누지 않을 수 없다. 개도 마찬가지여서 그럴 때면 아버지는 강아지를 밖으로 휙 집어 던지곤 했다. 그러면 나는 얼른 달려가 감싸 안으며 강아지를 달래곤 했다. 심심하면 드러누워 팔베개하곤 했다. 귀여운 강아지가 그렇게 좋을 수가 없었다. 그럴 때면 할머니의 젖가슴도 잊고는 했다. 그러다 조금 커서는 들로 데리고 다닐 수 있어 너무 좋았다. 이름도 잊히지 않는다. 나의 강아지 킹 말이다. 덕구는 너무 흔한 것 같아서 '킹'으로 지었다. 유독 나만을 잘 따랐던 강아지는 내가 논에서 우렁이를 잡을 때도 데리고 다녔다.

어떤 때는 나를 따라 물 위에서 헤엄을 치며 논으로 들어올 때도 있어서 나는 안 된다고 손짓했지만, 나의 킹은 막무가내로 목을 내밀고 작은 몸뚱이를 적셔가며 헤엄쳐 나에게 다가왔다. 강아지는 내가 영영 돌아올 수 없는 곳으로 떠나는 줄 알았나 보다. 강아지는 주인을 안다. 한번 주인이 되면 언제나 화를 내거나 모르는 체하지 않아 좋았다.

아버지는 그예 다 크지도 않은 그 강아지를 장날 나도 모르게 팔아버렸다. 어느 날 학교를 갔다 오니 이웃집 아저씨와 팔고 온 거였다. 나는 그때 얼마나 울었는지 모른다. 나의 강아지가 별안간 없어질 거라는 생각을 해보지 않아서였다. 어른들은 무정했

다. 어른들의 마음을 읽을 수 없음을 얼마나 한탄했던가. 예전에
는 툭하면 팔거나 잡아먹는 게 예사였다. 생각해 보면, 그나마 그
런 개를 잠시라도 기를 수 있었던 것도 어쩌면 다행으로 알아야
만 했던 시절은 그러나 아련한 추억으로 남아야 했다.

　나는 개를 키우련다. 오랫동안 키우지 못했던 개를. 그러나 시
골에서나 키울 수 있을 거라고 나는 마음속에 언제부턴가 두고
있었다. 그땐 덩치가 큰 풍산개 하나라도 키우고 싶다. 그 개를 끌
고 산에도 같이 오를 것이며, 개의 양 볼을 손으로 움켜잡고 눈도
맞출 것이다. 그 개의 이름은 무엇으로 할지 아직 모른다. 이번에
는 절대로 '킹'으로 짓지 않겠다. 킹은 나에게 슬픔을 안겨 주었기
때문이다.

파주를 찾아서

어느 휴일, 나는 모처럼 자유로를 달렸다. 오전 시간이었음에도 차는 갈수록 시원스럽게 뚫려서 마치 드라이브 코스가 따로 없겠다는 생각마저 들었다. 눈 끝으로 스쳐 지나가는 풍광도 외국의 어느 도로에 뒤지지 않을 만했다. 저 멀리 드넓은 바다의 입구가 보였고, 산과 바다의 어우러짐이 그림처럼 펼쳐져 있었다.

파주였다. 파주를 떠올리면 출판단지가 연상되었다. 그곳에 새로 살게 된 사람은 출판을 오랫동안 이어온, 그 분야의 전문적 지식으로 사진에 관한 양서의 책을 출판하고 있는 대학 동기의 집이었다. 말하자면 도시를 떠나서 목가적인 삶을 꾸려보겠다고 이곳에 터를 잡았다.

나는 그가 몸에도 맞지 않는 옷을 입은 것 같아서 내심 걱정이 앞서기도 했다. 왜냐하면 시골의 것보다 도회지의 삶을 영유해오던 그는 선뜻 농촌을 택한다는 것은 말처럼 쉬운 일이 아니기 때문이다. 눈앞에 보이는 것은 산과 마을과 밭이 전부가 되었다. 어디를 쳐다보아도 푸르름으로 눈에는 행복이 저절로 피어날 것만 같았다.

집이 저택은 아니어도 앞마당을 가진 전원주택이었다. 나무와 잔디와 잡풀들은 봄볕의 따스함을 한 몸에 받으며 평화롭고 온유한 것들이 여기에 모였다는 듯 마당의 곳곳에서 숨을 쉬고 있었다. 나는 마치 이곳이 니의 고향인 양 잠시 착각이 들 정도였다. 주변이 논과 밭으로 이루어진 전원적인 시골의 모습이었기 때문이었다.

나이가 육십을 넘어서는 뭔가 달라져야 하는데, 나는 그대로인 것에 반해 그 친구로서는 과히 획기적인 변화가 아닐까 하는 짐작을 해본다. 좋았다. 보기에 좋은 것은 분명 그 속의 도시에서 볼 수 없는 무엇인가 있음을 우리는 안다. 당장 아침이면 이곳에 전부터 심겨 있는 몇 그루의 소나무에는 날이 밝기가 무섭게 새들이 아침을 알릴 것이며, 창문을 열면 저만치에 산과 들이 보일 것이다. 자동차의 내달림을 잠시라도 보지 않는 것만으로도 그게 어딘가.

곧 한 명의 합세로 우리는 셋이 되었다. 우선 삼겹살을 굽기로 했다. 늘 도시에서 시켜 먹던 것과 달리 전원주택의 뜰에 앉아 음식을 먹으려니 그 흥취가 예전과 사뭇 달랐다. 밑엔 잔디요, 위에는 소나무가 버티고 있었다. 더 좋은 음식점이 어디 있을까. 모처럼 만의 건배였다. 여태껏 코로나의 여파로 아무리 가까운 친구라도 서로 간의 만남을 꺼릴 수밖에 없는 것이 현실이 되었다. 이곳 바깥은 코로나마저 저 멀리 도망갈 것 같은 둘레가 쳐져 있지 않은, 저만치 임진각까지 무한대로 뚫린 곳으로 보아도 좋았다.

당장 고기 옆에 놓여 있는 상추를 보자, 저만치에 작은 텃밭에 자라고 있는 상추의 모습을 볼 수 있었다. 나는 처음에 깜짝 놀랐다. 어느새 마당 한편에 상추와 쑥갓이 꽤 자라 있었다. 어디 그것뿐인가. 출판밖에 모르던 사람이 어찌 토마토며 고추를 몇 포기 심을 궁리를 했는지 나는 궁금하지 않을 수 없었다.

나는 상추가 사람이었다면 한 대 때려주고 싶은 마음이 슬쩍 들었다. 아니, 도시에서 살아오다 느닷없이 농촌에 와서 처음으로 심은 것들의 자람이 내게는 기쁨을 보는 한편, 사실 조금의 불평등함도 묻어 있었던 것은 사실이었다. 언뜻 보니, 십 년을 넘게 해마다 상추와 쑥갓과 아욱을 뿌려온 나와 무엇이 다를까 싶었다. 하늘은 공평한 것인지, 그렇지 않은 것인지 신이 있다면 하늘에 올라가서 한번 따지고 싶은 마음 없지 않았다.

농사를 망쳤다는 소리는 농사의 고수에게도 없다고 볼 수 없다. 하물며 이 친구는 시쳇말로 따지자면 초짜가 아닌가 말이다.

그래도 이것들의 심성은 심는 이의 그 깊은 속내와 과거를 은밀히 감춰준 것인지는 모르겠지만, 이렇게 장성한 자식을 보듯 파릇파릇 먹기 좋게 자란 것이었다.

작물은 사람의 이력이나 됨됨이 따위를 따지지 않는다. 그것들은 적당한 햇볕과 수분과 거름이 있으면 커갈 뿐이었다. 까다롭지도 않아 좋았다. 무슨 인수분해를 풀 듯 거기에 매달리지 않아도 되었다. 적당한 수분만으로도 아침이면 주인을 맞을 준비를 다 하고 있다. 밤새 화장이라는 이슬만으로도 그 신선미를 더해주고 있다.

하지만 농사도 하루아침에 이루어지지 않는다. 늘 보고 배워야 하고 작물들의 각기 다른 특성을 알아야 한다. 가만히 보니 상추가 심어진 옆으로 대파가 심겨 있는 것이 보인다. 이야기를 들어보니 겨울에 방 안에 있었던 것을 옮겨 심은 것이라는데, 그렇게 죽이지 않고 키운 것만으로도 어쩌면 다행이었다. 대파가 겨우 서 있는 것처럼 보인다. 그냥 심어놓은 것이었다. 당연했다. 농사를 어찌 하루 이틀에 배우랴. 이렇듯 한 가지의 작물에도 그 시기와 가꿈과 그것에의 거름을 흡수하는 양의 차이는 사람의 식성처럼 다른 것이었다. 배추처럼 심은 것이었다. 배추는 깊게 심는 작물이 아니듯이, 대파는 그것과 달랐다. 파의 생명은 밑동에 있기에 길이에 절반 가까이 흙에 묻어둬도 좋다. 그래야 하얀 대궁을 길게 맛볼 수 있기 때문이다.

우리는 도시에서 앉아 있는 것과는 다른 어떤 여유로움을 가슴
으로 느끼지 않을 수 없었다. 상을 물리고 우리는 잠시 정원에 앉
아 쉬었다. 앉은 주변에도 이름 모를 풀들이 얼굴을 내밀고 있었
다. 가만히 보니 이것저것 먹거리가 곳곳에 숨어 있음을 알 수 있
었다. 달래가 보였다. 먼젓번 주인이 심어놓은 것인지, 아니면 그
냥 자란 것인지 풀들과 섞여서 도통 알 수가 없었다. 이것들은 언
뜻 보면 풀과도 같아 보였다. 슬쩍 캐보니 작은 마늘처럼 통통한
알뿌리를 달고 나온다. 그 옆으로 보니 그것은 우리 집 뒤란에도
매년 봄이면 솟아나는 부추가 아닌가. 졸이라고도 부르며 가는
쪽파의 줄기처럼 파릇파릇 자라나 있지 않은가. 많은 양이 아니
기에 아마도 그냥 풀인 줄 알았나 보다.

정원에는 그것 말고도 채송화처럼 귀엽게 생긴 돌나물도 나,
여기 있어요, 하며 작디작은 손을 내밀었으며, 씀바귀며, 꽃이 피
어난 냉이며 민들레도 있었다. 정원은 한마디로 구석구석 먹거리
의 보고가 되었다.

식물들은 도시에서 온 한 사람에게 먼젓번에 심어놓은 주인과
의 의지와 상관도 없이 푸르른 얼굴을 내밀었다. 식물들은 이렇듯
세상의 사람에게 고르게 나누어주고도 모자라 베어내면 또 자라고
내년에도 변함없이 뿌리를 죽이지 않고 그 자리에 소생하리라.

친구여, 자연은 이제는 눈과 마음과 작은 식량까지도 선사하리
라. 밭은 하루아침에 일구지 않아도 좋으리. 모르면 옆집의 노인

에게 물어도 좋을 것이며, 시험이 아니니 남의 것을 보고 배우며 남이 하는 시기에 맞추면 되리라. 그러하면 차곡차곡 쌓아진 자신만의 농법으로 노후도 노을이 멋지게 펼쳐진 것처럼 푸르른 앞날이 저만치에 보일 것이다.

둘러보니 담벼락으로 잡풀들이 죽 깔려 있었다. 저것들을 뽑아내고 담을 이용해서 그곳에 호박과 오이와 가지를 심으면 좋을 것 같았다. 그것들은 여름이면 제각기 자라서 담벼락에 기대어 꽃도 피우고 먹거리를 매달 수 있으니 말이다.

다음 주면 오월. 그땐 뭐든 뿌리고 심어야 한다. 푸르른 들판을 바라보는 것도 좋지만, 뭐든 가꾸는 재미와 기대가 있기에 우리들의 노후는 외롭지 않다.

어느새 포근하면서도 따사로운 바람 한 점 저만치서 불어왔다.

1984년을 노래하다

어느 날 문학은 소리 없이 내게 찾아왔다. 내가 스스로 넘을 수 없는 경지의 것들이 타인을 통해서 얻어지고, 내가 미처 알지 못했던 세상으로의 만남은 또 다른 길로 나를 안내했다. 물질이 아닌 정신이 사람의 마음을 그토록 빠져들게 했다. 그것은 결국 문학으로의 귀결이었고, 나는 벅차오르는 감정을 주체하기 어려웠다. 새로운 의식의 세계에 며칠 밤을 새우다시피 했다. 책을 통한 영혼의 눈뜸은 신비할 만큼 나를 압도했다.

나를 뼈에 사무치도록 문학에, 삶에 눈을 뜨게 해준 정신의 지주와도 같은 여인, 그대 이름 전혜린이 있었기에 가능했었으리라. 군에서의 일이었다.

비록 작가의 꿈이 버겁고 아득한 길일지라도 좋았다. 막을 수 없는 열정에의 꿈을 꿀 수 있다는 것은 세상의 그 어느 것에도 비할 바가 못 되었다. 여태껏 살아오면서 이토록 깨어 있는 의식을 경험하기는 처음이었다. 어쩌면 내게 문학으로 가는 길은 천만금을 주고도 살 수 없는 값진 것인지도 몰랐다. 내면의 몸부림치는, 그래서 그 당시 문학 대신 나의 내면을 대체할 가치란 그 무엇도 존재하지 않았다. 사랑도, 짙은 우정으로도 문학의 공간을 지배할 수 없었다. 문학은 청춘의 전부처럼 보였다.

나는 오늘도 교문을 향해 걷고 있다. 새벽 별이 스러지고 나서 나는 새벽길을 가르며 십리 길을 가방을 들고 인성읍까지 걸어 나온 적도 있었다. 신선한 공기를 가르며 나는 꿈을 향해 걸었다.

한길 옆으로 논과 밭이 보인다. 문학은 내게 있어 흘러내린 밭둑에 결을 따라 서릿발이 치솟아 올라서 맺힌 강건하고 차디찬, 불순물이 섞이지 않은 고유의 순수한 물체 같아 보였다. 그 수분의 결정체인 서릿발을 떼어서 손바닥이 위로 향하게 한 다음 손목에 올려놓으며 친구들과 시간을 잰 적이 있었다. 얼마 안 있어서 칼날에 베인 듯 손목이 시려왔다.

문학은 그처럼 시간을 두고 참아내며 견디는 모습 같았다. 아니 문학은 어쩌면 섬뜩할 만한 첨예한 감각을 끌어올리려 애쓰는 모습인지도 모른다. 문학이 어려운 것이라면 그걸 해야 하는 가치가 충분하기에 어떤 매력을 놓치지 않으려 애쓰는 모습인지도 모른다. 문학은 단숨에 치솟아 올라 성과를 내는 것이 아니라 길고 긴, 노력이라는 인내와의 싸움인 것을 그땐 제대로 알지 못했다. 지속성을 띤다 해도 꽃피우기 어려운 것이 문학이라면, 그래서 예술의 어려움은 값지고 빛나는 것인지도 모른다.

통학의 거리는 비교적 짧은 거리는 아니었지만 거리감을 전혀 느끼지 못한다. 차를 갈아타고 오다 보니 저만치에 남산이 보였고, 나는 퍼시픽 호텔을 끼고 언덕길을 올랐다. 남산으로 오르는 언덕진 차도를 건너자 바로 왼편으로는 한양 스튜디오가 보였고, 교문 위로는 드라마센터의 간판이 보인다. 그 아래 학교의 명패가 나를 맞이했다.

언제나처럼 시계를 보지 않아도 수업은 아직 멀었다. 좀 있다 보면 이따금 학생들이 보이곤 했다. 주로 여학생들이었다. 반가움은 마음속에 있다. 나이를 먹었기에 호들갑을 떨 수는 없었다. 스물일곱의 해는 거저먹은 게 아니었다. 그래도 남학생들은 웃을 수 있어 좋았다. 차림새와 인물이 번듯한 학생들도 있어 나는 처음에 이 학생이 연극과인가 착각이 들 만했다. 서로의 경쟁에 의한 만남이라기보다는 한뜻으로 모였다는 것에 무엇보다 가슴이 벅찼다.

모두는 하나같아 보였다. 저마다의 가슴에 책과 펜을 들지 않고는 못 배기는, 그래서 뭔가를 써 보겠다고 모인 젊은이들의 광장은, 개성과 열정과 어떤 멋스러움으로 우리를 감싸 안았다. 문예창작과라는 말만 들어도, 내가 거기에 속해 있다는 것만으로도 정신적인 행복이 어디서 솟아나는 것만 같았다. 이런 곳에서, 한동안 그리던 문학이라는, 소설이라는 말을 혼자가 아닌 여러 학생과 공부할 수 있음은 무엇과도 바꿀 수 없는 유일하고도 소중한 시간이었다.

각지에서 모여든 학생들로 가득한 강의실. 그들은 아마도 여러 학문 중에서 내가 그렇듯이, 문학이라는 것에 꽂혀서 온 것이요, 적어도 문학에 가슴앓이했을 거라는 믿음을 가질만했다.

처음으로 보는 얼굴이지만 우리는 이미 거리를 둘 수 없는, 한 우리의 순수한 만남이있다. 들쑥날쑥한 나이는 어쩔 수 없다고 해도, 그걸 굳이 따질 필요도 없었고, 되레 나로서는 학교에 좀 늦게 들어왔기에 동생뻘쯤 되는 학생들이 늦된 아이 취급만 당하지 않아도 다행이었다.

교실의 뒷자리에 앉으면 온통 긴 머리칼이 눈에 들어왔다. 그도 그럴 것이 교실에는 대체로 여학생 일색이었다. 다행히도 예비역이 몇 명 있었기에 우리는 곧 친해질 수 있었다. 그들은 언뜻 보아도 나이가 나이인 만큼 한층 성숙한 마음가짐을 가질 수 있다는 것만으로도 어떤 문학에 굳건함이 보이는 듯했다.

아직은 부족할지라도 그때 나는 작가의 꿈을 꿀 수 있는 것만으로도 좋았다. 그 꿈이 비록 쓸데없는 허영심에 불과할지라도 말이다. 배움과 도전의 욕구는 오랫동안 변하지 않기를 바라는 심정이었다. 하지만 나는 실상 그때 문장 하나도 제대로 쓸 수 없었다. 지금에서 보면 그것은 수필에도 효용할 만한 것도 못 되는 수준에 지나지 않았다. 너무나 부족했다. 그때 문장을 제대로 엮어가는 친구를 부럽게 바라보았다. 바로 P군의 경우다.

나는 용산에서 안성으로 가는 고속버스에 올랐다. 하교길이었다. 나는 P군이 건네준 단편소설을 펼쳐본다. 대학 신문사 공모에서 당선된 소설이었다. P군은 이미 입학 후 얼마 안 되어 도서관에서 만날 수 있었다. 바로 옆자리에 앉아 두툼한 원고를 보고 있었다. 나는 옆구리를 쿡 찌르듯 슬쩍 물어보았다. 단편소설이란다. 내 맘이 되레 든든해 보였다. 소설이라고는 한 번도 써본 적이 없었던 나는 이런 친구들과 공부할 수 있음에 더 힘이 났다. 고작 수필 몇 편 게재된 게 전부였던 나는 무척 그 친구가 부럽기도 했다.

나는 소설을 읽기 시작했다. '작은 개구리 한 마리가 도시로 펄쩍 뛰어들었다'로 시작된 소설은 안성으로 오는 동안 내내 눈을 뗄 수 없게 만들었다. 어느새 안성 시내가 저만치에 보였다. 이미 문체가 뚜렷해 보였으며, 문장 또한 틀이 잡혀 있었다. 나는 언제 이렇게 소설을 쓸 수 있을까. 마음만으로 되는 게 문학이 아닌 것을, 갈 길이 멀게 느껴졌다. 가능성은 완성을 전제로 하지 않기에 문학의 길은 가깝지도 멀지도 않은, 손을 내밀면 잡혀주기를 바라는 심정이 되었다. 설령 작가가 된다는 것이 내게 과한 욕심일지라도, 우러나는 것을 스스로 막을 수는 없었다.

돌이켜보면 그 시절은 내가 예측할 수 없었던 더없는 야심과 열정이 함께했던, 문학을 아끼고 좋아했던 급우들과의 둘도 없는 애틋한 한 마당의 봄볕에 앉은 듯했다. 젊음의 유일했던, 저마다의 꿈을 키우던 의욕으로 가득한 순간들이었다. 비록 소설을 제대로 쓸 수 없었다고 해도 함께했었던 그것만으로도 나 자신을 던져 넣었던 열정은 어디로 가지 않고 오롯이 남아서 헛되지 않기를 바라는 심정이 되었다.

하지만 막상 사회는 문학 하나로 지탱할 수 없음을 알아야 했다. 다행히 문학의 꿈은 단절된 듯, 내 곁에 숨은 듯했지만, 그 열정의 찌꺼기는 언젠가부터 하나의 불씨가 되어 서서히 살아나고 있었다. 누가 뭐래도 세상은 하고 싶었던, 문학이라는 정신의 애틋함을 껴안는 것만으로도 살아가는 것에 위안이 되어 주었다.

학교에는 나무가 몇 그루 안 되었다. 심을 자리가 없기 때문이기도 하다. 다만 비좁은 공간이 비좁지 않게 느껴지는 것은 예술은 하나요, 이웃이요, 창작이요, 젊음의 공간이기 때문이다. 단칸방에서 뒹굴며 사는 것이 어쩌면 더 가깝게 되고 정이 듬뿍 드는 이유이기도 하다. 이기와 시기와 물욕조차 배제된 아름다운, 멋스러움이 저마다 피어나는 개성의 공간에 우리는 창작이라는 희망을 품을 수 있어서 행복했고, 가슴 뜨거움으로 다가갈 수 있어 좋았다.

비록 작은 공간이지만 그래도 있을 건 다 있어서 넉넉한 도서

관은 아닐지라도 앉아서 책도 볼 수 있었으며 그 외에도 깊숙한 구석에 글방이라는 곳이 아담하게 자리 잡고 있었다. 그곳은 어릴 적 겨울이면 골방에 앉아서 아이들과 화투 패를 돌릴 때처럼 불빛이 반쯤만 열린 듯 아늑한 공간이었다. 주로 커피 잔을 책상 앞에 놓고 책을 뒤적거리면서 소곤소곤 잡담도 나누곤 하던 곳이었다. 캠퍼스엔 젊음의 낭만이 있고, 보이게 안 보이게 커플이 생겨나게 마련인데, 그 와중에 나도 남자여서 그 많은 여학생 중에 한 번쯤은 어느 여학생을 떠올려서 미래의 나의 여인으로 삼으면 어떨까, 하는 애정 어린 마음을 잠시나마 가진 적도 있었다.

그러다 우리는 어느 날 남산으로 오르는 길에 마른 낙엽이 뒹굴고, 서로는 뿔뿔이 헤어졌다. 우리는 추억을 접고, 술을 시켜놓고 서로 헤어지듯 모른 체하며 어둠이 두려워 쓸쓸히 집으로 발걸음을 옮겨야 했다. 내일은 다른 곳에서 해를 보듯 우리들은 한군데 모여 노래할 수 없었다. 젊음의 문학 놀이는 각기 밤에 뜬 달을 보듯 고유의 영역이 되었다.

세월은 덧없이 그렇게 흘러간다. 기억의 잔재들은 졸업 후에도 사소한 것에도 이따금 끼어들곤 한다. 어느 날이랄 것도 없이 달리던 자동차에서 「J에게」라는 음악이 흘러나온다. 그럴 때면 기억의 저편엔 여지없이 음악을 유추하며 Y양이 떠오르게 된다.

1984년 봄이던가. 실내에서 하게 되는 체육 시간에 여백이 생겨 잠시 노래를 부르게 된다. 그때 새하얀 옷을 즐겨 입던 눈이 좀 큰 한 여학생이 앞에 나선다. 새하얀 옷은 사람들에게 도드라져 보이게 하지 않는다. 차분하고 순한 양의 그것처럼 보이기 십상이다. 하지만 그녀는 당돌했다.

'J에게'는 그 당시 이선희의 히트곡이었다. 가창력이 좋은 한 여학생. 그렇지 않고는 제대로 부르기 어려운 노래였다. 그녀는 학생들 앞에서 자신 있게 노래를 주무른다. 신선했다. 풍부한 성량이었다. 'J' 하며 목소리를 높이는 장면에서는 풋풋함과 함께 가수를 방불케 할 만큼 수준급의 노래였다. 대학의 캠퍼스란 이런 것이구나 싶었다.

젊은 한 여성의 노래는 후에 두고두고 그럴 때면 저질로 떠오르게 된다. 입학해 처음으로 들어보는, 문학과는 동뜬, 귀와 시선의 더듬이로 터치되는 노래에 맘속으로 박수를 보낸다. 'J에게'의 가사에서처럼 추억의 그 길도, 그곳에서 스치던 바람결도, 아름다운 여름날이 멀리 사라졌다 해도, 그리워할 그대는 없어도 그때의 우정은 아직도 변함없는데, 세월은 야속하게 되돌아갈 수 없음을 노래하게 되었다.

우리들의 작은 교정에서는 각기 다른 창작이 뒤엉키듯 한껏 자신의 분야에 창작열을 올렸지. 그 성향이 다를지는 몰라도 예술은 하나였지. 그 시절을 떠올리면 우리들은 한껏 물오른 나무처럼 풋풋했으며 서로 간에 더없는 모습의 마주침이었지. 그땐 그런가 보다 했지. 지금에서 보면 그건 그렇지만은 않은 거였어. 새삼스럽지만 그게 살맛나는 청춘의 마당이었어. 성인의 기억으로서 가장 낭만적이었으며 강렬했던, 몸부림치던 멋스러움이었어. 그땐 세상이 지금에서처럼 멋스럽지 않을 줄 몰랐지. 지금은 이래저래 모든 게 추억이 되고 기억에서 버릴 것은 없는 듯이 보였다.

살아오면서도 간혹 내게 그런 시절이 있었던가, 하며 새삼 과거를 되짚어 볼 때가 있다. 청춘이 일회적인 것임을 그땐 굳이 직시하려 들지 않았다. 널린 게 청춘이었던 시절이었다. 부모의 그늘이 든든한 버팀목이 되었던 시절이었다. 지금에 와서 한 번쯤은 세상이 거꾸로 흐른다면 얼마나 좋을까 싶다. 달려가고 싶다.

왜냐하면 사회는 어떤 정신적인 것의 요구를 그대로 수용하며 살기가 어려울 뿐만 아니라, 자신의 직업에 따른 어찌할 수 없는 상황에 얽매여 자신을 옭아매며 살아가기 십상인 것 같다. 그게 때론 싫었다. 떼어놓을 수 없는 과거의 그 공간이 다시금 경험할 수 없는 정신의, 배움의, 그것도 자신이 가장 하고 싶었던 문학이었기에 더 그 시간들의 애틋함이 우리들의 가슴속에서 지워지지 않고 있다. 떠나간 배는 다시 돌아오지 않아도 함께 배를 타고 놀았던 시간의 즐거움과 풍경들은 고스란히 가슴에 간직되어 이따금 그곳으로 가보고 싶은 때가 우리들에게는 있는 법이다.

되돌아보면 문학을 통한 배움의 길은 생각만 해도 살아 있음의 징표가 되었다. 나는 그곳에서 내가 아닌 다른 사람이 된 듯 한껏 야심을 키울 수 있어 좋았다. 그 분위기가 좋았다. 한 공간의 문우들이 있어, 문학을 가르쳐 주신 과분한 스승이 있어, 별것 아닌 나는 문학의 잠재된 꿈을 더 키울 수 있었다. 내게 그것이 아무것도 아니라면 인생의 살아갈 가치란 무엇인가.

일언이폐지하고 남산의 한 자락의 합창은 웅대하지 않았어도, 그 합창의 울림은 그윽하고 참되고 값진 것이요, 우리들의 마음을 사로잡고도 남음이 있다. 그 주어졌던 만남은 해질녘 서쪽의 산그늘에 금을 긋듯 드리워진 그늘이 아니라, 청춘에 만났듯이 풋풋한 시절의 기억이다. 살아 있음의 살뜰한 추억의 한 페이지다.

나는 갈 수 없어도 가련다. 마음이 한편에 가 있으면 거긴 내가 놀 수 있는 장소다. 그 시절은 벗어난 지 오래여노 가슴속의 문학은 지워지지 않으니 언제나 마음은 그 공간에 갈 수 있어서 좋다. 지금은 한 공간이라는 교교한 달빛은 볼 수 없으되, 낮달이라도 보며 함께했던 그 아름다운 달빛 아래서 있었던 것들의 아름다움을 노래하자.

1984년을 노래하자.

여의도가 부른다

누구나 그 사람이 살아온 지역이란 게 있다. 고향도 그러하며 일터도 그러하다. 나는 어쩌다 보니 고향보다 타향에서 더 오래 살게 되었다. 어느 날부터 그렇게 뒤바뀌게 되었다. 나도 그렇게 될 줄은 미처 몰랐다. 세상의 앞일은 그런 거였다.

20대 후반에 떠나온 고향이었다. 그러하니 타향살이는 청춘과 중년과 노년까지도 껴안게 되었다. 이처럼 복잡한 도시에서 부대끼며 지금껏 살게 될 줄이야. 애초에 그저 적당히 살다가 고향으로 내려가서 살아볼 심산이었다.

그토록 마음 한편에 미련을 두고 있었던 시골의 일에 대한 욕심은 아이러니하게도 부모님이 떠난 후 이룰 수 있었다. 다름 아닌 부모님이 놓고 간 농토를 내가 그대로 이어받아 농사를 하게 되면서부터 얼마만큼의 소원을 풀 수 있었다. 그것이 개인의 취향이 갖는 태생적인 고유의 움직임인 것임을 전에는 몰랐었다. 같은 환경에서 자랐더라도 받아들이는 보편성은 각기 다른 것이었다. 이중성의 일이 쉬운 것이 아닌 것을 알면서도 한편으로는 이때다 싶게 삽과 호미와 낫을 들었다. 나에게 어찌 보면 자연스런 귀결이었다.

그러다 보니 선뜻 시골로 내려가지 않아도 되었다. 우선 농사일을 통한 성취감이 나를 안도하게 했으며, 좀 더 정신적인 것이 우선하는 도회지의 삶을 이어갈 수 있었다.

삶의 풍족함이 뒷받침이 되는 것도 아닌 이상 무턱대고 직업을 내려놓기가 쉽지 않았다. 더구나 아이들이 안정적으로 자리를 잡지 못하는 걸 그냥 보고만 있을 수 없었다. 조금이라도 보탬이 되는 게 오히려 편한지도 모른다, 라는 생각이 들었다. 그런 처지에 그리던 고향마을의 뒷산에 맘 편히 가 앉아 있는 것도 몸은 편할지 몰라도 마음은 그렇지 않을 것 같았다. 그리고 도시에서의 직업에 따른 일의 성취감을 맛보고 사는 것도 우선 나쁘지 않았다.

한때는 시골의 생활이 전부인 것처럼 보였지만, 그렇다고 인위적으로 도시의 삶을 쉽게 정리하기 어려웠던 것 같다. 그것을 안주한다고 말할 수도 없고, 버티며 산다고도 할 수 없는, 어쩌면 이중성의 삶이 이젠 나만의 방식이 되어버린 것 같다.

좀 멀어 그렇지 언제나 논과 밭은 거기에 있었다. 휴일이면 어느 때고 갈 수 있었다. 내 세상인 듯 밭에서 일을 하다가 하루를 자고 나면 곧 도시의 길을 걷게 된다. 시골에서와 달리 도시의 낯선 길에서는 한 번 스쳐 지나가면 다시는 못 볼 사람들이 많거늘, 그냥 지나치게 된다. 그렇고 보면 이 세상에는 모르는 사람들 투성이지만 뜻이 닿으면 금세 가까워질 수도 있는 것인데, 인생은 서로 엇박자처럼 제 갈 길을 그저 스쳐 지나가고 있다. 어찌 보면 인생의 길은 냉담하면서도 나 몰라라 그냥 자신의 앞만 보게 되는 것에, 그게 때론 왠지 모를 공허함을 느끼게 되는 것 같다. 세상에는 사람을 해롭게 하는 사람도 있는 것이고, 그렇더라도 그냥 스쳐지나가는 사람들 중에 누가 진정한 믿음의 사람인지를 알 길이 없다. 붙잡을 수가 없다. 누가 멋있는 사람인지를 알 수 없게 만들고 있다. 언뜻 누가 의롭고 이타심으로 세상을 바라보며 사는지도 알 수 없다. 누가 정이 많은지도 알 수 없다.

이 길은 어디인가. 여의도라는 도시다. 농촌과 도시를 이어주며 오고 가는 나의 일터다. 여의도는 나로 하여금 꽤 오랜 시간을 머물게 했다. 어쩌다 보니 여의도는 도시 속의 고향과도 같은 곳이 되어버렸다.

나에게 남의 집을 꾸미는 직업은 어느 날 계획에도 없이 다가왔다. 그리고 언젠가부터 눈을 뜨면 여의도로 출근을 하게 되었다. 뿌연 연기가 피어오르는 공장도 없고, 아파트와 오피스텔이 공존하는 곳. 나는 이곳에 들어서면 우선 안정이 되고, 익숙한 거리는 나를 반기고 있는 것만 같았다. 내가 좋아하는 밭으로 가는 것은 아니지만, 그래도 도회지치고는 사뭇 가벼운 발걸음이었다.

직업에 따른 곳이라고 해도 줄곧 인간과의 만남이었다. 때문에 여의도는 정 아닌 정이 든 셈이었다. 여의도의 그 어느 곳도 나의 발길이 닿지 않은 곳이 없을 정도였다. 직업 때문이다. 직업이라는 빌미로 사람이 사는 곳이라면 상대방의 부름에 따라 어디든지 갈 수 있었다. 그렇기에 세상 사람들의 사는 모습을 늘 보아온 셈이었다.

맑은 시냇물 같은 사람, 흙탕물 같은 사람, 행복해 보이는 사람, 조금은 불안해 보이는 사람들도 있었으며 세월에 따라서 같은 사람도 조금은 변모하는 모습도 볼 수 있었다. 그래도 안 좋은 사람들 보다는 좋은 사람들이 많았기에 이제껏 그다지 어려움 없이 지냈던 것 같다.

사람들이란 나이를 더해 갈수록 그대로인 사람이 있는가 하면 대체로 더 나아지는 사람은 드문 것 같다. 그게 아쉬웠다. 되레 나이가 들면서 반대로 어떤 여유나 순수함이 사라지고 자신을 들들 볶듯이 조바심을 내는 사람들을 보게 된다. 그렇게 보면 세월은 한 사람을 좋은 쪽으로 크게 변화하지 못하는 것 같다. 다 내 맘 같지 않은 게 현실이 되었다. 그런 사람들을 접할 때면 '인생이 얼마나 살다가 죽는다고'라는 흔한 말을 다시금 떠올리게 된다. 인생이 천년 만년을 사는 게 아니니 말이다. 인간이 가지고 있는 본질을 누가 변화를 시킬 수 있을까.

젊었어도 늙게 보이는 경우도 있고, 늙었어도 젊게 보이는 경우가 있다. 그것은 사람을 은근슬쩍 이용을 하려는 얕은꾀와 아쌀하지 못한 성격이 한몫을 한다고 볼 수 있다. 훤히 드러나 뵈는데도 손바닥으로 하늘을 가리듯 타인은 눈치를 채지 못할 거라는 얕은 수작을 부리게 된다. 그만큼 추하게 늙지 않는 게 얼마나 중요한가. 늙었어도 젊은이처럼 깨끗한 성품의 사람들에게서는 단내가 난다. 마음의 단내다.

여의도의 봄은 어디서 오는가. 『안개꽃』이라는 책이 있다. 소설가 김용운 선생의 장편소설로 1970년대의 여의도를 배경으로 부동산 투기에 열을 올리며 살아가는 사람들의 등장으로 펼쳐지는 개발 도시라는 새로운 땅에서 살아가는 사람들의 이야기다.

거기에는 주인공으로 나오는 외로움에 떠는 쓸쓸한 여자 한해림이 있다. 한해림은 여의도 중학교 여교사다. 한해림은 3월이면 교정에 피는 백목련을 바라보고 봄을 느끼고, 겨울의 끝자락에 흩날리는 하얀 눈을 보고 외로움을 달래던 여인이었다. 그넨 여의도 한강 개발을 시작으로 아파트와 학교가 생겨났기에 다른 사람들과 같이 철새처럼 날아든 여인이었다. 어느 날 여의도의 길을 걷다 보면 불쑥 한해림을 닮은 여자가 어디선가 나올 것만 같은 샛강의 길을, 지금도 누군가는 걷고 있을 것이다.

윤중로에 늘어선 나무에서는 봄이면 여지없이 눈부신 벚꽃이 여의도를 감싸 안으며 사람들의 눈을 모은다. 봄볕 아래, 개발의 붐을 이루던 당시의 여의도는 이제 한 시대의 추억의 저편에 잠들어 있다. 그 당시 여의도는 한마디로 모래섬 위에 새로이 화사하게 피어나는 도시 문화의 한 장소로 발돋움을 하고 있었다. 높다란 아파트의 숲에는 저마다 새로운 문화를 꿈꾸는 이들이 모여들었다. 그렇게 피어난 꽃이 여의도였다. 잘 살게 된, 가난의 문턱을 넘어선, 어쩌면 나름의 선택된 사람들의 보금자리처럼 보이던 곳이었다.

이제 여의도는 한 시대를 풍미했던 분위기가 조금은 퇴색된 것 같다. 세월은 거기에 살던 사람들도, 아파트도, 처음처럼 그 쨍쨍함을 유지할 수 없게 되었다. 이제는 한강의 개발에 앞서 재건축의 시대가 도래한 것이다. 도약을 위함은 시대의 흐름인 것을 어쩌랴.

나는 여의도에서 1980년대 후반부터 지금껏 머무르게 되었다. 도시에 어울리지 않을 것 같았던 나를 도시로 오게 된 원동력은 아무래도 젊음이라고 말하고 싶다. 아무리 시골이 좋다고 해도 젊음의 발산은 막을 수 없었다. 어디론가 뛰쳐나가고 싶었다. 정신을 부딪칠 수 있는 곳은 아무래도 도시였다. 그러다 보니 그게 아마도 어느새 인이 박힌 모양이다.

도시는 얼굴이다. 익명성의 모습과 팔림의 모습이 그것이다.

나는 후자에 속했다. 많은 사람에게 알려질 수밖에 없었다. 그것은 직업에서 오는 어쩔 수 없는 노출이다.

나를 바라보는 많은 손님들…. 손님이었던 사람들…. 나는 내가 그렇게 되고 싶지 않아도 그렇게 되었다. 어언 사십 년이 다 되어 가는 동안 일만 번이 넘는 손님들과의 대면은 자랑거리도 못 되는, 그렇다고 부인할 수도 없는, 마치 나의 업보와도 같이 되었다.

먹고 사는 일이란 때론 좋지 않아도 해야 하고, 사람들을 만나야 한다. 초면이 아닌 경우에는 그래도 괜찮다지만 처음으로 만나게 되는 사람의 경우에는 그렇지 않다. 알게 모르게 경계의 벽이란 게 있다. 단박에 어떤 사람인지 다 알 수가 없기 때문이다. 남의 집이나 오피스텔의 방문이고, 게다가 손님의 경우는 거개가 여성이라는 점도 그렇다. 여성들에게는 이성 간의 예민한 촉감이란 게 있다. 인간에 대한 선입견과 불신은 누구에게도 자유로울 수 없다.

나는 처음에 나만이 직감력이 있는 것처럼 내심 감추려 들었지만, 그것은 나의 얕은꾀에 지나지 않았다. 상대방의 예민한 더듬이는 내가 몇 마디 이야기를 하지 않아도 금방 알아차리곤 한다. 서로가 사람은 속일 수가 없다. 속은 것 같아도 순간 속아준 것에 지나지 않을 때가 많다. 타인의 직관력이 나에게 미치지 못할 거라고 믿는 것은 그 사람에 대한 착각이요, 지능의 한계가 분명한 사람이라 보아진다. 어쩌면 그래서 맘 편하게 오랫동안 손님을 만날 수 있었던 것인지도 모른다.

꼭 장사꾼처럼 하지 않아도 되었다. 낯모르는 사람끼리의 대면이 때로는 서먹할 때가 있다. 하지만 강요된 만남이 아니기에 그 부담감은 미미하다. 손님에 따라 내 편에서는 편하다 해도 그걸 금세 상대방에게 전달하기란 쉽지 않아 보인다. 하지만 한두 번 만나게 되면 차츰 그 사람을 알아가게 되니 조금은 안심이 되었을 터이다. 그래서 나는 남의 집에 들어서서는 손님을 안심시키려 이웃집에 들어서듯 편안한 말을 먼저 던지곤 한다. 표정과 행동의 편안함은 하루 아침에 되는 것도 아니지만, 어떤 나만의 방식이 있기 마련이있다.

타인의 직관력은 놀랍다. 어떤 손님들은 나에게 이런 일을 안 할 사람 같은데 하고 있다며 좋게 봐주는 이도 이따금 있었다. 그런가 하면 언젠가 또 한 번은 이런 적도 있었다. 처음으로 보는 손님은 아니었지만, 그 집의 식탁에서 차를 대접받고 일상적인 이야기를 몇 마디를 나누고 있었다. 여성분으로 서울시에서 공무원을 지냈다는 다정다감한 분이셨는데, 잠시 있더니 내 눈을 속일 수 없다고 한다. 나를 바라보며 '어서 말해 보라'며 슬며시 웃음기를 보낸다. 하찮은 나도 그럴 때면 그럴 리 없다고 똑 잡아떼지만 말이다.

틀림없는 예술가란다. 진정한 예술가는 아니더라도, 되레 내가 상대편의 직관력에 놀라는 순간이었다. 나의 직업적인 것 외에는 아무것도 드러내지 않았건만 무엇을 보고 그런 느낌을 받았을까. 물론 예술학교를 나왔으니 그것은 맞는 말이지만, 이처럼 상대방의 직관력은 예측을 불허할 때가 있다. 아무튼 손님들에게는 직업적인 것 외에 다른 것들이 뭐가 필요하단 말인가. 손님이 원하는 것에만 충실하면 되는 거였다. 그게 얼마나 편한지 모른다.

때론 직업에 관계가 되지 않는 것들도 한마디 던지곤 한다. 베란다에 화초를 가꾸는 것을 보고는 칭찬을 아끼지 않는다. 작물의 근본을 알기에 누구든 이야기를 끌어낼 수 있어 아무나에게 그것만으로도 서로의 좋은 소통이 되었다.

누구나 그런 지리적인 여건을 감싸 안으며 살아가면서 그곳을 쉬 떨쳐내기 힘든 것 같다. 이 길을 걷거나 자전거를 타고 얼마를 다녔을까. 수백 번, 아니 수천 번도 넘을 듯한 거리의 낯익음. 여의도는 내게 그런 곳이었다. 한때 3사의 방송국이 자리를 잡고 있어 특히 길에서는 연예인들을 심심치 않게 볼 수 있었던 여의도는 곁에 있었던 M본부마저 떠나간 지 몇 해던가. 그곳에는 사람의 주거지로 바뀌게 되었다. 그러고 보니 여의도의 절반쯤은 아파트인 셈이었다. 뉴욕의 맨해튼이라 불리던 여의도는 비교적 조용한 삶의 터전이 되었다.

화려한 듯싶던 80년대만 하더라도 어딘가 모르게 불야성을 이룬 것 같은, 젊음이 꿈틀대는 저녁의 거리가 눈에 선하다. 거리는 달라지지 않았건만 젊음이 저만치 물러나게 되면 거리의 반짝임마저 퇴색되어 보이는 것은 왜일까. 다리는 멀쩡해도 뜻 없이 뻗대며 아무 곳으로나 밤길을 걷다가 불쑥 아무 곳에 친구들과 들어가서 술 한 잔이나 차 한 잔을 나누는 것도 예전의 가슴 벅찬 젊음의 시절과는 같지 않다. 그것은 아무래도 나이 탓인가 보다.

여의도는 섬이다. 외딴섬이 아닌 사방으로 둘러싸인 도시에 갇힌 섬 말이다. 그 속에 사는 무수한 사람들. 지나온 세월 동안 남남이면서 마치 고향 마을에 함께 살던 사람인 것처럼 스스럼없이 대할 수 있는 사람들이 얼마인가. 오가면서 오랜 세월을 본다는 것은 무엇을 뜻하는가. 은연중에 이미지는 서로에게 남게 마련이었다. 그중에서도 친척이라도 되는 양 서로를 너무 잘 아는 손님도 적지 않게 되었다. 그 세월은 사람과 사람 사이의 보이지 않는 벽이 서로에게 허물어지게 마련인 것 같다. 서로의 앎이 있었기에 그토록 긴 시간을 어렵지 않게 여의도에서 함께했던 것 같다.

길을 간다. 여의도의 아파트 근처를 걷노라면 누군가가 나를 보고 있는 듯하다. 아니나 다를까. 몇 발짝을 걷자 금세 인사를 하게 된다. 서로가 조금은 웃어야 할 때도 있게 마련이다. 누구를 보아도 피할 일이 없는 것만으로도 좋았다. 세월을 더해 가며 내게 주어진 자산이라고는 남의 사정도 곧 나의 사정이 될 수도 있다는 인식의 암묵적인 동조다. 그런 인지상정의 맘을 가지려 들면 사람을 대하기가 어렵지 않은 것 같다.

사람을 만나다 보면 직업적인 것 외에도 세상을 사는 여러 가지의 이야기를 건넬 수 있음이 나쁘지 않았다. 다행히 나보다 더 지식이 있고, 더 잘 배우고, 더 잘 살고, 더 나은 사람들이 여의도에는 많이 살고 있다. 사람이란 교양의 척도가 얼마나 중요한가. 간혹 조야한 사람을 보다가 전혀 다른 교양 있는 사람들을 대할 때면 상대방은 마음의 정리가 되는 듯 편안하다.

세월이 강물처럼 흘러가듯이 언젠가는 여의도를 떠나야 한다. 정든 도시는 아마 몇 년이 지난 후에 다시 본다면 어떨까 싶다. 내가 오랜 시간을 보냈던 그곳을 다시금 보는 감회는 남다를 것 같다.

여의도여 고맙다. 네가 있어서, 너와의 전생에 무슨 인연으로 발을 붙였던가. 여의도는 어디에도 없는 나의 그림자를 무수히 담아낸 곳이었다. 이제 너는 고개를 높이 들어야 바라볼 만큼 거듭 성장을 할 것이다. 예전에 내가 드나들던 그 집 위에 서서 그 위용을 드러낼 것이다. 그래도 내 마음의 그 깊은 곳에는 지금의 너와 함께했던, 아파트라는 지형과 형체가 유형의 형태로 언제고 기억에 남으리라. 사람들이 떠나고 바뀌어도 도시의 빛은 거기에 남으리.

나는 자연인이다

나는 산에서 산다. 그것도 깊은 산속. 그곳엔 왜 가려고 하는가.
아무도 살지 않는 산속은 그러나 조금의 두려움과 함께 막막
한 현실의 부딪힘은 누구나 겪어야 할 일이다. 그러므로 아무나
가 산에 가서 살 것 같지만 실은 만만한 일은 아니라고 본다. 자
연을 통해 얻어지는 만큼의 불편을 감수해야 함은 물론이다. 이
제껏 누려왔던 문화적인 측면의 배제에 따른 안락함은 누구의 차
지도 못 된다. 그리고 어디서나 불쑥 나타날 수 있는 짐승들은 두
려움의 대상이 아닐 수 없다. 게다가 어쩌다 산속에서 모르는 사
람이라도 맞닥뜨리게 된다면 경계를 해야 함은 물론이요, 여성의
입장이라면 섬뜩할 수도 있을 것이다. 선뜻 그곳에 사는 것을 결

정짓기 어려운 이유가 거기에 있는지도 모른다.

요즈음 텔레비전을 켜면 종편 방송이 즐비하다. 그 중에 개그맨 윤택과 이승윤이 진행하는 「나는 자연인이다」는 언젠가부터 관심의 대상이 되었다. 특히 남자들의 그것도 중장년층의 인기는 대단한 것이어서 이젠 모르는 이가 없을 정도가 되었다. 그것은 사회생활의 고단함과 인간의 세상이 각박하여 사람들 사이를 떠나 맘 놓고 편히 쉬고 싶은 욕망이 있기 때문이다. 이처럼 자연으로의 회귀이거나 새로운 거처로의 자리매김이 현대인들에게 이제는 하나의 로망으로 바라보게 되었다.

하지만 다 이유가 있음을 우리는 그 프로를 보아서 안다. 편안하게 살던 사람이 어느 날 갑자기 산속으로 들어와 사는 게 아니라는 사실 말이다. 거개의 사람들이 불치의 병이 있거나, 이혼의 아픔을 겪었거나, 아니면 사기나 배신을 당했거나, 심지어는 자살까지 시도를 했거나 하는 사람들이 주류인 것을 보면서, 그들의 선택에 충분한 이해와 공감을 갖지 않을 수 없게 만든다. 또 그들은 시한부의 인생일지라도 자연 속에서 뒹굴며 소생의 길로 안내받고는 한다.

항용 우리 인간의 삶은 자신이 개척해 나아가야 함으로 삶의 패턴이 달라지거나 마음의 평화가 깨지게 되면 인간의 욕심을 내려놓고 사람의 본연 그대로 자연속에서 살고 싶은 욕망이 피어오르는 것은 어쩌면 당연한 것인지도 모른다. 산은 산을 찾는 사람들의 조건과 어떤 자격을 전제로 하지 않으니 누구나 아무런 부담을 느끼지 않고 찾아가면 되었다.

그들의 아픔은 분명 자연 속에서 희석되고 심신이 본래의 것으로 되돌아옴을 느낄 때 그들의 선택은 옳은 것이었으며, 스스로 만족하는 이가 대다수인 것으로 TV는 전한다. 그리고 대부분의 자연인이 마지막으로 택한 장소이기에 그들의 전부는 산에 녹아 있다 해도 과언은 아닌 셈이다.

눈을 뜨면 자연에 반하고 거기에 탄복하며 사는 것만으로도 그들의 행복은 멀리 있어 보이지 않는다. 자연의 실생활은 그만큼 자연인에게 값진 선물로 다가온다. 그들만의 싱공인 셈이다.

하지만 자연은 아무에게 주어지지 않는다고 본다. 그것은 대담한 용기와 거기에 따르는 어려움을 스스로 감내해야 하는 것은 물론이다. 그러나 대부분의 출연자는 자연을 아끼며 사랑하게 되고 그 속에서 일반인이 누리지 못하는 깊은 자연 속에서의 행복감을 선사받게 된다. 누군가가 현실 도피의 도구로서 자연을 선택한 것이라고 할지라도 그들은 그런 것에 개의치 않을 것으로 보인다. 어디까지나 그들은 누구로부터 억지로 떠밀려 온 것이 아니라 내가 좋아서 스스로 선택을 한 것이니까 말이다. 그러면서 그들은 하나같이 그들의 선택을 그르지 않았다는 것을 현실에서 보여주고 있다. 산이 행복을 제공하고, 거기서 이제와는 사뭇 다른 내면의 풍요를 맘껏 향유하게 된다.

그런 자연의 선택은 그러나 도회지를 살아가던 사람에게는 그 어려움 또한 배가됨을 감수해야 할 것 같다. 자연과 도시의 상충은 그만큼의 어려움이 수반될 수밖에 없을 것으로 보인다. 남이 산속에 간다고 무작정 배낭 하나 메고 산에 살 수도 없는 노릇이 아닌가.

산은 언제고 위험의 요소들이 곳곳에 산재해 있다. 산짐승 외에도 뱀이나 벌레들의 출현도 만만치 않을 것이며, 무엇보다도 무엇을 먹고 살려고 하는가 말이다. 칡뿌리와 약초만 먹고 어떻게 살 것이며, 다소의 공산품의 필요도 따르게 되고, 아무튼 생각만 해도 불편한 점이 한둘이 아닐 것으로 본다.

더욱이 먹고 사는 것에는 필연 농작물의 중요성을 빼놓고 살 수는 없는 노릇이 아닌가. 씨앗의 중요성을 들 수 있겠다. 농토의 일굼은 말할 것도 없으리라 보아지며, 그 재배의 방법 또한 아무나가 하는 것은 아니라고 본다. 제대로 되기까지는 다 배워야 한다.

나는 자연인을 보면서 느끼는 것 중의 하나는 그들은 절대로 미련하거나 주모가 없이 무분별한 사람들이 아니며, 흔한 말로 눈썰미도 있으며 나름 살아가는 삶의 지혜가 돋보이는 경우도 종종 볼 수 있었다. 나는 그들이 하는 일들을 대부분 알고, 또 해본 것이 있어서 사실 이해랄 것도 없다. 그러나 그런 그들을 나는 존중한다. 분명 아무나가 선택할 수 있는 일이 아니기 때문이다.

나는 가끔 그들에게서 배운다. 아, 이런 지혜가 있었구나, 하고.

나도 농촌의 생활을 많이 해왔지만 노동은 재미와 힘듦의 조건들을 이겨내야 그만한 기쁨이 오는 것 같다.

자연인으로 나온 사람들 중에는 간혹 농사일도, 사는 것도 미숙해 보여서 좀 안타까운 때도 있다. 그러나 자연은 점수가 필요 없다. 아무려면 어떤가. 이제 와서 자유롭고 내 멋대로 스트레스 풀며 살자고 온 마당에 굳이 그런 것들을 따질 필요와 중요성을 강조하며 어떤 규제에 대항할 필요는 전연 없는 것이니까 말이다.

사방이 첩첩산중이어서 문을 나서면 온통 나무와 좋은 공기와 자라나는 싱그러운 풀들의 조화를 보며 그들은 아침마다 감탄할 것이다. 더욱이 이여쁜 새들의 지저귐은 익숙하나 못해 그동안 받았던 소음의 해독 작용으로도 충분하리라. 특히 돈을 주고도 살 수 없는 인체에 이로운 자연의 혜택이 곳곳에 널려 있다. 자연은 숨을 쉰다. 이기에 따른 작은 권위와 시기, 인간에 대한 온갖 배반과 실망, 인간들의 두 얼굴에 대하여 거리를 둠으로써 자연을 통해 살아가는 그들은 누가 뭐래도 진정한 자연인이다.

하지만 나는 그들처럼 그렇게 살 자신이 없다. 그러기에는 너무 도시의 집단생활에 길들여 있는지도 모른다. 하찮은 것 같아도 당장 불편한 것은 하나 둘이 아닐 것이다. 그러기에는 용기가 부족하다. 그토록 절실하지 않은 탓도 있다. 그리고 차선책으로 여느 사람들처럼 산을 즐기고 있다. 그렇게 살아왔다. 아무도 살지 않는 산속에서의 생활은 어쩌면 가족의 배려적인 측면에서도 고려해야 할 것으로 보인다. 사람은 혼자 사는 것이 아니기 때문이다. 그에 준하는 시골의 한적한 마을의 택함도 나쁘지 않으리라. '보다 모험에 가깝다'라는 생각이 미친다면 차선책의 삶은 우리에게 얼마든지 있는 것이니까 말이다.

그렇더라도 앞으로 자연인으로의 선택은 줄어들지 않을 것으로 본다. 삭막한 도시에서의 삶은 자연인이라는 세상에 돌입하기를 종용하게 하는지도 모른다. 도시는 어쩌면 사람들과의 부딪힘 속에서 삶의 상실과 회의와 어떤 체념을 안겨줄 때도 있다. 그러므로 밖으로 뛰쳐나가려는 사람들이 생겨나게 되고, 그게 바로 나는 자연인이다, 라는 범주에 따를 수 있을 테니까 말이다.

이따금 여성 자연인의 출연도 보게 된다. 얼마나 어려운 길인가는 누구나 미루어 짐작이 간다. 산에서는 어떤 육체적인 힘의 필요성을 절실히 느끼고도 남음이 있을 터인데 연약한 여성의 몸으로 산속에 산다는 것은 남성의 그것과는 사뭇 다른 양상이라 보아진다. 두배, 세배의 어려움을 이겨내는 여성은 보통의 여성은 아닐 게다.

각기 살아가는 모습, 그것도 산속에서 홀로 사는 모습이야말로 도시인에게 편안한 안식처요, 건강의 지표로 인식되어 졌다. 그들이 도시를 떠나 산속으로의 감행은 어쩌면 자신의 한 삶의 내려놓음이 부른 또 하나의 탄생이 아닐까 한다.

산은 누구나 막론하고 다 받아준다. 도시에 질린 사람들, 사람에게 질린 사람들에겐 더없는, 산이 주는 모든 것에 만족하고 설레며 사는 자연인들이 얼마나 많은가. 그래서 자연인은 힘을 낸다. 아니 자고 나면 힘이 저절로 생겨난다.

산이 좋아 산을 찾는 사람들이여, 자연 속에서 자연을 맘껏 누리는 자유는 당신에게 있는 것이다. 자연 속에 있는 것은 누구도 나무랄 수 없게 되었다. 조심하며 순수함을 받아들이고 당당하고 옛일일랑 접어두고 맘껏 펼쳐라. 세상은 좋은 공기만한 게 없다. 아무런 지불도 없이.

개인적으로 아쉬움이 있다면 지나치리만큼 취사 장면의 빈번이 부른 식상함이다. 그렇디라도 진행의 능숙함은 아무나가 배우기에는 버거울 만하다. 두 개그맨의 위트는 감초의 역할로서 충분하다. 이승윤의 경우는 좀 과장된 표정을 짓기도 하며, 조금은 꾀가 있는 캐릭터이지만 일할 것은 결국 다 해낸다.

혹한에도 웃통을 벗고 개울 속에 들어가는 것을 주저하지 않는 그의 행동은 자연과 시청자를 위함이다. 자연과 함께 어우러지는 모습과 그의 위트가 인상적이다. 그의 제스처를 보면 영락없는 방송인이다. 엄살과 익살은 알통으로 가득한 그의 캐릭터가 되었다. 보는 이도 익숙하게 되었다. 자기만의 개성 넘치는 프로를 만들고 있다.

그런 반면 윤택의 경우는 누구에게나 붙임성 좋고 스스럼없이 접할 수 있는 인간성으로 부담없이 다가서게 만들고 있다. 털털함이 외모와 내면에 흘러넘쳐 보인다. 그것은 자연의 동화에 적합한 타고남이다. 산은 웃고 떠들고 털털하다고 해서 뭐가 잘못되지 않으니 말이다. 언제나 농사꾼처럼 거리낌없이 모든 것에 잘 대처하며 엮어 나가는 진행의 솜씨 또한 타고났다. 아무나가 윤택처럼 진행하기에는 무리라 보아질 정도로 느껴지기 때문이다.

누가 보아도 이제는 두 진행자도 반 이상은 자연인인 셈이다. 자연의 동조는 두 사람의 몫이다. 자연인의 두 사람, 진행의 묘미를 더해주는 두 젊은 진행자 윤택과 이승윤의 자연에의 승화에 박수를 보낸다.

예정된 성공을 위하여 (대치동 일타강사 이지영 쌤)

어느 날 나는 무심결에 이지영 쌤이 강의를 하는 걸 보게 되었
다. 아마도 유튜브의 제목에 끌려서 터치를 했던 것 같다. 그렇더
라도 아니다 싶으면 바로 안 보게 되는 것인데, 어느 결에 한 젊은
여성의 말을 들을 수밖에 없었다. 스스로의 끌림이었다. 비단 똑
똑해서라기보다도 그녀가 내뱉는 말들을 나는 사실 그녀보다 나
이가 훨씬 더 들어서야 스스로 터득될 만한 것들도 있어, 어쩌면
저 나이에 세상의 경험이 많은 사람들만이 알 수 있을 만한 것들
을 일목요연하고 설득력 있게 말하는 것을 보고 다시금 관심 있
게 바라보게 되었다. 사실 나는 다른 사람들도 그럴 수 있듯이 세
대 차이가 큰 만큼 너무 젊은 사람들의 이야기를 선뜻 들으려 하

지 않으려는 기본적 습성을 버릴 수 없었다.

이지영, 그녀는 누구인가. 나이로 보자면 82년생이니 이제 막 40대에 접어들었지만 그야말로 학생들에게는 스타 강사로서 명성을 높일 만했다. 그녀는 미모까지 겸비한, 타인으로부터 아낌없는 찬사를 받을 만한 보기 드문 여성이었다. 의상 또한 조금은 튈 정도로 화려한 옷을 입고 강의를 하는 모습은 보는 이로 하여금 호기심을 자아낼 만했다.

나는 그녀의 강의를 연달아 몇 개를 볼 수 있었다. 그 속에서 그녀의 지나온 역경을 이야기하며 펼쳐지는 그녀만의 치열했던 고난 속에서 일순간도 놓치지 않고 열정적으로 공부에 매진한 그녀에게 박수를 보내지 않을 수 없었다.

그녀는 도시에서 살다가 아버지의 사업 실패로 어려움을 겪으며 지내오다가 결국 진천군 덕산면이라는 시골의 중학교로 전학을 오게 된다. 아직 어린 나이로 시골이라는 생경한 곳으로 이사를 한 것에 얼마나 실망이 컸을까만 그녀는 역시 남달랐다. 그러한 역경을 한 치의 흔들림 없이 일찍이 나름의 처세술로 헤쳐 나가게 된다.

그녀의 말에 따르면 극빈자로서 아궁이에 불을 때며 사는 아주 궁핍한 생활을 했다고 한다. 하지만 그녀는 스스로도 이야기했듯이 어찌할 수 없는 환경적인 조건이나 그녀 스스로 극복할 수 없는 현실에 놓인 것들에 초연함으로 떨쳐내는, 그래서 그것으로의 고민보다는 그녀가 할 수 있고 스스로 바꿀 수 있는 의지로 가능한 것에 한껏 매진함으로써 미래에 얻을 수 있는 결과를 꿈꾸며 매 순간 집중력으로 공부에 열중하게 된다.

이미 그녀는 초등학교 때부터 시험 기간에는 며칠 잠을 안 잘 정도로 당차게 공부를 했다고 한다. 그 습관은 줄곧 이어졌고 급기야 고3 때는 하루에 잠을 서너 시간밖에 안 자며, 수업시간에 잠이 오면 늘 가방에 가지고 다니는 포크를 이용해서 허벅지를 찔러가며 공부를 했다고 하니 참으로 기특하기도 하지만 지독한 자기와의 싸움으로 아무나가 할 수 있는 일은 아닌 것 같다.

그 지독함을 이겨낸 원동력을 그녀는 자기애로 표현하며 그것은 미래의 꿈을 위함이라는 말로 전한다. 그 말을 듣는 학생들의 심정은 어떠했을까 싶다. 그녀의 역경과 고난의 길이 다른 이에게는 동기부여가 될 수 있으니 본받지 않으려는 학생이 과연 얼마나 됐을까 싶다. 그 원동력은 학생들에게 울림을 주고도 남음이 있어 보인다.

그녀의 끊임없는 노력의 결과는 당연할 수밖에 없음을 우리는 그녀를 통해 알 수 있었다. 그녀는 그녀가 목표로 한 서울대에서 장학금을 받으며 공부할 수 있게 된다. 그녀의 말에는 그녀가 경험하지 않은 것들은 타인에게 전달할 것을 배제한다. 세월을 그냥 흘려보내지 않은 탓이다. 시간을 응축해서 살아온 결과다. 실질적으로 그녀의 말들은 그녀가 체험한 경험에서 우러나오는 가르침이기에 누구든 새겨듣고 싶어 할 수밖에 없도록 만들고 있다. 그녀는 어떤 논점에 대하여 정확하고 명료하게 진행되어가며, 일상적인 준비된 언어가 아니라 그녀의 치열한 삶 속에서 얻어지고 쟁취한 것들의 분출로 보아진다.

그녀가 사회탐구를 가르치며 간간이 들려주는 에피소드는 듣는 이로 하여금 그녀의 감칠맛 나는 이야깃거리와 위트가 잘 배합되어 누구든 이끌릴 수밖에 없게 된다. 자신이 경험한 이야기를 토대로 진지하면서 때론 웃게 만드는 재주가 뛰어나다. 끝까지 듣지 않고는 못 배길 만한 이야기는 때론 생활의 지표로서 유쾌하게 들리는 말들의 서슴없음이 학생들에게 울림을 주고 있다.

그녀의 말은 언제 들어도 삶에의 생동감이 넘쳐난다. 빠르게 전개되는 그녀의 어법은 놀라울 정도로 논리정연하며 똑 부러지기에, 마치 써둔 사설을 읽듯이 군더더기 없는 언어의 진행은 아무나가 흉내 내기 쉽지 않아 보인다.

배움과 경험에서 우러나오는 빠른 두뇌 회전이 사람들에게 끌림을 주고 있다. 듣는 이에게 마력과도 같은 흡입력의 소유자인 그녀는 누가 뭐래도 보기 드문 재원임에는 틀림없어 보인다. 그녀의 말은 야무지고 맛깔나며 때론 당돌하다. 거침이 없어 보인다. 그녀는 말뿐만 아니라 글도 잘 쓸 거라는 믿음을 가게 하는데, 알고 보니 글쓰기도 학교 때 전국에서 꼽는 상을 받을 걸 보면 그녀는 다방면으로, 무엇보다 치열하게 살아오며 경험과 지식을 바

탕으로 사회에서 필요로 하는 뛰어난 인재이며 교육가로 이름을
떨칠만했다.

그녀가 말했듯이 그녀는 어려서부터 어느 분야를 하든 일류를
꿈꿔왔고, 그녀는 그걸 이뤄냈다. 이제 그녀는 어느 한 분야의 독
보적인 존재가 되었다.

그녀는 인생을 오래 살지 않았지만 그녀의 언어는 분명 모든
이의 가슴속에 남을만한 교훈적인 삶에의 방향을 제시한다. 그러
기에 그녀의 언어는 듣는 이로 하여금 감동과 생동감과 살아 있
음의 한 표상으로, 정신의 지표로 남을만하다. 그녀는 늘 웃음을
선사하며 타인에게 부드럽게 나가가고 있다.

그녀는 어려서부터 너무 가난한 것에 어떤 극복에의 의지가 대
단했던 것 같다. 늘 자신을 성장시키고 모든 것을 쏟아 부으며 미
래를 꿈꿔왔다. 어려운 역경을 딛고 성공을 할 수 있었던 원동력
은 그녀 스스로의 의지라고 보아진다. 그럼에도 그녀가 보는 세
상과 일반 사람들, 나이가 든 사람들의 입장에서 보면 그녀가 보
여준 부의 표현에 겸손함이 결여된 것은 아닌지 조금은 걱정스럽
게 느껴진다.

어지간한 사람들도 그녀의 수입이 좋다는 것은 대략 알 수 있
을 것이다. 하지만 그녀는 교육자다. 때문에 누가 보여 달라고 해
서 자신의 성공을 부와의 연결시켜 만인 앞에 공개하는 것이 자
신의 개인적인 권한이라고 해도 선뜻 너그럽게 봐주기 쉽지 않아

보인다. 왜일까. 세상에는 덕이 있고, 때론 조용히 있는 것만으로도 미덕이 될 수 있는 것이다. 그것이 타인에게는 자칫 좌절감을 느낄 수 있을 것이고, 따라서 본인에게도 이루어 낸 성과와 달리 속물근성의 내재로까지 비춰질 수 있음을 알아야 할 것 같다. 어떤 당당한 것에도 도덕적인 규범이 있는 것이고, 교육적 가치의 최고점이 부가 아니듯이 말이다. 중용의 중요성을 누구보다도 잘 아는 그녀가 아니던가.

이렇듯 한 개인의 일들을 스스로 밝힘을 누가 뭐랄 수야 없지만, 세상은 그렇지 않다. 누구에게나 그것은 달갑지 않게 들릴 수 있기 때문이다. 물론 그런 부의 축적은 어떤 사람에게는 일깨움의 어떤 기폭제로서 작용할 수 있지만, 되레 반감을 살 수도 있을 것이다. 물론 자랑삼아 한 것인지, 아니면 학생들에게 너희들도 열심히 공부하면 부를 모을 수 있다는 어떤 경험적인 자신감과 결심의 의미를 부여한다는 뜻에서 했는지는 알 수 없지만, 아무튼 개운치는 않다.

그녀가 언젠가 이벤트성으로 유튜브를 통해 한 개의 통장 잔고를 개방하는 것을 본 적이 있는데, 그 금액에 누구든 또 한 번쯤 놀라게 된다. 자그마치 130억 원이라는 숫자를 볼 수 있었다. 가히 놀랄 만하다. 단 한 개의 통장만을 보았는데 말이다. 그녀에게는 일부의 금액이지만 그 금액은 어른도 그렇지만, 학생들에게는 천문학적인 숫자가 아닐 수 없다. 그런 것들의 공개로 자칫 학생들에게 물질 만능이 우선하는 그런 교육이 될까 싶어 조금은 걱정이 앞서게 된다.

혹자는 "돈을 많이 벌어 보여주는 것도 죄란 말인가" 하고 반문할지도 모른다. 물론 그녀는 성공해서 좋은 집과 부를 맘껏 누릴 자격은 있다. 그녀는 성공신화의 표본이 되어 칭송받고 있다. 그냥 얻어진 게 아니다. 그 뒤에는 지독하리만치 처절한 아픔과 고난을 스스로 헤쳐 온 그녀이기 때문이다. 그렇더라도 세대의 차이에서 오는 어떤 단절감과 판단기준의 소치에 따른 변모려니 하다가도, 이건 좀 아닌데 하는 느낌을 지울 수 없게 만들고 있다. 본질의 가치가 달라시시 않기를 바라는 것은 한 개인의 바람은 아닐 것이다.

그래도 세상은 돌아가고, 개인 고유의 영역을 간섭할 수 없는 것일지라도, 그녀는 다름 아닌 교육자이기 때문이다. 만일 어려서의 가난에 대한 콤플렉스가 조금은 남아있어서 그랬는지는 알 수 없다. 하지만 그런 욕망이 있더라도 한 번쯤은 더 깊이 생각을 해 보았더라면 싶었다.

인성 교육의 부재 속에, 이미 공교육은 사교육의 양산을 막기가 쉽지 않아 보인다. 또한 공교육이 평면적이라면, 사교육은 공교육을 넘어선 점수 따기 위주의 교육적 성과와 금전적 책임의 부담까지 감수해야 할 만큼 실질적인 목표가 우선시되는 압축된 교육을 요구한다. 이젠 그런 학원의 양태가 공고히 잡혀 있고, 사교육은 입시생들의 보고가 된 지 오래다. 거액의 모아짐은 그런 면에서 정당화를 떠나, 그 이면에 지출을 망설일 수 없는 학부모들의 극진한 희생이 있었기에 가능했으리라.

아무튼 세상에 알려진 그녀의 모든 것들이 아무렇지도 않게 잘 유지되고 또 그렇게 돼야만 한다. 그러나 혹 노파심인지는 몰라도 조금의 걱정이 앞선다. 세상은 험악하기 때문이다. 더욱이 물질에 관한 것이어서 자칫 안 좋은 일이라도 생기면 어쩌나 하고 걱정이 되는 것은 비단 나만의 생각뿐일까.

아까운 사람

"올해 딸아이 고등학교 진학도 있고 해서 집을 옮기고자 합니다. 12년간 많이 배려해 주셔서 감사합니다."

나는 상대방의 메시지를 받고 아차 싶었다. 모든 게 나의 욕심에서 비롯된 것 같아 괜스레 민망했다.

그렇다. 상대방에서 온 메시지는 틀린 말이 아니다. 하지만 메시지가 그렇게 왔음에도 나는 그 말을 떳떳하게 받아들일 수는 없었다. 이제껏 서로 별일 없이 잘 지내왔었다.

누가 잘못해서 세입자가 떠나는 걸까. 물론 적잖이 살았던 것은 사실이라고 해도, 사람의 인연이란 그 끝이 아름답고 싶은 게 인지상정이거늘, 수미일관 아름다움을 지키는 것 또한 여간 쉽지 않다는 걸 느껴야 했던 요즈음이었다.

나는 집 계약이 만기가 되어 인근 부동산에 전화를 해보았다. 부동산에서 알려준 시세를 보니 지금과는 차이가 꽤 있었다. 그래서 나는 부동산에서 받으라는 것을 참고로 삼아 시세가 그러해서 그 정도는 받아야 할 것 같다고 세입자에게 알렸다. 물론 2년 전에 임대차 3법이란 게 있어 거기서 준하는 대로 조금 조정을 했었다. 그때 시세에는 못 미치는 금액이지만 부동산 시장의 원리에 따랐다.

그러나 지금에 와서 상대방의 입장에서 보면, 시세에 따르려던 나의 생각과는 다르다는 걸 느끼게 되었다. 내가 받고 있던 금액과 지금의 시세와 갭이 있다 해도 그것은 내 생각일 뿐 상대방의 배려에는 미흡했던 게 사실이었다. 부동산에 관한 시장의 흐름을 제대로 알지 못하고 그들이 알려준 대로 했던 게 불찰이었다. 부동산 시장은 점점 냉각기류에 들어섰기에 나의 잘못은 그만큼 배가될 수밖에 없었다.

나는 좀 조정을 해줄까 하고 생각을 하면서도 바로 생각을 바꾼다는 것도 간사해 보여 일단 세입자의 말대로 다른 곳에 알아볼 시간을 며칠 두었다. 사실 다른 곳에 알아봐도 그 정도를 안 가지고는 집을 얻기는 힘들기에 나로서는 조금의 위안은 되었지만, 그러면서도 자칫 잘못되지는 않을까 걱정은 되었다.

나의 과오는 내가 짊어져야 할 몫이다. 그땐 사람들에게서 맹

점이란, 과거의 지나온 것에 대해 고마워해야 할 것을 잠시 잊어버리는 것에도 있음을 알지 못했다. 언뜻 누가 보면 유세를 떠는 것 같아도 애초에 집 하나를 가지고 무슨 사업처럼 변화를 줘서 번창을 도모한다던가, 큰 수익을 바라던 것은 아니었다. 고향과도 아주 멀지 않아 여차하면 그곳에 살려고 오래전에 아파트 하나를 분양을 받아 놓았었다.

사람의 마음은 알기가 쉽지 않다. 그러나 나는 알 수 있었다. 그 사람을 오랫동안 겪어봤기 때문이었다. 누가 뭐래도 지금껏 한결같이 날짜에 맞춰 내게 이름과 금액이 적힌 문자가 뜨곤 했다. 그것은 그 사람의 얼굴이요, 됨됨이인 것이다. 사람은 하나만 보아도 열 가지를 안다는 말이 있지 않은가 말이다. 그런 사람을 믿지 않고 누구를 믿는단 말인가.

거기에 비하면 먼젓번의 세입자는 그와 반대여서 몹시 애를 먹은 적이 있었다. 보통 삼사 개월 밀린 것은 기본이었으며, 그것도 들쭉날쭉해서 그때마다 일일이 적어놓고 따져봐야 하는 번거로움이 있었다. 그래도 오죽하면 그럴까 싶어 그럴 때면 계약할 때 보았던 어린아이들이 눈에 밟혔다. 나중에 알고 보니 아이가 둘이 아니라 셋이었지만 어디 그게 대수인가. 옛날처럼 둘만 낳아 잘 기르자가 아니라, 많아 낳아 잘 기르자는 표어가 맞는 요즈음이 아니던가. 부동산에서는 내보내고 다른 사람을 두라고 했건만 인간사가 어디 그토록 매정해서 되겠나 싶어 그러려니 했었다.

결국엔 자신이 미안했던지 몇 달을 조용하다가 집을 나간다고 해서 비웠다. 그땐 아무렇지도 않았다. 되레 홀가분했다.

그러나 지금은 그때와 반대의 심정이 되었다. 이렇게 되고 보니 12년을 산 사람을 좀 더 배려했어야 옳았다. 누가 보아도 잘못이 누구에게 있다는 것은 물어볼 것도 없는 거였다. 그냥 금액을 예전처럼 올리는 둥 마는 둥 했었더라면 아마 이처럼 마음이 아리지는 않았을 터이다. 그런 것처럼 금전을 통한 연결에도 마음이 편치 않을 줄은 몰랐다.

그 사람을 만난 것이라고는 계약 때 잠깐이었지만, 지내놓고 보니 오랫동안의 믿음만으로도 알게 모르게 정이 드는 것 같았다. 인연을 맺고 있을 때는 몰랐지만, 그 인연이 다하게 되자 갑자기 서운함이 밀려왔다. 그러고 보니 돈이란 무정한 것이 아니었다. 돈으로 사람이 기쁘고, 괴롭고, 또 슬퍼서 울기도 하므로 인간관계에 너무도 밀접한 것임을 잊어서는 안 될 거였다.

아까운 사람이었다. 그가 돈이 없어 우리 집에 오래도록 세를 살았다고는 보아지지 않는다. 계약 때 대기업에 다니고 있다는 걸 들었기 때문이다.

사실 따지고 보면 거긴 내 집이 아니었다. 하루도 살아보지 못한 게 어디 우리 집이라고 말할 수 있을까 싶다. 계약했으면 그 기간 동안은 우리 집이 아닌 것처럼 너무 떳떳하거나 자랑거리는 못 되었다. 문서 하나로 모든 척도를 다 결정짓는 세상이라고 해도 그게 전부는 아닌 것 같다.

새들을 보라. 사람이 그 산의 주인이라고 해도 사실 그곳은 새들의 집이다. 문서 하나만을 가지고 산 전체를 지킬 수 없다. 새들은 그곳에 마른 풀을 물어다가 집도 짓고 새끼도 기르고 하여 한 둥지를 꾸려간다. 모르는 새가 오면 경계를 해서 다른 새를 쫓아내듯이, 세를 준 집에도 인터폰을 달고 도둑이 들지 않도록 대문을 잠그고, 초인종을 누를 때까지 들어오지 못하도록 한다. 그렇다. 그 집의 주인은 사는 동안 세입자의 것이다.

웬만하면 그냥 살고 싶어 했던 사람을, 그동안의 세월을 무시하려 했던 처사가 문제였다. 아니 모르는 사람처럼 했던 게 불찰이었다. 사회라고 해도 상대방을 나와 무관 하려 하는, 그걸 보편적인 견해로 보려고 하는 데서 이기적인 사고의 불찰이 생겨나는 것 같다. 자칫 상대방의 입장에서 보면 부러 내보내려 했던 결과로 보이지 않으리라는 법도 없다.

내가 부자로 살지도 못하면서 상대방에게 행세를 부린 것 같아 부끄럽기 짝이 없다. 사람의 욕심이 타인의 가슴을 아프게 한다는 것에 내 자신이 싫었다. 이젠 나이와 경험을 자랑삼아 내세우려 하지 않겠다. 잠시의 생각이 과오를 부르게 되고, 그것은 내 가슴에 화살이 되어 되돌아온다는 것을 미처 헤아리지 못했다. 사람의 마음은 마음대로 다스리기 어렵다. 그렇더라면 그것은 위선이요, 과장일 때가 있는 법이다.

아무튼 좋은 사람 하나는 내 곁을 떠나갔다. 그래서 마음이 언짢다. 떠나가는 사람이 영 그곳이 싫어 떠나는 거라면 이렇지는 않을 거였다. 연장하려 했던 당신의 뜻을 제대로 반영하지 못했던 게 마음에 더 걸렸다. 인연이었던 것을, 우리는 지나 보고 알게 되고, 서로를 배척하듯 살고 있다. 모든 게 카르마의 법칙에서처럼 인과응보인 것인데, 나는 올챙이 적이 없었던가 말이다. 그래서 인간은 죄인으로 살아가는지도 모른다.

부디 세입자여 12년간 한결같았던 당신은 아무런 잘못도 없으며, 그동안 주인인 나에게 도움을 주었던, 나에게는 고맙고 아까웠던 사람인 것은 분명하다. 세입자였던 당신이여, 부디 다음에는 나 같은 주인일랑 만나지 말고 더 너그럽고 편한 사람 만나세요. 세상의 매정함에 너무 노여워 마시기를 바랍니다. 당신의 노여움은 생각이 부족했던 내가 다 받을 것입니다. 그래서 요즈음도 차를 운전하다 보면 내가 당신에게 했던 말들의 메시지가 떠올라 참회하며 이 못난 내 자신을 꾸짖고 있답니다.

착각이었던 것이지요. 그리고 너무나 아쉽습니다. 아쉬움은 편하지 못한 것의 방증인 셈인데, 나는 한동안 거기서 벗어나기 어렵게 되었습니다. 사랑의 이별처럼 후회를 해도 소용없는 신세가 된 나는, 이 겨울이 너무 길게 느껴지는 요즈음입니다. 부디 건강하시고 가정에 늘 행복이 깃들기를 기원합니다. 그대여, 어디서 나를 만난다면 고개를 돌릴 것 같아, 그땐 내가 먼저 피하렵니다.

제4부 마실

단학(丹鶴)

"그러니까 사람들이 먹어보고 환장을 하지."

핸드폰 저편에서 선생님의 완고한 음성이 들려온다. 나는 살구를 먹어보고 그 맛에 전화 한 통은 드려야겠다고 마음먹었다. 구십을 앞둔 선생님이었다. 오랜만의 전화였다. 아직 살아계셨다. 고향에서 한의원을 하시는 선생님이었다.

이태 전에 선생님은 나를 뒤뜰로 부르더니 당신이 키우던 작은 나무 한 그루를 심어보라며 손수 캐 주셨다. 아직은 묘목에 불과했다.

"이걸 심어 봐. 이게 전에 내가 중국에 갔을 때 가져 온 거여. 이걸 어떤 대학교수인지 연구해서 알리자는 걸 내가 막았지. 자,

보통 좋은 것이 아니니 갔다 심어보게. 살구 나물세."

뒤뜰에는 그만그만한 나무들이 몇 그루 심어져 있었다. 나는 그때만 해도 선생님의 의중을 깊이 받아들이지 않았다. 나도 나무를 한두 그루 심어 본 게 아니었다. 품종이 달라야 얼마나 다를까 싶었지만, 주는 이의 성의로 그냥 받아들었다.

나는 집에 와서 뒤란 한편에 그 나무를 심었다. 그 이듬해도 나무는 다행히 죽지 않았다. 꽃이 몇 송이 피는가 싶었는데 나중에 보니 아무것도 남기지 않았다. 그러다 올봄에는 나무가 커간 만큼 꽃들도 더 피어났다. 처음엔 그러려니 했다. 그리고 매실을 딸 때쯤에는 매실만한 크기의 파란 살구를 몇 개 달고 있었다. 나는 그때까지만 해도 그다지 관심을 두지 않았다. 여느 살구와 다르지 않았기 때문이기도 했다.

그리고 2주 후에 나는 고향엘 갈 수 있었다. 대문을 열고 수돗가 쪽을 보는 순간 눈에 불이 켜졌다. 그 배경의 아름다움이 내 눈을 확 끌어들였다. 담장 아래 푸르른 풀들을 배경으로 돋보이는 붉은 빛의 살구가 나뭇가지에 매달려 있었다. 지난번에 왔을 때와는 딴판의 배경을 만들어 놓았다. 살구의 색깔이 일반 것과는 사뭇 달랐다. 나는 혹시 자두가 아닐까 하는 의심도 들었다. 다가가서 보니 과실의 끝이 뾰족하지 않은 걸로 봐서 자두는 아니었다.

나는 도로 몇 발짝 물러났다. 배경의 아름다움을 다시금 보기 위함이었다. 과실을 어쩌면 이토록 아름다운 색상으로 빚어낸단 말인가. 가만히 보니 열매의 표면이 선의 구분이 없이 하나의 은은한 그러데이션을 이루고 있었다. 단색으로서 더 익고 덜 익은 부분의 조화가 자연스러워 보였다. 그 빚어낸 감각의 조화에 반하고 있다. 햇볕과 바람과 수분이 빚어낸 하늘의 조화였다. 하늘이 선사한 탁월한 하나의 작품이었다.

나는 그 자리에서 한 개를 따서 입안에 넣었다. 순간 이제껏 먹어보지 못한 맛이 입안을 놀라게 한다. 신맛과 단맛의 농도가 그랬다. 지나치게 화려하지 않은 모양처럼, 농익은 듯한 맛의 조합이, 신맛과 단맛의 배합이 인위적이지 않은, 사람의 손길이 배제된 어떤 순수함이 입맛을 끌어당기고 있다. 풋 익음이 조금도 끼어들 수 없는 원숙한 풍요였다. 그 어떤 입맛의 세련된 미식가라도 그 맛의 찬사에 인색하지 않을 것 같았다. 누구라도 그 맛에 반할 것 같았다.

나는 매달린 살구의 아름다움을 바로 지우기 아까워 우선 그냥 두기로 했다. 도시로 올라가기 직전에 따리라고 마음먹었다. 나는 그동안의 수고의 의미로 나무 주변에 거름과 물을 줬다.

이제 내년에는 너를 그냥 방치하지 않겠다. 너를 몰라본 내가 너에게 미안함을 대신해서 올겨울이 오기 전에 따뜻하게 짚으로 아랫부분을 감싸줄 것이며, 주위도 정리를 해주고 해마다 거름도 잊지 않고 주겠다. 나무여, 어서 무럭무럭 자라라.

나는 도시로 올라와서 아내 앞에 먹어보라고 살구를 몇 개 꺼냈다. 식탁에 놓인 살구를 아내가 집어 들었다. 색깔이 너무 예쁘단다. 한 입 베어 물고는, 어머, 뭐가 이렇게 맛있데요, 하며 좋아한다. 누구나의 입맛은 크게 다르지 않은 모양이다. 아내의 손이 자꾸만 살구에게 간다. 순간 나는 행운을 얻었다고 믿었다. 나에게 들어온 행운을 나는 그대로 두지 않겠다고 마음을 먹었다.

씨를 모았다. 분명 이 씨앗은 겨울을 거쳐 내년에 많은 새싹을 돋게 하리라. 그리고 몇 가지 안 되지만 나는 기어코 꺾어서 삽목하리라. 너의 뻗어가는 가지의 한 줄기를 잘라내어 여러 개의 나무로 뿌리를 내리게 하겠다. 이미 삽목은 여러 번 해본 터이기에 성공할 수 있으리라. 그리하여 내가 아끼는 이에게 하나 둘 시집을 보내리라. 세상의 뒤란에 아름다움을 채색하리라. 누구의 입맛이라도 즐겁고 황홀하게 하리라.

나는 그런 생각을 하니 젊었을 때 농장을 하려던 꿈이 생각났다. 그 길 밖에 없다고 생각되었지만 인생의 향로는 내 마음대로 되지 않았다. 이제는 극히 작은 것에도 만족하며 살고싶다. 행복은 이 작은 나무에도 충분히 있다고 믿고 있다.

선생님과의 통화에서 나는 말했다. 이 살구를 먹으며 오래도록 선생님을 생각할 것이라고. 나는 나무의 이름이 궁금했다. 선생님은 이렇게 말씀하셨다. 학의 머리가 붉잖아. 그래서 붉을 단에 학을 써서 단학이여, 단학. 그렇다, 분명 우리나라에 몇 그루 안 되는 귀한 나무다. 누구나 알지 못하는 나무가 아닌가. 이 나무를 나는 여러 사람들에게 알려야 한다. 아니 자랑을 할 것이다.

어쩌면 나는 그래도 복이 많은지도 모른다. 부(富)가 많은 것이 행복이라고 말한다면 꼭 그렇지만은 아닌 것쯤은 누구나 미루어 알 수 있을 것이다. 무엇보다 그 사람이 좋아하는 것에의 운이 따라 줄 때는 그것보다 행복할 때가 없다는 경험을 나는 해본 적이 있다. 좋아하는 농사에 대한 흡족한 경험과 행복도 여러 번 느꼈으며, 남이 그렇게도 사려고 애써도 안 되는 걸 나는 용케도 구한 적이 몇 번 있다. 바로 고서(古書)의 행운이다. 꼭 읽어보고 싶은 책을 몇 달이고 인터넷을 뒤지고 기다리다 운 좋게 내게 걸렸을 때의 느낌은 아무나에게 주어지는 기쁨은 아니다.

나는 이 단학이 그냥 내게 들어오지 않았다고 보아진다. 선생님과 나는 이번이 처음이 아니었다. 아버지가 살아계실 때, 술로 몸이 쇠약해지면 한약방에 모셔드리려 해도 완고한 아버지는 막무가내로 차에 오르지 않으신다. 그게 안타까워서 나는 밤에 선생님을 내 차에 모셔 아버지 앞에 진찰할 수 있게 했다.

그런 일이 있어 그런지 선생님은 효자가 따로 없다고 하셨다. 하지만 그것은 부모와 떨어져서 외지에 산다는 것만으로도 효자가 될 수 없음을 느꼈기에, 그것을 조금이나마 채워보려는 나의 당연한 도리요, 작은 마음에 불과했다. 아무튼 그래서였을까, 많은 사람들 중에 나를 기억하고 이런 귀한 단학, 이라는 살구나무를 내게 선사했다. 나는 이것 또한 여간한 행운이 아닌가 한다. 순간의 행운이 아니라 이제 단학은 우리들 곁에서 오래도록 뿌리 내리기를 바랄뿐이다.

좋은 품종의 값진 단학이여, 학처럼 고귀함과 너의 특성을 오래도록 지녀 너를 키워준 인간에게 아름다움과 기막힌 맛을 오래도록 선사하라. 그리하면 인간과 단학은 하나가 되어 언제까지나 사랑받고 같이 공존하며 뒤뜰을 지키게 될 것이다. 나는 단학이 있어서 너와 함께 살아가는 동안 가꾸고, 너를 아끼고, 해마다 너와 함께 봄을 맞이하련다. 너를 키우련다.

저 달빛은 알고 있다

스물둘에서 스물다섯 나이. 그 나이의 남자라면 누구나 자신에게서 자유로울 수 없다. 어쨌든 그 기간은 자신의 의지와 상관없이 나라의 부름에 따라야 했다. 나도 그랬다. 만일 군 시절이 없는 거였다면 과연 나는 그때 무슨 일을 하며 젊음을 보냈을까. 변변치 못한 나는 마음만 있지 무슨 일을 제대로 하지 못하고 그냥 하찮게 세월을 보냈을지도 모를 일이었다.

가진 것은 젊음이요, 가진 것이 없는 것 또한 젊음이었다. 하지만 무한히 뭔가를 펼칠 수 있을 것 같은, 두려움이라고는 찾아볼 수 없었던 그 시절은 아무나 가질 수 없는 어찌 보면 나름 꿈같은 시절이었다. 삶이 온통 젊음으로 꾸며진, 그래서 부족함도 젊음

하나만을 믿고 거리낌없이 살았던 시절이었던 것 같다.

사람이 살아오면서 가장 뜨거운 피가 끓는 시절은 언제일까. 나는 단연 군시절이라고 말하고 싶다. 그 나이에는 누구나 에너지가 넘친다. 솟는 힘의 발산을 주체하기 어려운 시절이었다. 나라는 모든 젊은이를 군대라는 명목하에 부른다. 당연하지만 누구나 좋아 군대에 입대할 수는 없다. 의무이었기에 당연지사로 받아들일 수밖에 없었고, 그런 젊음을 당당하게 나라에 맡기게 되었다.

그 속에서 생소했던 체험은 또 다른 나를 키운 것 같다. 그 3년의 세월은 한 사람을 보나 신취석이고 언제나 빠른 농작을 필요로 했으며, 모든 일에 인내할 수 있는 사람으로의 변화됨을 키울 수 있는 곳이었던 것 같다.

흔히 군대 이야기는 며칠 밤을 새워서 해도 못다 한다고 한다. 나도 그 말이 틀린다고 보아지지 않는다. 돌이켜보면 전우들과의 이루 말할 수 없는 부대 안에서의 일들. 유일했던 수많은 감흥들…. 자유롭지 못한 곳에서의 병영생활에 익숙해야 하고, 생각했던 것보다 잡다한 병영 생활이 마음에 내키지는 않았지만 졸병으로서는 어쩔 수 없었다. 뭐든 시키는 일에 이유를 달지 않고 복종을 해야만 했다.

모두에게 서로가 서로를 알지 못한 상태에서의 병영 생활은 냉담했고 군기를 잡으려는 고참들의 눈빛과 행동에 긴장을 늦출 수

없었다. 무엇보다 잘못하게 되면 돌아오는 것은 구타였고, 맞아
본 사람만이 군기가 어떤지를 스스로 알게 되었다.

내무반은 언제나 부드러움은 찾아보기 어려웠다. 군기가 살벌
한 내무반. 헌병대는 늘 그랬다. 여느 군인이 그런 것처럼 보이는
것 모두가 색깔도 오로지 국방색. 울타리 안에서의 반복되는 남
자들의 세계. 계급을 벗어나서 행동할 수 없는 체계적인 구조. 그
래도 아무리 군기가 세다고 해도 누구나 눈치란 게 있어서 차차
적응하며 살게 마련인 것 같다. 그래도 졸병 때와 달리 세월이 갈
수록 할 만한 게 군 생활이었던 것 같다.

어디서나 규칙과 질서가 살아 있는 아우성과도 같은 거침없는
발자국. 일기당천, 즉각 응징에 이은 필승 공군 헌병을 수없이 외
쳤던 그 시절. 특수병과는 그만큼 고되었다. 군기를 먹고 사는 병
과였다. 하루에도 고참에게 필승이라는 거수경례를 수십 번을 넘
게 올려야 했던 시절. 그 몸짓은 거짓이 아닌 살벌함을 일깨우는
하나의 분별과 상관에 대한 복종심을 키우게 했다. 그것은 나아
가서 다른 병과들의 군기를 잡는 헌병 고유의 권한과 파워를 키
우기에 충분했다.

헌병은 졸병 시절부터 타 병과 출신에게 존대와 공손함을 선사
하지 않는다. 세 살이 많은 타 특기의 병사를 만나도 존댓말을 하
려 들지 않는다. 시쳇말로 맘먹는다. 그렇게 암암리에 배우게 된
다. 그러니 상대편에서는 아니꼬울 수밖에 없다.

어디 그뿐인가. 한 비행단의 규모는 대단히 크다. 값비싼 전투기가 많은 만큼 그 인원도 적지 않다. 그러므로 식당의 크기도 대형화되어 많은 병사들이 한곳에 모여 식사를 한다. 식사 때면 줄지어 차례를 기다린다. 하지만 헌병은 절대 줄을 서지 않으려 한다. 무작정 식기를 들고 배식하는 앞에 갖다 댄다. 일종에 보이지 않는 특권이다. 옷을 각지게 다려 입고 늘 반짝반짝 빛나는 군화에 뒷굽을 높이려 칼창을 달아 올렸으며, 근무 상하 번 때는 바지 하단에 쇠구슬이 들어간 링을 바지 안에 넣기에 걸음을 옮길 때마다 출렁거리며 구술이 맞부딪치는 소리를 낸다. 그것만으로도 주위를 일깨우기에 충분하다.

그리고 어깨에는 흰색 실로 꼬아 원형의 여러 겹으로 늘어뜨려 위엄 있게 장식을 만들어 달고, 그 아래 헌병이란 고딕체의 두 글자가 박힌 완장을 왼쪽 팔뚝에 찬다. 허리에 찬 요대는 흰색의 널찍한 모양으로 두르고, 윤이 나게 닦은 황금색의 버클이 의젓하게 허리띠의 중앙에 자리 잡고 있다. 날선 다리미질로 언제 보아도 말끔한 차림의 헌병. 마지막엔 반들반들 잘 닦여진 '화이바'다. 목을 흰색 머플러로 감싼 다음, 짙은 군청색에 흰색의 고딕체로 씌어진, 보기에는 무거워 보이지만 철모보다 훨씬 가벼운 헌병이란 두 글자가 박힌 '화이바'를 쓰면 사람이 달라져야 했다.

구질구질한 것을 일체 배척했다. 세상에 없는 듯이 두 어깨에 힘이 갔다. 누구든 게이트를 통해야 출입이 가능했음으로 헌병은 그 전투비행단의 얼굴이었다. 서서 근무를 하니 밥도 한 끼에 대부분 두 그릇씩 먹어댔다. 손 하나 까딱 않고 그때그때 밥을 먹고 그릇을 버리면 그만이었다. 누구든 아니꼬워도 따지려 들지 않는다. 자칫 잘못하면 본전도 못 찾는다는 걸 누구나 알기 때문이다.

다른 군인들의 입장에서 보면 헌병대는 어쨌든 좋게 볼 리 없어 보인다. 그래도 나는 그 자리가 좋았다. 내 안방인 것에 나는 만족했다. 어디서나 거리낌 없는 게 좋았다. 어디 특권이 한두 가지인가. 가끔씩 나는 근무를 교대할 때면 몇 명이 모여서 후문의 밖에 나가서 막걸리를 들고는 했다. 술을 좋아하지 않아도 나는 전우들과 어울리는 것은 좋았다. 아무나 나갈 수 없는 경계의 울타리를 이따금 넘나드는 것은 허락되지 않지만 우리들은 그걸 즐겼다. 거기서 막걸리에 돼지 족발을 먹는 것도 처음으로 배웠다.

더 좋았던 것은 2인 일조가 되어 근처 읍내에 순찰을 가는 거였다. 장식한 군복을 차려입은 다음 오른쪽 옆구리에 권총을 휴대하고 시내를 활보하며 순찰을 돌다가 다방에도 쉴 겸 들르곤 했다. 다방의 레지들은 헌병을 무서워할 리는 없었다. 되레 관심을 두기 일쑤였다. 그 계집들은 조금의 코맹맹이 소리로 애교를 떨며 다짜고짜로 우리의 무릎에 앉는 걸 주저하지 않았다.

어느 날 우리는 파견 순찰을 돌다가 앞서 걸어가는 뒷모습이 아름다운 여자를 볼 수 있었다. 옆에 걷던 부산이 고향인 전우도 "참, 참하다 예" 하며 호감을 나타냈다. 우리는 잰걸음으로 다가

갔다. 상대편도 두 명의 아가씨였기에 서로 한 명씩 주소를 주고 받으며 서로 연락할 수 있게 되었다. 겉모습으로는 복장을 한 헌병만큼 멋진 모습이 있으랴. 아가씨도 굳이 마다할 리 없어 보인다. 나는 아가씨 앞에서 외출한 사병을 검문할 때와 달리 얼굴에 엷은 미소를 보였다. 고참들의 경험으로 보아 조금의 기대를 걸고 우리는 그날 부대로 들어왔다. 군대서는 웬만하면 여자들이 다 예뻐 보이는 법이다. 핑크빛 하나도 볼 수 없는 게 군대가 아니던가.

육군과 달리 공군은 비교적 널따란 들판으로 이루어져 있다. 비행기의 집인 이글루가 그러했으며 끝없이 펼쳐진 활주로가 그러했다. 전투비행단이기에 훈련이 있는 날이면 하늘을 찌를듯한 고성을 안고 날렵한 전투기가 힘차게 하늘을 향해 치솟아 올랐다.

무엇보다 경계의 중요성은 말할 것도 없었다. 밤낮없이 우리들은 부대를 지켜야 했다. 밤을 반납한 날이 어디 하루 이틀이랴. 저 달빛은 알고 있다. 그 힘겨웠던 세월을. 그 젊음에도 밤을 거의 꼬박 새우고 난 다음 날이면 졸리고 머리가 가볍지 않을 때도 있었으며, 졸병 때는 늘 잠이 부족했다. 다만 잦은 외박이 있었기에 무엇보다 긴장된 마음을 풀 수 있었고, 외박 날을 손꼽는 재미도 있었다. 어떤 고참은 그런 걸 대비해서 밖에 여자 친구 하나쯤은 만들고는 했다. 내무반에서는 여자들을 꾀었다는 이런저런 이야기도 그저 재미로 자랑삼아 던지고는 했다.

그럴 즈음 순찰을 돌 때 만났던 여자에게서 편지가 날아들었다. 손꼽아 기다린 것은 아니지만 어쨌든 반가웠다.

나는 시간에 맞춰 게이트 근무를 미리 졸병과 바꿨다. 편지의 내용에 따른 것이었다. 드디어 저만치에 어슴푸레한 보안등 불빛 아래 두 여인의 모습이 보였다. 여인은 철망으로 닫힌 문 앞에서 기웃거린다. 나는 금세 알아차렸다. 약속대로 두 여인은 밤의 안내를 받으며 군부대를 찾았다. 나는 얼른 순찰할 때 함께했던 전우를 불렀다. 마침 비번이어서 우리 둘은 밖으로 나갈 수 있었다. 드디어 나에게도 고참들을 통해 들었던 그런 날이 과연 오기는 왔다. 나는 속으로 쾌재를 부르며 군홧발을 가볍게 앞으로 내딛었다.

얼마쯤을 같이 걷다가 우리들은 약속이나 한 듯 둘씩 서로 다른 길을 가게 되었다. 가까운 전우도 이럴 때는 서로 알아서 남이 되어야 했다. 서로 짝이 되어 그녀와 걷는 밤길. 길 옆으로 코스모스로 보이는 꽃들이 교교한 달빛을 받으며 고개를 내밀고 있었다. 우리는 길을 따라 이름도 모르는 어느 마을 어귀에 다다랐다. 우린 잠시 의자에 앉았다. 어색한 침묵이랄 것도 없이 우리는 이미 가까운 사람처럼 서로 붙어 있다시피 했다.

나는 몸도 마음도 여유롭지 못했다. 밤이 지나기 전에 어서 부대에 들어가야 하는 몸이었다. 그렇기에 나는 오래 참지를 못하고 몇 마디 이야기를 나누며 슬쩍 포옹부터 해보았다. 솔직히 지금은 무슨 낭만을 노래하러 온 게 아니었다. 여자는 어떤지 몰라도 군바리에게는 사실 육감적인 것이 우선했다. 상대편의 여자도 싫은 기색이 없어 보인다. 하기야 한 군인을 만나러 일부러 군부대까지 찾아온 그녀가 아니던가. 젊음은 이래저래 따질 것도 별반 없는가 보다. 나는 달빛 아래에서 대번에 몸이 발동하여 그녀의 입술을 탐하였다. 첫 키스였다.

나는 입술을 훔치다가 더 욕심을 내게 되었다. 이때를 놓치면 안 될 것 같았다. 나는 누구인가. 그 젊음에, 여자들의 얼굴도 구경할 수 없는, 시쳇말로 여자들과 벽을 쌓고 사는 군바리가 아니던가. 군인들의 병영 생활이 어렵다 하더라도 그런 와중에 누구든 여자에 관해서 초연하려는 전우들은 없어 보였다. 어쨌든 안 되는 일도 되게 하라는 용기와 기백의 사나이가 이만한 용기도 없다는 것은 스스로의 모독감이라고 해도 좋았다.

저만치를 올려다보았다. 적당한 언덕 위에 평평한 곳이 달빛에 드러났다. 나는 그만 옆의 여자를 왼쪽 팔로 무릎의 안쪽을 받쳐 들며 내 가슴으로 번쩍 들어 올렸다. 무겁지도 그렇다고 가볍게 느껴지지 않은 한 여성의 육체가 내 몸에 실려 왔다. 숨어 있던 정욕도 금세 깨울 만한, 처음으로 들어보는 살의 무게였다. 순간 무게의 것들이 내 것처럼 느껴졌다. 나는 누가 시키지도 않은 그 언덕을 단숨에 올랐다. 그동안 굶주렸던 한 젊은 애욕의 힘은 아무것도 막을 수 없었다.

잘 다듬어진 산소였다. 나는 산소의 울타리를 이루는 활개 앞으로 여자를 눕혔다. 여자는 아무런 저항도 없이 나의 행동에 순순히 따랐다. 잠시 하늘에 떠 있는 별 몇 점이 후광처럼 내 등을 어루만지고, 그녀의 얼굴에도 별의 반짝임이 살며시 내려와 앉는 듯했다. 나는 그대로 한 여자의 배 위에 덮치듯이 몸을 포갰다. 성인이 되어 처음으로 가져보는 뜨거운 가슴을 맞이하는 순간이기도 했다. 나는 세상을 다 얻은 듯이 좋았다. 여자와의 밀착으로 옷깃 안쪽으로 느껴지는 참을 수 없는 성욕이 대번에 꿈틀댔다. 달빛 아래 사위는 조용했다.

오로지 한 여자를 목표로 모든 정성이 모아졌다. 머릿속에서나 가능했던 현실에의 실체 앞에 나는 너무 들떠 있었다. 숨이 조금 가빠오는 것 같았다. 내 무게에 여자의 살이 눌려질수록 나는 여자에게 더 파고들고 싶었다. 정욕의 끝까지 가고 싶었다. 무엇으로 기쁨의 최고조에 달하는 것인지는 누가 일러주지 않아도 사나이라면 알 만했다. 그러면서도 나는 왠지 거대한 군함의 조종키를 잡은 듯 어찌할 바를 몰랐다. 아마도 조금의 두려움이 섞인 그런 감정인지도 몰랐다. 가본 적 없는 미지의 세계는 가까이 있다. 하지만 그 세계는 지금 앞이 보이지 않고 있다. 철철 넘쳐흐르는 성적인 감정과는 달리 여자를 사로잡을 수 있는 다른 그 무엇을 몰랐다.

거센 파도가 눈앞에 있었다. 나는 다급한 마음에 보채듯이 다

그치며 허락해 주기를 바랐다. 어서 문을 열기를 바랐다. 여자는 잠자코 있을 뿐이다. 여자는 순간의 달콤함과 냉정 사이에서 머물러 있는 것 같았다. 아니 누워 있는 여자는 저 멀리 하늘에 반짝이는 별을 세고 있는지도 몰랐다. 나는 단 한 번도 이런 경험이 없으니 사정을 봐달라는 그런 투의 말을 여자에게 했던 것 같다. 그런 종용은 치졸하고 구걸에 가까운 사랑임에도 나는 그것밖에 다른 좋은 방도를 찾지 못했다. 어디선가 누군가가 내 귀에다 대고 "바보"라고 해도 알아듣지 못하는 내가 된 것 같았다. 모든 게 진실하고 솔직하면 되는 줄 알았다. 그 어떤 성욕만으로 비밀의 문을 여는 게 아니란 걸 미처 알지 못했다.

서로 간의 실랑이 아닌 실랑이의 시간이 그렇게 얼마쯤 흘렀을까, 끝내 여자는 입 다문 조개가 되어 처음에 찾았던 그 맘이 어디로 갔나 싶었다. 나는 젖을 뗀 어린아이처럼 계속 들러붙어 있을 수가 없었다. 그만 고개를 돌려야 했다. 여자의 싫어하지도 않으면서, 그렇다고 좋다고 달라붙지도 않는 한 여성의 다 넘어갈 듯한 순결의 한 가닥을 지켜보자는 눈곱만한 경계의 선을 끝내 나는 스스로 뛰어넘지 못했다.

그쯤에서 끝난 것도 둘의 인연이란 말인가. 저 달빛은 알고 있다. 그저 스쳐 지나가는 안개와 바람과도 같은 인연인 것을. 그녀는 안개였고 나는 바람이었다. 여자의 벽이 그렇게도 높단 말인가. 여자는 분명 내 밑에 있었다. 그렇게 누워 있는 그 자체만으로도 방어를 배제한, 여자로서는 더없는 배려였음에도, 더 이상의 방임을 바라던 나는 어쩌면 어린애인지도 몰랐다. 그랬다. 나는 할머니의 젖가슴밖에 만진 적이 없다는 말로 여자의 맘을 달래려 천진한 덧칠을 했다. 나는 그 여자에게 그렇게도 끓어오르는 정욕의 소용돌이에서 손 한번 어느 곳도 어루만지지도 못한 채 여자에게, 아니 나 스스로에게 불만만을 남기고 말았다.

내게 있어 다른 세계로의 진입은 하늘의 별이라도 따는 것만큼 어렵단 말인가. 며칠 전, 낮에 보았던 서로의 젊음의 기백과 멋지게 차려입은 복장의 헛됨과 그녀에게 보았던 뒷모습의 그 아름다운 곡선의 뒷맛은 이처럼 쓰디쓴 물거품이 된 것에, 나는 내 자신에 대한 한없는 질책을 감당하기 어려웠다.

그녀는 떠나갔다. 보이지 않는 길을 따라 밤의 안내를 받으며 홀연히 떠나갔다. 나는 그녀의 뒷모습 따위는 보고 싶지 않았다. 부끄러워서였다. 아니 떳떳하지 못해서였다. 어둠이 집어삼키듯 별안간 숨은 듯한 그녀의 부재를 나는 의식할 수 없었다.

나는 갑자기 새벽이 온 것처럼 허탈한 심정이 되어 터덜터덜 군화를 이끌고 패잔병처럼 부대로 들어왔다. 밤은 아직 저만치 남아있었다.

이제 첫사랑의 불장난도 되지 못한 군 시절의 한 여자와의 만남은 참으로 내가 겪었던, 겪지 않은 것과도 같은 쓸쓸한 달밤의 기억들은 하나의 웃지 못한 일로 남아 있다. 나는 그때 한마디로 숙맥이었다. 너무도 순진했다. 아니 그땐 뭘 몰랐다. 밥상을 차려 놓고도 누가 숟가락으로 밥을 떠넣어 주기를 바라는 그런 심정이 되었던 때였다.

사실 그날 밤, 그 여자에게 해준 게 없었던 나는 염치없게도 여자에게서 정욕의 기쁨을 맘껏 얻기를 바랐다. 그게 서로 어긋남의 밑바탕이 되었을지도 몰랐다. 애초에 남녀 간의 뜨거움이란 것도 서로 오가는 데서 불씨가 지펴진다고 보아졌다.

실상 지금에 와서 생각해 보면 둘이 만났던 장소도 상상할 수 없는 곳이었다. 젊음의 가릴 줄 모르는, 한마디로 질펀거리던 시절이었다. 이찌 남의 무덤에서 그런 짓을 서슴없이 시도하려 했던가. 아무리 군바리라고 해도 정욕의 무분별함이 내게도 내재되어 있다는 사실은 분명 바르지 못한 것이었다. 생각해 보면 그날 아마도 누구의 조상인지 모르지만, 지하에서 무험한 지상의 짓거리에 저주받아야 마땅하다고 그 여인을 통해 일종의 방해를 놓았을 거라 자위해본다.

그런 일은 처음이요 마지막이 되었지만, 무례했던 나의 행동이 어쩌다 떠오를 때가 있는데, 그럴 때면 지금도 실소를 금치 못한다. 거기까지인 그녀와의 운명에 대하여 그 여자의 이름은 아직 잊지 않았지만, 그 여자의 얼굴은 도무지 생각나지 않는다. 기억의 쓴맛도 그래서 깨끗하다.

특수병과이기에 가능했던, 무단이탈에 다름 아니지만 우리들의 눈은 늘 밖을 주시하고 있었다. 여자들이 경험할 수 없는 남자들만의 군대. 나는 그 속에서 고참들의 거침없음과 대담함을 볼 수 있었다. 거칠게 자라지는 않았지만, 나는 그런 게 싫지는 않았다. 군대의 계급의식에 따른 투철한 복종심을 배울 수 있었다. 군기를 먹고 사는 헌병대는 무슨 일이든 까짓것, 하며 밀어붙이는 것이 좋았다.

그 시절 많은 전우와의 무수한 일들. 아직도 모두의 얼굴이 한 젊은 군인의 모습으로 또렷이 남아있다. 다시금 그 전우의 모습으로 다가갈 수 있다면 얼마나 좋을까 싶다. 사회가 아닌 군 생활이지만 거기에는 인간 본질의, 젊은이의 마력과도 같은 힘의 원천이 숨어 있다. 3년 동안 함께 먹고, 자고, 총을 들고 근무하며 서로를 알기에 충분했던 실생활이 주는 어떤 끈끈함과 군대만의 독특한 공간의 세계. 그 젊음의 발산으로 가득했던 규정지어진 틀에서의 생활이었지만 우리들의 정신과 육체는 분명 살아 있었다. 모두는 서로 간에 경계와 철칙에 따라 움직이는 것일지라도 때론 한 가족과도 같은 전우애를 가슴 깊이 가질 수 있었다.

젊음의 거칠 게 없는 무한한 세계의 열림. 나는 분명 그 자리에 있었다. 국가의 부름이 무엇인지를 모르지 않았던 세월. 엄한 군기 속에서도 젊은이들의 순수함은 내면 그 어느 곳에 분명 숨 쉬고 있었다. 그래서 때로는 더없는 추억을 만들 수 있었으며, 평생 동안 만나기 어렵다는 것을 알면서도 그 시절이 간혹 떠오르고는 했다.

그만큼 치열했던 삶이었다. 3년이라는 한 토막은 나의 삶에 다른 길을 열어주었다. 아니 남자라는 것에의 근간이 되어주었다.

40년이라는 흐름의 세월 속에서 흔적은 서로에게 남아 있다. 모두 각지에 퍼져 살고 있지만 우연한 해우란 기대하지도 않는다. 세월은 그렇게 흘러왔다. 여태껏 그렇듯 영원히 볼 수 없을 거라 느껴진다. 많은 전우들은 내게 적대심을 두지 않고 호의로 다가선 것 같다. 그런 전우에게 감사한다. 그것은 어쩌면 내가 타고난 복이요, 행운이라고 보아진다. 젊음의 천성이 낙천적이어서 남들도 좋게 봐주지 않았나 생각되어진다. 하지만 나는 나도 모르게 군 생활을 하면서 조금은 독해지는 법을 터득해 나간 것 같다. 온순함을 아무에게나 보일 수는 없었다. 헌병대 특유의 거침 없음이 한동안 몸에 밴 느낌을 지울 수 없었다.

정겨운 나의 전우들이여!

지금은 어디에서 어떻게 살고 있을까. 하늘 아래 흩어져 살고 있을 나의 전우여, 볼 수는 없더라도 그 시절은 잊지 맙시다. 언제나 젊음의 그 시절로 기억합시다. 보고 싶은 나의 전우여, 무한성인 줄만 알았던 우리들의 인간관계가 지금은 유한하다는 지경에 이르게 되었나 봅니다. 그래서 때론 전우들이 보고 싶은지도 모른다. 이름 석 자와 얼굴과 그들의 행동 하나하나가 아직도 또렷이 내 가슴속에 남아 있습니다.

고참들 중에는 젊음의 기백이 넘치고 통이 컸던 전우의 모습들은 오래도록 지워지지 않습니다. 그때 즐거웠고 때론 모진 세월 속에서 몸부림치던 그 순간을 서로는 잘 알 것입니다. 전국에 살아 있을 나의 전우여, 언제까지나 사랑하며 부디 행복하세요. 아쉬움을 남긴 채 나의 전우여, 이만 안녕!

멀어져 가는 친척

옛 속담에 사촌이 땅을 사면 배가 아프다는 말이 있다. 재물의 탐욕에서 빚어진 이야기이지만 지금의 사정은 그렇지 않아 보인다. 그럴 여지를 세월이 삼킨 것 같다. 아이들 입장에서는 이젠 사촌도 자주 안 보게 되면 서로 간에 길에서 보아도 어디서 본 듯한 얼굴인데, 하며 선뜻 묻지 않고는 자칫 모를 수도 있게 된 게 작금의 세태가 아닌가 한다.

사촌이 땅을 사면 배가 아픈 게 아니라, 이제는 사촌의 얼굴만 알아도 다행인 시대에 도래한 것이다. 그러하니 촌수가 더 벌어지면 어떠할까 싶다. "그렇지 않아도 바쁜 세상에 제 식구 감싸안으며 살아가기도 쉽지 않은데 어찌 먼 친척까지 관심을 갖는단 말인가” 하며 누군가는 대뜸 고지식하다고 할지도 모른다.

하지만 나이가 든 사람과 지금의 젊은이와는 혈연관계를 인식하는 척도의 달라짐을 알 수 있을 것이다. 교육적인 문제점과 가치관에 따른 세태의 변화가 만들어 낸 결과로, 나이가 든 입장에서 보면 그렇게 된 것이 사실인가 하고 되묻고 싶어질 때가 있다. 분명 이건 아닌데 하면서도 어느새 그렇게 된 모양이다.

그렇기에 나의 입장도 한번 되돌아보게 된다. 사실 그러지 말아야지 하면서도 나 역시도 조금 멀게 느껴지는 친척과의 교류에 소원해진 것을 모르는 바 아니었다. 언제는 서로 연락도 하고 만나기도 했으면서 차츰 자기도 모르는 사이에 세월의 흐름을 알고 궁금해 하면서도 선뜻 전화 한 통 못한 것을 보면, 내 자신의 의지와 달리 된 것에 스스로 아쉬움을 남기게 되는 것 같다. 할머니 쪽의 친척이 더욱 그렇게 되었다.

세월에 따라 내가 어렸을 적과 지금은 어느새 달라져 있었다. 나는 그렇게 생각은 안 하는데 저쪽에서 어떻게 생각하나 가늠 아닌 가늠을 하게 되는 게 사실인 것 같다. 괜스레 일부러 가까운 척하는 것도 어찌 보면 민망할 것 같아 그럴 때면 내심 안타깝게 느껴지곤 할 때가 있다.

“육촌지간만 같아라.”라는 말을 하고 싶다. 내가 어릴 때의 일이다. 촌수를 따질 게제가 못 되는 관계로 보였다. 한 핏줄임을 자랑하고 싶은 그런 관계로 보아졌다. 그때의 어른들은 무시로 친척집엘 드나들었다. 정이 끈끈하던 그때와 지금은 어떻게 달라졌을까. 물론 그 집안마다 다르겠지만 말이다. 육촌이 넘더라도 생각을 해보면 꼭 촌수를 따져야만 하는가에 이르러서는 왠지 서글픈 생각이 앞서게 된다. 윗대의 떠올림은 우리들을 한번쯤 되돌아보게 만든다.

이제 지금의 젊은이들처럼 세상이 변해버린다면 앞으로는 과연 친척의 소중함이 어떻게 달라질까 걱정이 앞서게 된다. 만일 윗대의 조상이 작금의 현실을 안다면 어떠할까. 망자이기에 모르기를 망정이지 만일 아팠다가 깨어나는 거라면, 이게 무슨 조화냐, 하며 냅다 호통을 칠지도 모를 일이나. 윗대 소상에서 본다면 그 아래 자손들 모두는 다 한 가족이거늘….

우리의 조상들은 지금처럼 그러지 않았다. 그것은 역사와 지내온 과거를 아는 사람들은 겪어보아서 안다. 올라가다 보면 윗대는 하나요, 같은 종족의 내림을 흐릿하게 인식하는 것을 원치 않을 것이다. 친척으로 보이는 것이라면 '그것은 진정 남이 아니다'라는 의식이 팽배했던 시절이었다. 예전에는 무슨 일이 있으면 12촌도 왕래하곤 했었다.

아무튼 주어진 관계에서 차츰 소원함으로 가려는 것이 하나의 간편함의 추구라고 여긴다면, 그것은 인간 본연의 정과 멀어진 경우라 볼 수 있겠다. 무릇 사람이 살아갈 가치와 피의 퇴색은 무엇을 말함인가. 세상이 달라진다고 그것이 진리인 양, 현명한 하나의 방편으로 여긴다는 것에 나는 부정하고 싶다. 기왕에 사는 인생 두루두루 기분 좋은 삶을 꾸려가는 것이 인간 본질의 심성이 아닐까 한다.

친척이란 말만 들어도 가슴이 뿌듯하던 시절이 있었다. 친척이란 가깝고 멀고를 떠나서 우선 우리 집으로 찾아오는 사람은 반가울 수밖에 없었다. 어린 나는 친척들이 무시도 드나드는 통에 사는 맛이 났는지도 모른다. 어디선가 손님이 찾아오고 나면, 얼마 안 있어서 또 다른 손님이 찾아들곤 했었다. 밖에서 뛰어놀다가 집으로 들어오면 어느 결에 손님이 와 있고는 했다.

그럴 때마다 나는 신이 났다. 당연 손님은 눈에 익었기에 친척인 것을 모르지 않았던 나는 친척의 모습에서 정이 생겨나서 좋았다. 그리고 무엇보다 손님들의 손에는 무엇인가를 들고 오는 편이어서 주전부리가 궁했던 시절에는 더없이 좋았다. 과자와 사탕은 온전히 우리들의 차지였다. 며칠이고 아껴서 먹을 수 있었다.

주로 친척은 할머니 쪽부터 아버지, 그리고 어머니 편의 이모들의 드나듦이 그러했다. 특히 지금의 먼 친척 중에는 할머니 쪽이 많았던 것 같다. 그도 그럴 것이 예전에는 어른을 찾아뵙는 것이 진정한 예의이며 믿음으로 알았던 때였던 것 같다. 나이가 꽤 드신 분들이 무슨 명절이거나 하면 검은 두루마기를 걸치고 할머니를 찾아왔었다. 할머니도 손님이 오면 반가움에 어쩔 줄 몰라 했다. 뭐라도 꺼내놓기 일쑤였다. 할머니는 먼 친척이라고 해서 달리 보거나 덜 반가워하지는 않았던 것 같다. 모두는 하나요, 친척이라는 거대한 글자 아래 누구든 남이 아니었다. 먼 친척이 떠나고 나면 내가 괜스레 소원해 할까 바였는지 조상의 관계를 알려서 절대로 남이 아니라는 것을 할머니는 나에게 일러 주었다.

나는 할머니에게 찾아와서는 절을 하는 모습을 보며 나도 어른들 앞에서 절하는 법을 익혔다. 고개만을 숙여서 하는 인사는 제대로 된 인사가 아님을 스스로 알 수 있었다. 나는 그게 좋았다. 허리를 접고 무릎을 바닥에 대고 어른에게 모든 걸 내놓듯이 정성을 기울이며 하는 절은 우리 고유의 것이며 오래도록 이어져 내려와야 하는 것임을 미음속 깊이 새겼다. 우리들은 명절이면 마을의 어른들을 일일이 찾아다니며 정성껏 절을 올리곤 했었다. 으레 그래야만 공손한 아이가 되는 것 같아 그럴 때면 마음이 뿌듯했다. 눈이 소복이 쌓여도 눈길을 뚫고 골목골목 모여서 세배를 다녔다.

어쨌든 친척 중에서도 여자의 경우에는 하루나 이틀을 묵어서 가는 일도 많았다. 나는 그럴 때마다 일부러 이야기를 듣지 않아도 분위기라든가 알아듣는 이야기도 있어서 안 듣는 척하며 하는 수 없이 들었던 기억을 가지고 있다.

내가 아주 어릴 때는 주로 할머니나 집안 대대로 이어져 내려오는 윗대 집안의 어른이 오고는 했지만, 세월이 갈수록 어머니 쪽으로 기울어 갔다. 집안이라 함은 같은 종씨이기에 돌림자도 같은 걸 보면 한 집안이구나 하는 친밀감이 몸속으로 자연 스며들었다. 그것은 더없는 교육이었으며 예절과 피의 내력에 다름 아닌 거였다.

집안의 할아버지뻘의 친척이 오는 날에는 나는 밭으로 달려갔다. 아버지는 그곳에서 일을 하고 계셨기에 알려야만 했다. 할아버지의 이른 부재는 아버지가 채워야 했다. 나는 집으로 와서는 아버지가 시키는 대로 주전자를 들고 주막거리로 달려갔다. 집안 어르신의 술자리를 위함이었다. 대접은 기본적인 예의였으므로 나는 그런 심부름을 도맡아 했다. 겉이 노란 양은 주전자는 알맞은 크기여서 어린 내가 들기에도 딱 좋았다. 알맞게 담겨진 막걸리를 여러 해 들고 다니다가 다 커서는 할 수가 없게 되었다. 어르신들은 오래도록 살지를 못했음인지 언젠가부터 보이지를 않았다. 세월은 그렇게 흘러갔다.

내가 여남은 살이 넘어서고 제법 눈치도 알게 되고 할 무렵에는 나보다 대여섯 살 위인 친척도 심심치 않게 드나들었다. 주로 고종사촌 누나와 막내 이모가 그랬다. 나는 그럴 때마다 헤어짐의 그 쓸쓸함을 시골의 구석에서 외로이 맛보아야 했다. 몇 날 며칠이고 함께 지내다가 홀연히 떠나버리고 나면 한동안 속마음이 텅 빈 것 같아 가슴앓이를 해야 했다. 놓고 간 추억에 목말라 했다. 그땐 친척의 정을 대체할 만한 그 어떤 놀이도, 그 어떤 즐거움도 찾지 못했다. 강아지와 토끼가 아무리 나를 반겨준다 해도 사람과의 정을 채울 수는 없었다. 나는 이별이 어떤 것인지 차츰 알아갔다.

때로는 방학이면 이웃집의 진척되는 아이들이 놀러 오고는 했었다. 나이가 같지 않아도, 도시의 아이들과 친하게 지내지 않아도 왠지 그들은 고상해 보였고, 그들이 떠나가면 쓸쓸해서 내년에도 또 오려나, 하며 괜스레 혼자서 기다려지는 버릇이 꽤 크도록 습관처럼 되었다. 여자애들이 더욱 그랬다.

그 시절에 친척 중에는, 아마도 할머니 쪽 친척인 걸로 짐작되는데 배가 만삭에 가까울 정도가 되어서도 우리 집을 찾아 왔던 걸로 기억된다. 할머니를 비롯해서 우리들은 모두 한방에서 잠을 잤기에 어린 나도 배가 부른 사실을 알 수 있었다. 지금에 와서 생각해 보면 할머니의 친동생도 아니건만 먼 데서 어려운 걸음을 한 것이 분명해 보인다.

누구나 친척은 찾아오면 반가워하고 서로의 정은 밤이 깊을수록 더해 갔다. 이불을 덮고 누워서도 오손도손 이야기를 하다가 잠이 들곤 했다. 친척은 한 가족이었다. 아무런 거리낌도 찾아 볼 수 없는, 더없는 내력의, 떼어 놓을 수 없는 피와 정의 관계였다. 그래서 살맛이 더 났다. 든든하고 아늑한 하나의 울타리였다. 친척이란 무조건적인 끌림이었다. 둘이 될 수 없는 내면의 연결이었다. 서로 가슴 아플 수 있는 처지의 공유요, 기쁨과 웃음을 함께 하는 둘도 없는 관계였다.

친척은 위에서부터 흐려져 가고, 그 대를 겨우 명맥만 이어간다고 해도 결코 단절된 게 아니라고 본다. 한 핏줄의 희석이 연해져도 그 옛날의 깊게 쌓인 인간의, 집안의 정은 족보에 남듯 사라지지 않는다. 사람은 추억과 인연을 껴안고 가는 게 짐승들의 그것과 다른 점이 아닐까 한다.

불현듯 떠오르는 그 옛날의 가깝게 지내던 친척들은 지금은 어떻게 살고 있을까. 어른들의 세상의 등짐으로 그 아랫대에서 온전히 이어질 수 없다 해도, 귀하게 떠오르는 무지개도 스러지면 또 언젠가는 떠오르듯, 우리들의 얼마간 잊힌 친척들도 다시금 무지개보다 더 아름다운 모습이 될 거라 믿어보자.

살아 있음은 무엇인가. 되돌아볼 수 없음은 너무 냉담한 현실에의 체념주의자로 남게 된다. 친척 간의, 마음의 살아있음이 단절됨을 배제한다. 세상이 변하고 흘러갈수록 소원해지는 게 친척이라는 통념은 누구의 책임도 아니요 스스로의 마음가짐에서 우러나는 하나의 주어짐이다. 친척은 어떤 피의 끈을 놓지 않음으로 피어나는 꽃이다.

마실

예전에는 툭하면 남의 집에 마실을 다녔었다. 마실은 낮에도 다녔지만, 특히 저녁을 먹고 나면 딱히 할 일이 없어 무료함을 달래려 남의 집으로 마실을 다니기 일쑤였다. 시골의 겨울은 언제나처럼 한가했다.

나도 마실을 수없이 다녔다. 주로 이웃집이나 친구 집으로 가서 심심함을 달래고는 했다. 마실은 찾아오는 사람과 맞아주는 사람 사이에 은은한 반가움이 묻어난다. 마실은 싫지 않음의, 친밀함이라는 보이지 않는 어떤 끈으로의 연결이었다.

마실은 시도 때도 없는 자유스런 하나의 광경이었다. 마실은 차려입지 않은 본래의 모습들이 어우러진 작은 마당이었다. 누구나의 집도 배경이 되었다. 친한 사람들의 집합체였다. 여러 마리를 낳은 새끼들의 보금자리처럼 주위에 아늑함이 가득했다. 이웃 간의 정겨웠던 이야기보따리요, 웃음꽃이 피어나던 곳이었다. 그곳에는 라디오에서 흘러나오는 연속극을 함께 듣던 추억이 어려 있다.

마실을 멀리한 지 그 언제였던가. 기억의 저편에서 서성거리는 마실이라는 추억을 우리는 그동안 꺼내 보이지 않았다. 일상이었기에 더 그랬을 터이다. 과거보다 미래가 우선시되고, 그것이 전부라는 개념의 영악한 사람들의 입맛이라면, 우리가 거리낌없이 먹었던 마실이라는 과거의 입맛도 다시금 꺼내 볼 수 있는 게 얼마나 다행인가. 과거의 것들이 깡그리 무너진다면 우리의 태어남도 과거이기에 다시없던 것으로 되돌려야 할지도 모른다. 아이들에게 마실은 커감이라는 과정을 껴안고 있다. 그래서 사진첩을 보는 일은 되돌리기 위함에 앞서 나의 존재를 알리고 다시 보는 것에 있는지도 모른다.

마실은 어른들의 입에서 불리고는 했다. 그땐 어른, 아이 할 것 없이 지금과는 달리 삶의 여유가 있었다. 시골의 겨울은 늘 아늑하고 사람들의 마음을 태평하게 해주었다.

그래서 마실은 일철보다 겨울에 제격이었다. 이웃의 아낙네는 스웨터 차림에 팔짱을 끼고 종종걸음으로 마실을 다녔다. 방안에 한가하게 앉아서 두런두런 이야기를 하며 먹을 것을 꺼내놓고 추

위를 달랬다. 마실은 잊혀진 우리들의 아늑한 보금자리이며 추억
이 어려 있다. 마실은 어머님들의 살아 있던 휴식의 표본이었다.

마실은 눈 내린 오후의 따끈한 아랫목 아래서 뜨겁게 몸을 지
지는 일이다. 마실은 잊혀져간 지난날의 우리네 이웃의 어우러진
모습이 담겨 있다. 마실은 할 일이 없을 때 무료함을 달래는 하나
의 느림의 공간이요 쉼표다. 마실에는 숭늉처럼 무난하고 개성이
강하지 않은 부드러움이 있다. 놀이도 아니요, 일도 아닌 그냥 머
무름이요, 마음 풀림이다.

마실에는 화롯불과 삶아놓은 고구마와 화투놀이가 보인다. 우
리는 어릴 때 밤이면 화투를 칠 때처럼 둥그렇게 모여앉아 아이
엠 그라운드 놀이에 빠지기도 했다. 누군가 배우에 이름 대기 차
차, 하며 시작을 알리고 우리들은 장단에 맞춰서 재미있게 무릎
과 손뼉을 번갈아 쳐가며 배우들의 이름을 차례로 불러댔다. 그
때 불러댄 배우들의 이름이 지금도 여전히 입안에서 맴돈다. “엄
앵란 차차, 신성일 차차, 남정임 차차, 신영균 차차” 하며 재미있
게 배우들의 이름을 불렀던 그 친구들은 지금 어디에 있는가. 오
래된 일이라서 지금은 그때 같이 놀았던 아이들이 누구였는지도
어렴풋하다.

마실에는 이웃 누이들의 뜨개질이 보인다. 마실에는 아랫목에
따뜻하라고 놓아둔 담요에 발을 넣는 모습이 보인다. 때론 작은
담요는 우리들의 화투패의 밑판이 되어 주었고, 우리들은 화투장

을 그곳에 낱장으로 엎어 치며 시간을 보냈다.

밤의 마실은 고요와 두런두런한 이야기에서 잠으로 빠져드는 졸린 음성이 들린다. 그럴 즈음이면 마실을 온 사람은 정신을 퍼뜩 차리고 방문을 열고 얼른 밤을 가르며 자기 집을 찾아들게 마련이다. 마실은 어린 날부터 몸에 익은 습관적인 펼쳐짐이다. 마실은 이웃 간의 정겨운 마주봄이요, 한 울타리에서 같이 살아가는 가까운 이웃들의 뗄 수 없는 *끈끈함*이다. 마실은 세월 앞에 퇴색되어 가는 옛 추억의 그림자다.

마실은 준비도 없이 빈손으로 찾아오고, 대접할 준비를 안 해도 되는 편한 대상이며, 친숙한 음성과 얼굴의 모습으로 다가온다. 이웃집에 가서 편하게 수다를 떨며 뜨개질을 하는 마실은 느슨함 속에서 피어나는 삶의 풍요다. 마실의 참맛은 겨울이라는 그릇 속에서 더 짙게 풍긴다. 마실은 화롯불에 둘러앉음이다. 마실에는 지난날에 보았던 골목과 이웃집의, 지금은 세상에 있지 않은 어른들의 음성과 모습이 묻어 있다.

마실은 예전 같지 않다. 아이들이 사라진 마실은 어른들마저 한산해졌다. 기억의 저편에서 아우성치던 추억들은 다시금 일으켜 세울 수 없을 때, 우리는 그것을 단념하지 않는 것만으로도 "마실은 죽지 않았다."라고 말할 수 있다. 웃어른들의 심심함을 달래던 이야기보따리를 우리는 마실이라는 이름으로 기억할 수 있을 때, 마음은 그만큼 포근해져 오고 유년의 것들이 날것인양

눈앞에 그려진다. 언젠가는 달그림자를 밟으며 편하게 마실을 가
고 싶다. 그 대상이 있는 것만으로도 우리는 살아갈 가치는 있는
것이니까. 어서 오라 편한 마실이여.

길에 서서

좁다란 길을 걸을 때가 있었다. 오솔길이다. 곁에는 새들이 앉았다 날기도 하며 주변에 소나무가 몇 그루 서 있는 길을 걸을 때면 어느새 호젓함마저 들곤 했다. 휘파람이 저절로 났다.

좁다란 길은 마주 보며 오고 있는 사람을 전제로 하지 않는다. 어찌 보면 외길에 다름없다. 그 끝엔 산의 입구가 보인다. 밭둑 길 사이로 나 있는 좁은 길은 누가 만든 것도 아닌 듯 오랜 세월 동안 사람들이 밟고 간 자국만이 남아있다. 내가 태어나기 이전부터 있었다고 보이는 길은 조상들의 정겨움, 길들임, 놓여짐이 어우러져 있다. 길은, 좁다란 길은 우리들과 오랫동안 숨쉬며 살아왔다.

길은 어쩔 수 없는 것이 되어버렸다. 하지만 세월을 되돌려 보면 거긴 언제나처럼 한가했다. 기계가 보이지 않는 길은 사람들의 차지였으며, 소들의 느린 걸음을 볼 수 있어서 좋았다. 길은 어린아이들의 안식처였으며 작은 놀이터였다. 친구들과 장난을 치며 걷다가 어딘가에 숨을 수도 있었다. 보리밭 어딘가에서 맘 편하게 볼일도 볼 수 있었다. 원두막으로 오르는 길에 리어카마저도 들어올 수 없어 지게가 전부였던 시절이었다. 초등학교의 여름방학이면 길을 따라 어디든지 걸어서 가면 되었다. 조심할 것은 뱀이나 물리지 않으면 되었다.

길은 언젠가부터 주위를 넓혀왔다. 이따금 달리는 버스의 흙날림이 있은 후, 길은 아스팔트로 변했다. 나라 차가 없어졌다. 불도저의 대담한 이빨이 한길을 평평하게 고르고, 그 틈으로 자갈들이 비집고 올라와 한동안 자전거를 탈 때면 바퀴의 미끄러짐을 겪어야 했던 그 시절은 가고 없다.

길은 세월을 더할수록 사람들을 당황케 했다. 자동차의 행렬이 그랬다. 차가 달릴수록 길에는 보이지 않는 선이 그어졌다. 함부로 길에 들어서면 안 되게 되었다. 옛날의 길이 아니었다. 길은 모든 추억과 지형마저 바꾸려 들었다. 삭막함을 안고 살아야 했다. 길은 사람들의 침입을 저지했다. 길에서는 아무것도 할 수 없게 되었다. 길은 줄어들지 않았다.

길은 사람들만이 다닐 수 있는 길이었다면, 이제는 여지없이 자동차를 들여야만 직성이 풀리는 길로 변해 버렸다. 좁다란 길은 언젠가는 널따란 길로 바꿈질 될 줄 모르고 앉아 있다가 어느 날 느닷없이 당하고야 말았다. 거개의 길은 오지의 것이 아니니 그러려니 하다가도 옛 추억이 잡아먹히는 꼴을 눈 뜨고 보아야만 했다. 길의 변함은 자동차의 증가와 비례했다.

건물 하나를 짓거나 공장 하나가 들어와도 주변의 길은 새로 넓혀야 했다. 야산으로 공장들은 슬금슬금 습격을 해 왔다. 오천 년을 굳건히 이어온 조상의 땅도 도저히 지킬 수 없음이 되었다. 오솔길이 지워지고 차가 드나들 수 있는 길로의 변화에 옛날의 어릴 적 꺾어 불던 버드나무 가지의 행방을 불현듯 놓친 것 같은, 추억의 상실감을 아무렇지도 않게 지워내는 것이 습관화 되도록 길은 사람의 마음마저 좁혀 왔다. 널따란 길에 서서 나는 허물어진, 아끼던 산자락이 무너진 것을 허망하게 보고 있다.

저녁이면 여지없이 어딘가의 굴뚝에서 피어오르던 연기마저도 없는 마을은, 사람들이 다 빠져나간 도시처럼 그 운치마저 지워 버렸다. 뒷산의 무성한 나무는 굴뚝 연기의 사라짐이 키웠다.

편도 2차선의 행렬은 시작되었다. 안성은 이미 소도시가 아니었다. 개발은 무한정, 눈치코치를 따질 건더기가 없다. 개발은 마을 사람들의 발을 묶었다. 갈 곳 잃은 노인들은 그저 마을 주위나 빙빙 돌아야 한다. 자칫 마을을 가로지르다가는 큰일이 난다. 길이 넓어질수록 차들은 더 내달리고, 거기에 따른 정서와 여유가 사라지게 된다. 사람들은 감히 근처에 가는 것을 주저하게 된다. 마지못해 가게 된다.

　길은 큰 길이 넓혀지면 따라서 잇대어진 길들도 그 넓이에 맞춰야 했다. 누구는 시원시원해서 박수를 칠지도 모르나, 길은, 시골의 길은, 오붓한 길을 이제는 보기 힘들게 되었다. 어쩌면 길은 한 사람이 자라온 과정과도 같은지도 모른다. 사람이 한 번 크면 과거의 어린 시절을 만날 수 없는 것처럼 말이다. 길이 그렇듯 어릴 적 귀엽고 예쁜 맛은, 성장이라는 어쩔 수 없는 흐름 앞에 서서히 부풀어 가야 하듯이 말이다.

　길은 야산의 추억도 삼켜 버린다. 산기슭을 따라 개구리를 잡거나 칡뿌리를 캐거나 아니면 새집을 맡아 땅거미가 질 때면 그 새를 잡으러 그물을 가지고 근처에 가서 새의 둥지를 냅다 씌워 새를 잡으려던 어린 손길마저도 지금은 분별하기 어렵게 되었다. 그때만 해도 산은 아이들의 놀이터였다. 이제 야산의 사라짐으로 그 옛날 이따금 찾아들던 머리 위에 벼슬을 단 '후투티'라는 멋진 새의 출현은 물론이고, 저 깊은 숲에 숨어서 우는 바람에 소리의 발원지를 살그머니 들여다보며 듣곤 하던 휘파람새의 너무나 아름다운 소리마저도 이미 들리지 않은 지 오래다.

　복원될 수 없는, 진행형의 도시화는 길을 과거로 돌릴 수 없게 만들고 있다. 길은 부채의 상환을 다 갚은 주인처럼 은행이라는 기관이 행사할 수 없음을 말하는 것과 다르지 않아 보인다. 한번 넓어진 길은, 사람이 그 길을 마지막으로 보고 세상을 뜨는 일과 다르지 않아 보인다. 길은 기억이라는 사진첩을 혼자서 지형을 살펴 가며 꺼내 보는 일이 되었다.

길은 넓어졌다. 하지만 마을 앞, 공장과 길로 이어진 산기슭 어딘가 쯤에 밭이 있었고, 봄이면 그곳에 누군가가 딸기를 심어, 우리들은 오월이 되면 달밤에 살며시 들어가서 그걸 따먹던 추억도 지워버렸으며, 참외나 수박을 도랑에 숨어서 몰래 서리를 하던 기억들도 삼켜 버렸다. 길이 있어 야산으로 이어져 높은 산에 올랐으므로 야산으로 이르는 길은 산의 지지대였다.

마음마저 쓸쓸할 때가 있다. 마치 집에서 키우던 정들었던 짐승을 떠나보낸 심정이 되었다. 좁다란 길의 없어짐은 나의 유년의 것들이 멀리 떠나버린 것처럼 마음이 아리곤 한다. 이제 나는 그렇게 살다가 세상을 등져야 한다. 좁다란 길이 있어 즐거웠으며, 좁다란 길이 있어서 징검다리를 건너듯 어느 곳에도 갈 수 있었으며, 길이 좁아 호젓하게 바람 솔솔 부는 길을 혼자서도 걸을 수 있었음에 이제라도 고마워해야 할 것 같다.

길은 영원하지 않다. 길은 유한적인 닫힘이 아니라 무한적인 열림으로 변모되어 갔다. 길은 하늘 위에 비행기가 흰 금을 그어 놓고 지나가도 시간이 흐르면 지워진다는 것을 알고 있을 때처럼, 길은 놓아 주어야 하나 보다. 길은 떠나간 여인처럼 다시 올 것을 바라지 않는, 하나의 떠나보냄이 되었다.

기구한 운명의 춘원 이광수

남양주시에 사능이란 곳이 있다. 나는 십여 년 전에 그곳을 찾았었다. 이번이 두 번째였다. 그새 집은 사라지고 없었다. 아니 몇 그루의 큰 나무를 배경으로 삼각 형태의 회색빛 양철지붕으로 바뀌어 있었다. 옛집은 흔적조차 없었다. 나는 놀랐다. 혹시나 싶어 주위를 두리번거렸다. 지형을 잘못 찾지 않았을까 해서였다. 하지만 분명했다. 둘러보니 집 부근에 기념비 몇 점이 덩그러니 춘원 이광수의 집이었음을 알려주고 있었다. 그나마 반가웠다. 나는 야트막하게 세워진 비석의 글귀를 보았다.

농사하고 사능에 와 사니 벗 하나와 하나러라

창을 열어 산을 바라보고 귀 기우려 시내를 듣더라

동네 나서 보돌을 츠다가

석양에 막걸레를 마시니라

종달새 새벽 안개에 울고

해오라기 비에 젖어 졸더라

오이랑 따먹고

냉수랑 마시고

잠시 돌벼개를 베고

창 밑에서 낮잠을 자니라

― 「돌벼개」 서문에서

그렇다. 춘원은 이곳에서 자전적 소설 『나, 소년 편』이라는 글을 쓰며, 참회의 마음으로 차디찬 돌베개를 베고 잠을 잤던 곳이었다.

나는 허물어진 옛집을 떠올려 보았다. 그 집은 춘원이 말년에 이곳에 내려와 지은 집으로 직접 농사를 지으며 소도 키우고 했던 곳이었다. 특별할 것도 없는 전원적인 시골 마을의 집이었다.

작은 마당 앞에는 솟을대문처럼 높다란 대문이 보였고 그 안쪽으로는 안채가 빠끔히 드러나 있었다. 나는 안으로 들어가 보려고 했지만 웬 아저씨 한 분이 나온다. 집주인이었다. 나는 사정을 하며 집안을 보고 싶다고 했다. 하지만 그 집주인은 막무가내였다. 안 된단다. 그러면서 허영숙이 중국에서 어떠니 저떠니 하면서 횡설수설한다. 허영숙은 춘원의 두 번째 아내였다.

아무래도 그 사람과는 대화가 안 될 듯싶었다. 참 이상한 일이었다. 그런 사실이 나는 너무 안타까웠다. 이토록 방치된 춘원의 생가는 알 수 없는 사람에 의해 유지되고 있다는 사실은 한국문학의 수치로까지 보였다. 아무리 춘원의 과오가 지워지지 않고 있다 해도, 그가 일구어낸 문학적인 업적은 소실되어서는 안 되었다. 문학적 가치로도 그렇고 국가적인 차원에서도 보존할 수 있었으면, 하는 심정을 담아보았다.

춘원이 쓴 소설은 무수히 많다. 근대문학 최초의 장편소설 『무정』을 비롯해서 그는 수많은 명작을 써냈다. 그는 계몽문학을 통해서 민족의 정신을 일깨우려 했던 사람이었다. 그의 말과 그의 철학은 민족을 위한 하나의 밑거름이 되었다. 그는 문학적 사상적인 깊이와 지식이 풍부한 문필가요, 사상가요, 언론인이요, 독립신문의 주필이요, 3·1운동의 기폭제가 되었던 2·8 독립선언문을 작성한, 민족을 위해 애를 쓰던 사람이었다. 그랬던 그의 생애는 뒤로 물러날 수밖에 없었다. 안타까웠다.

춘원은 자전적 소설인 『나, 소년 편』을 이곳에서 집필하며 많은 눈물을 흘렸을 것으로 보아진다. 나는 그의 생애를, 유년 시절을 보면서 그에 대한 편견보다는 애정의 눈길을 가져보게 되었다. 아니 저절로 그런 감정들의 안타까움이 찾아들었다는 표현이 맞는지도 모른다.

그의 글에는 사람을 끌어들이는 재주가 뛰어나다. 진실이 눈물 겹도록 사람의 마음을 울리고 있다. 그도 어엿한 조선의 한 사람이었다. 그의 유년 시절의 아픔이 보는 이로 하여금 애절하고도 동정이 간다. 그 동정은 시대의 상황과 그의 태생이라고 해도, 남의 일처럼 느껴지기에는 너무나 가슴 아픈 사연들의 상처가 아물기 어려울 정도의 것이어서 애처롭기까지 하다. 사람들의 마음속에 깊이 파고들게 만들고 있다. 꽃이 필 사이도 없이 떨어지고 마는 그의 기구한 운명은 언제나 외롭고 눈물짓는 삶의 연속이었다. 어려서부터 평생을 떠돌이로 살아야 했던 그의 생애는 가슴 아픈 상처의 점철이었다 해도 과언이 아니었다.

그는 자서전에서 밝히듯이 일찍이 그가 열 살에, 그것도 양친을 닷새 차이로 잃게 된다. 코레라, 라는 전염병의 창궐이 그 원인이었다. 그 와중에 어머니는 일부러 춘원의 누이동생을 안고 죽어갔다. 남은 자의 앞날을 위함이었다. 거기에 춘원이 있다. 하지만 춘원의 곁에는 아무도 없었다.

살아 있을 때도 춘원의 부친은 그럭저럭 술로 일관하며 지내기 일쑤였다. 한마디로 능력 없는 집안의 가장이었다. 나이가 스무 살이나 적은 어머니는 살려고 애를 쓰지만 재산을 깎아먹으며 이사를 다섯 번이나 하면서 겨우 입에 풀칠을 한다. 마지막으로 남의 밭 귀퉁이를 얻어 지은 집에서 생애를 마치게 된다. 부모가 없는 처절한 삶은 춘원의 몫이었다.

그래도 살아 있을 적 춘원의 어머니는 춘원을 위해서 가만히 있지를 않았다. 그 당시 열 살만 넘으면 결혼을 시키고는 했던 때였다. 가난한 집에 시집을 왔던 춘원의 어머니는 일찍이 아들의 결혼을 위한 준비를 한다. 누에를 키웠다. 하지만 밭이 없었던 춘원의 어머니는 젖을 동냥하듯 여기저기서 뽕잎을 훑어 와야 했다. 그녀는 어쩔 수 없이 친정집의 밭에 도착하게 된다. 춘원은 그때의 상황을 이렇게 적어놓았다.

나는 어머니가 뽕을 따러 가는 데도 한두 번 따라가 보았다. 어머니는 계집에 적에 해마다 뽕을 따던 곳이지만 출가외인이라 이제는 남의 것이요, 게다가 외조모까지 돌아가시고 이제는 올케와 조카며느리들의 것이 되었으니 마음에 꺼리는 모양이어서 처음에는 사람이 있나 없나 하고 사방을 돌아보다가 이파리 잔 뽕을 훑기 시작하였다. 그러나 점점 이 뽕나무는 우리 뽕나문데 하는 생각이 나는 모양이어서 차차 대담해져서 갈비도 따기 시작하였다. 한 바구니가 차면 보에 쏟고 이 모양으로 커다란 이불보 위에 거의 뽕잎이 그득 찼을 때에,

"뽕 따지 마우, 거 누구냐, 남의 뽕을 따게."

하는 날카로운 소리가 들렸다. 어머니는 휘어잡았던 뽕나무 가지를 놓고 뒤를 돌아보았다. 나도 돌아보았다. 소리 임자는 분명

내 외사촌 형수였다. 어머니께는 조카며느리지만 나이로는 얼마 틀리지 아니하였다. 형수는 종종걸음으로 이쪽을 향하고 오고 그 뒤에는 그 딸, 나만한 계집애와 개가 따랐다.

나는 고개를 쳐들어 어머니를 쳐다보았다. 아직 이십 칠팔 세밖에 안 되는 어머니지만 가난 고생에 나이보다는 늙었고 머리까지 적어진 것 같았다. 어머니는 잠깐 어쩔 줄 모르는 듯이 멀거니 형수가 달려오는 데를 바라보고 섰더니, 무슨 결심을 했는지 천연스럽게 뽕나무 가지를 휘어잡아서 득득 잎사귀를 훑었다.

"아, 그래도 뽕을 따네. 따지 말라는데 남의 뽕을 따. 거, 원 누구란 말야."

형수의 목소리에 노기가 있었다. 개가 사람을 앞질러 멍멍 하고 주인의 노염을 알아듣고 한편 짖으며 한편 달리며 우리 모자 있는 데로 왔다. 그러나 낯익은 나를 보고는 어이없는 듯이 우뚝 서서 꼬리를 흔들고는 제 주인 쪽을 돌아보았다.

"잘 아는 사람이요."

하고 주인에게 알리는 것 같았다.

형수도 우리가 누군지 알아본 모양이었다. 우뚝 섰다. 그 딸만 나한테로 뛰어왔다. 나는 이를테면 그의 아저씨다. 그럴뿐더러 나와는 장난동무였다. 그래도 어머니는 모른 체하고 뽕만 따고 있었다.

"내 뽕 나 따는데 네 년이 무슨 상관야."

하고 뻗대는 태도였다.

뽕 도적놈이 우리 모자인 줄을 안 형수는 머쓱하고 섰다.

다른 때 같으면 내가, '아주머니, 내요' 하고 나설 것이지마는, 나는 내 어머니와 형수와의 사이에 지금 이상한 적의가 있는 것을 알고 나도 어머니 모양으로 모른 체하고 오디를 따고 있었다. 나는 어머니 편이 될 수밖에 없었다. 퍽 야릇한 장면이었다.

마침내 형수가 항복을 하였다.

"아이, 돌고지 도련님이요? 난 누구라고."

형수는 이렇게 말하고 내 곁으로 왔다. 나는 형수를 보고 싱겁게 웃었다. 부끄러운 짓 같았다. 형수는 내가 싫어하는 사람은 아니었다. 그러나 외조모가 내게 밤이나 떡이나 이런 것을 싸줄 때에는 늘 이 형수의 눈을 꺼리는 눈치를 보였기 때문에 내 마음에도 이 형수는 만만치 아니한 사람이라고 생각하고 있었다. 그는 키가 작달막하고 눈이 옴팍 눈이요, 입을 꼭 다물어 그 동그스름한 얼굴에 매서운 빛이 있었다. 뒤에 두고 보아도 그 형수는 무척 똑똑하고 능한 사람이었다.

형수는 어머니 등뒤로 가까이 가서,

"아주머니."

하고 반갑게 불렀으나 어머니는 고개도 돌리지 아니하고 여전히 뽕을 따면서,

"도경아 인제 고만 집으로 가자."

하고는 뽕나무 가지를 놓고 형수와 마주치지 아니할 방향으로 몸을 돌려서 뽕을 보자기께로 간다.

나는 어머니 음성이 심상치 아니함을 느껴서 곧 어머니를 따라가서 그 얼굴을 들여다보았다. 어머니의 눈에는 눈물이 가득 차 있었다. 부끄럽기도 하고 분하기도 하고 집이 가난한 것이 원망스럽기도 한 것이었다. 집에 돌아오니 누에들은 배가 고파서 모가지를 높이 쳐들어 내어두르고 있었다. 어머니는, 손에 뽕잎을 듬뿍 집어서 누에 위에 활을 주었다. 누에들은 좋아라고 이 눈물 젖은 뽕잎을 소나기 소리를 내면서 먹었다. 누에도 나와 같이 가난한 집에 태어나서 내가 밥을 굶는 모양으로 가끔 뽕을 굶었다. 그러나 어머니는 비가 오거나 무슨 일이 있거나 뽕을 얻어다가 누에를 아주 굶겨 죽이지는 아니하였다. 나도 가끔 동무네 집 뽕을 얻어도 오고 훔쳐도 왔다. 이렇게 도적질한 뽕, 비럭질 한 뽕을 얻어먹고도 누에는 제대로 자라서 오를 때에 올라서 고치를 지었다. 나중에 알고 보니 어머니가 이렇게 구구스럽게 누에를 친 것은 내가 장가들 때에 쓸 것을 준비함이었다.

뽕을 따러 갔다가 밭에서 만난 친정 조카며느리와의 미묘한 심리를 잘 나타내고 있다. 아주머니, 하며 반갑게 불러도 고개 하나 돌리지 않고 뽕을 따던 춘원의 어머니는 자존심과 가난의 설움이 북받쳐 결국 눈시울을 적시게 한다. 아들과의 오붓한 뽕잎을 따는 일도 아니요, 그렇다고 당당함도 없는, 되레 눈치를 살펴야 하는 신세가 되었기에 겸연쩍음을 넘어 한스럽기 짝이 없어 보인다. 그때 쥐구멍이라도 보였더라면 어땠을까 싶다. 여기에 있었던 일들은 칠십여 년 전의 기억이었다. 아니 지금으로부터 일백 이십여 년 전에 있었던 일들이었다.

부분적인 글만 보아도 더이상 어찌할 수 없을 만큼의 대화와 문장의 조화가 천의무봉할 만하다. 문장을 다루는 솜씨가 과연 압권이다. 대화에 따른 문장의 어휘력 선택이 더 이상 딱 들어맞을 수가 없다. 정확한 어휘의 선택은 읽는 이로 하여금 흡입력을 가지게 한다. 결국 우리들은 빼어난 문장을 접하게 된다. 하찮은 개의 심리묘사까지도 세세하게 다루고 있다. 감동과 사람의 마음을 끌어들이는 재주를 춘원은 타고난 것 같다. 나는 어떤 누구도 이 장면을 더 잘 표현할 수는 없다고 본다. 소리 없이 내 눈을 통해서 소설에 대한 의식이 다시 한 번 깨이는 순간이기도 했다. 그의 글에는 돌이 물살에 의해 저절로 흘러가는 듯싶어도, 그 물살 아래 비추는 빛과 돌들에 자연스레 생긴 마찰의 반짝임을 그의 입김을 통해서 더욱 빛나게 만든다.

책을 보다 보면 나만이 알아두고 싶은 은밀하고도 비밀스런 공간이란 게 있다. 지금 본 이 장면들은 드러내놓고 싶지 않은 나만의 기억하고픈 공간이고 싶었다. 칠십여 년이라는 벽을 허무는 순간이기도 했다.

어머니가 떠나가고 나서 춘원은 결혼을 꿈꿀 수도 없었다. 춘원에게는 일찍이 실단이라는 이웃 동네에 사는 여자가 있었다. 부모 적부터 서로 잘 아는 집안이었다.

다행히 춘원은 명석한 두뇌의 소유자였기에 일찍이 일본으로의 유학을 갈 수 있었다. 멀리 타국에서 일기장에 수백 번인지 모르게 실단의 이름을 썼던 춘원이었다. 어디 그것뿐인가. 실단이 아버지께 청혼하는 편지도 여러 번 썼다가 찢어버리곤 했다. 부모도 없고, 집 한 간도 없는 놈이 어떻게 남의 딸을 달라고 하랴. 염치없는 놈이요, 실단이 아버지가 괘씸한 놈이라고 할까 봐서였다고 한다.

춘원은 일찍이 쓴맛을 맛보아야 했다. 이미 열 살이 되기 전에 아버지를 따라 한약을 짓는 친구의 집으로 간 적이 있었다. 아버지는 거기서 친구의 딸을 줄 수 없느냐고 이야기를 꺼낸다. 친구는 대뜸 무엇으로 내 딸아이를 먹여 살릴 것인가, 하며 되레 핀잔을 준다. 춘원의 아버지를 잘 알기 때문이다. 그 곁에 같이 갔었던 춘원은 그 말을 듣고 당장 쥐구멍이라도 들어가고 싶은 수치심에 몸을 떨었던 기억을 가지고 있었다. 굴욕 앞에 치욕을 느끼지 못하는 춘원이 아니기 때문이었다. 그때 춘원은 두 주먹을 불끈 쥐었다. 자존심과 분에 못이긴 어린 춘원의 결심은 굳건한 것이었다.

춘원은 실단이와의 추억을 잊지 못한다. 친척 집에 놀러 갔다가 실단이와 놀게 된다. 아이들과 놀다가 밤이 되어서야 춘원은 이웃 동네에 사는 실단이를 집으로 되려다 주게 된다. 달빛이 교교한, 눈이 내린 야산의 하얀 밤길이었다. 춘원을 앞서가던 실단은 무슨 소리를 들었는지 놀라서 몇 걸음 종종걸음으로 다가와 춘원의 가슴에 대고 전신을 꼭 붙어버린다. 춘원은 실단의 뒷모양에 정신이 팔렸던 까닭인지 아무 소리도 듣지 못한다. 춘원의 코에 실단의 머리냄새가 향기롭게 붙어왔다. 쌔근쌔근 숨이 찬 실단의 가슴이 춘원의 가슴에 파고들어 뛰는 심장의 고동을 하나하나 분명히 느꼈다는 춘원은, 그날 밤 열다섯 살에 처음으로 애정에 정신이 횡홀해져시 허둥지둥 아무것도 분간할 수가 없었나. 그런 기억들은 오랫동안 춘원의 머릿속에서 지워지지 않고 있었다.

실단이 쪽에서도 춘원이 언제 고향에 찾아올 것을 바랐지만 오랫동안 아무런 소식이 없자 사실과 다른 소문이 퍼지게 된다. 춘원이 웬 서울의 색시한테 장가를 들었다는 소문이었다. 그럴 만도 했다. 그러니 실단이 쪽에서도 춘원에 대한 생각을 접을 수밖에 없었던 모양이었다. 뭐 하나라도 춘원을 위하여 옷도 만들고 했던 것들은 아무런 소용이 없게 되었다. 두고두고 기다리다 지친 실단의 어머니의 심정을 실단이 모를 리 없다. 실단이 본인이야 어떻겠는가.

결국 실단은 좀 모자란 다른 남자에게 속아서 결혼식을 올리게 된다.

무슨 운명의 장난이던가. 마침 춘원은 그날 일본에서 고향엘 오게 된다. 춘원의 마음속엔 온통 실단이 뿐이었다. 그러나 오늘 실단이가 결혼을 하게 된다는 소식을 듣게 된다. 하늘이 무너진 듯 했을 게 뻔하다. 그런 춘원은 착잡한 심정을 누르고 그곳으로 발길을 옮긴다. 가만히 있기에는 뭔가 분하고 원통했다. 그때의 심경을 춘원은 다음과 같이 밝히고 있다.

마을에 다다른다. 실단의 어머니는 실성한 사람 모양으로 나를 바라보고, 실단은 윗니로 아랫입술을 꼭꼭 물고 있는 것이 보였다.

곰여울 할머니는 내 말은 다는 알아듣지 못하고 세 사람의 얼굴을 번갈아 보고 있었다. 밤에 우수수 하고 봄바람이 지나가는 소리가 들렸다.

한참이나 말이 없다가 실단 어머니는 후유 한숨을 쉬고 실단의 치맛자락에는 물방울이 뚝뚝 떨어졌다.

나는 그들의 내게 대한 생각을 이제야 분명히 알았다. 그들은 정말 나를 사랑하였던 것이다. 그 어머니의 침묵, 실단이의 침묵의 눈물, 그것들은 어떠한 웅변도 못 미치게 그들의 간절한 정을 표시하는 것이라고 나는 해석하였다.

그렇게 생각하면 실단이 모녀가 더욱 내 살에 파고 스며드는 것과 같이 반갑고 그리웠다. 실단의 딴딴하게 땋은 귀머리를 내

손이 아니고 뉘라서 감히 손을 대랴. 그의 바른편 가슴에 꼭 매어진 고름에 내가 아니고 뉘라서 감히 손을 대랴. 그의 마음이 내 것이니 그의 몸도 내 것이다! 나는 당장에 달려들어서,

"내 실단이!"

하고 실단을 껴안고 소리치고 싶었다.

그러나 그것은 못할 일이다! 실단의 머리와 옷고름을 마음대로 풀 사내가 지금 꺼덕대고 한 걸음 한 걸음 이리로 가까이 오고 있다. 그의 말머리가 보이기 전에 나는 여기서 물러나야 한다. 그리고 나는 다시는 실단이 곁에 앉아서 실단의 이름을 부를 수는 영원히 없는 깃이다!

"실단이!"

하고 나는 인사체면도 다 잊고 불렀다. 그 소리는 내 소리 같지 아니하게 떨리고 우는 소리였다.

"네."

하고 실단은 고맙게도, 의외에도 대답하고 고개를 들어서 눈물에 젖은 눈으로 나를 바라보았다.

'오, 그 밝고 다정한 눈!'

나는 마치 이번에 한 번 보아두면, 천만 번 나고 죽더라도 그 눈을 아니 잊을 것이나 되는 것같이 뚫어지게 그 눈을 바라보았다. 실단이는 내 시선을 피하여 고개를 숙였다.

나는 또 한번,

"실단이!"

하고 불렀다.

실단은 또,

"네."

하고 아까 모양으로 나를 바라보았다. 그 눈에는 아까보다도 눈물이 그득찼다.

나는 그의 목소리를 두 번 듣고 눈을 두 번 보았다. 이제는 더 할 말이 없었다. 나는 여기서 오래 있는 것이 더욱 못난 짓임을 깨달았다. 무에냐, 제 것도 아닌 실단을 옆에 놓고 그리워 하는 것이 거지의 기상인 것 같았다. 설사 실단이 모녀가 한 팔에 하나씩 매달리는 한이 있더라도 홱 뿌리치고 나서는 것밖에 내게 남은 사내다움은 없었다.

나는 아주 선선한 사람같이,

"저는 가요."

하고 곰여울 할머니 집에서 나섰다. 그리고는 뒤도 안 돌아보고 산으로 산으로 올라갔다. 나는 실단이 모녀가 내 뒤를 바라본다고 느꼈으나 굳이 돌아보고 싶은 마음을 눌러버렸다.

나는 무엇을 빼앗기고 망신하고 쫓겨난 사람과 같다는 생각을 쫓아낼 수가 없었다.

"에익, 고약한 내 운명!"

하고 나는 침을 퇴 뱉었다.

뜻대로 안 되는 세상이라고 원망도 해보았다. 세상과 운명에 대하여 반항하리라 하는 생각도 해 보았다. 그러나 그때의 나에게는 그만한 용기가 없었다. 나는 한을 품고 참을 수밖에 없었다.

사람이 살아가면서 이토록 애절할 수가 있을까. 춘원의 머릿속에서 두고두고 잊지 못했던, 아쉬움으로 가득했던 장면이었다. 애틋했던 사랑이 산산조각이 나던 찰라였다. 멀리 타국에서 그토록 마음속에 언제나 자리했던 첫사랑의 여인이었다. 수백 번도 넘게 그려왔던 모습이었다. 마침내 그 실단이는 다른 남자에게 아무런 말도 없이 빼앗겨 버렸다. 비참하리만큼 기구한 운명 앞에 춘원은 어쩌지 못하고 있다. 세상의 원망을 해서 무엇하랴. 원래부터 무엇하나 제대로 되었던 게 없었던 춘원이었다.

후에 실단은 자살을 하게 된다. 모자랐던 남편과 헤어지고, 실단은 절을 찾아서 그곳에서 살다가 가엽게도 세상을 등졌다. 그 소식을 들은 춘원의 마음이 어떠했을까. 자신 때문에 실단이 그렇게 된 것 같은 자책감에 얼마나 가슴이 미어졌을까. 운명은 그런 것이었다.

춘원은 세운마저 어렵게 태어났다. 일찍이 그는 소문난 수재였다. 부친의 친구들이 춘원의 집에 놀러와서 한자를 써서 보여주면 막힘이 없었던 그였다. 부친의 친구들도 어린 춘원을 보며 과연 놀랍다, 라고 말하며 시대가 그런 것을 아쉬워했다. 한번 들으면 잊지를 않아서 공부에 자신이 있었다던 춘원이었다. 하지만 명석한 두뇌는 쓸데가 없었다. 춘원은 늘 그런 점을 안타까워했다. 갑오경장 이후로 과거시험이 없어진 것을 두고 한 말이었다. 그가 태어나고 이태만에 없어진 제도였다. 과거시험만 있었더라면, 하며 한탄을 했던 그였다. 그랬더라면 그의 운명은 달라졌을지도 모를 일이었다.

세상은 달라지지 않고 일제의 강점 아래서 삼십여 년이 그렇게 흘러갔다. 그 흐름의 미래는 누구도 알지 못한다. 춘원이라고 해서 미래의 날들을 훤히 알 수는 없었다. 당장 하루 앞도 내다보기 어려운 세상이었다. 세상을 살아가는 사람 모두가 그랬다.

변화의, 지옥에서의 탈출은 저 멀리 미국으로부터 왔다. 일본의 패망은 춘원에게도 치명타를 안겼다. 불투명한 미래에 춘원은 그냥 가만히 있지를 못했다. 일제의 회유는 끈질겼고, 사람의 부탁을 거절하기 어려웠던 춘원은 급기야 학병 권유를 학생들에게 전한다. 어떤 학생들은 춘원을 찾아와 넙죽 절을 하고는 말없이 눈물만 흘리고 있다. 춘원도 가슴 아프기는 마찬가지다.

"그대가 안 나가려면 안 나갈 수가 있나? 그대들이 피를 흘린 뒤에도 일본이 우리 민족에게 좋은 것을 아니 주거든, 내가 내 피를 흘려서 싸우마."

춘원의 입에서 나올 것 같지 않은 말들의 쏟아냄은 한 민족의 입장이라고 말하기에는 뭔가 개운치 않고 석연찮은 구석이 있어 보인다. 그 말이 틀리지 않았다고 해도, 말을 들어보면 이미 미래에 대한 굴복을 준비했던 춘원이었다. 춘원에게서 보았던 예전의 그 높던 기상과 절개는 어디로 간 걸까. 그게 진정한 나라를 위하는 길이었을까. 어쩔 수 없다 해도 거기에 맞서서 싸운 사람들은 그 누구던가. 애국의 길은 하늘이 안다.

그것이 문제였다. 행위에 따른 마음의 변화. 변절과 변명은 백성들로 하여금 원성을 사기에 충분해 보였다. 더욱이 민족을 일으키려 애쓰던 그였기에 배신감은 그만큼 컸을 것이다. 반민특위에 끌려가서 재판장에게 받았던 수모를 춘원은 잊지 못할 거였다. 영원할 줄 알았던 일제강점기는 끝내 히물이길 것을 누가 에측을 할 수 있었을까. 그렇더라도 일제에 끝까지 항거할 수 있는 사람만이 나라를 진정 위하는 길임을 춘원은 몰랐을까. 춘원은 알 수 없는 미래를 짐작이라도 할 수 없었던 암울한 한 시대의 희생양이요, 동시에 그는 결국 낙인으로 고착된 것 같아 안타깝다. 그래서 그는 돌베개를 베고 참회의 눈물을 흘렸건만 세상은 그를 감싸 안을 수 없었음을 춘원은 알기나 한 걸까. 세상은 그만큼 냉혹했다.

그는 어쩌면 나라를 일으켜 세우려 애쓰다가 지쳐서, 나 몰라라 다른 길로 도망을 가다 걸려든 한 시대의 불운아요, 하늘이 내려준 당신의 사명을 끝까지 지키지 못한 한 지식인의 표상이 되었다. 안타까움이 앞을 가린다. 그러나 그는 엄연한 우리 민족의 자손이요, 아픈 역사의 상처가 남긴 처절하고도 기구한 운명을 껴안으며 살아야 했던 한 지식인이었다.

그런 그도 한 많은 삶의 종착지가 있었으니 다름 아닌 6·25 사변이었다. 그는 엄동설한에 아내와 자식을 둔 채 인민군에 의해 북으로 끌려갔다. 그의 시련은 안타깝게도 이념이 아닌 추위였다. 몸이 허약했던 그는 그해 겨울 추위를 이기지 못한 채 세상을 떠났다. 전쟁은 춘원에게 또 하나의 시련이었다.

춘원이 걸어간 길은 평탄하지 않은 길이었으며, 그가 남기고 간 발자국은 아직도 지워지지 않고 있다. 그리고 그에게 드리워진 애증의 그림자는 주위를 맴돌고 있다. 하지만 그는 아무런 말이 없다. 하늘도 말이 없다.

보리타작

보리를 벤다. 푸르렀던 밭은 황금물결이 되어 주인을 부른다. 이삭 끝에 거친 수염을 단 보리는 어느새 알이 밴 몸통으로 잡으면 흩어질 듯한 낱알을 겨우 모아쥐고 있다.

농부들은 그 더위에도 까락을 안은 채 보리를 일일이 낫으로 베어야 했다. 하지만 보리를 베는 일은 가족의 배를 불리는 것과 다르지 않은 것이어서 쳐다만 보아도 마음마저 흐뭇했다. 식전에 낫을 가는 농부의 팔에도 어느새 힘이 실려졌다. 보리밥이라도 많이 먹어둬야 일을 할 수 있었다. 하지만 보리를 다루는 일은 여간 까다로운 게 아니었다. 더위도 더위지만 깔끄러운 보리의 수염이 몸에 스치지 않을 수 없을 테고, 그러다 보면 괜스레 짜증도

날법한 일이지만 그게 어디 대수인가. 수확의 기쁨 앞에서는 거칠 게 없었다.

거기다 탈곡을 하는 일은 더 곤욕이었다. 털려 나가는 낱알에 붙은 억센 수염을 피부는 당해내지 못한다. 까락은 사방으로 튀어서 온 마당에 뿌려졌다. 그러므로 일을 하다 보면 까락이 어느새 날아와 목덜미를 따라 온몸으로 숨어들었다. 거기다 뙤약볕은 한 술 더 떴다. 그리고 발판을 발로 밟아가며 리듬에 맞추듯이 소리를 내며 구르는 수동식의 탈곡 일은 땀이 범벅으로 얼굴에 흘러내리게 했다. 어른들만이 할 일이었다.

그렇게 얻어진 보리는 끝에 가서는 팔랑개비를 돌려서 겨우 낱알을 추려냈다. 곡식이 쌓여갈수록 농부들의 팔에서 힘이 났다. 통통한 알갱이가 걸러지고 나머지 까락들을 한군데 모았다. 오후가 돼서야 겨우 끝난 일은 마지막으로 모아놓은 까락이나 부스러기들을 태우는 일이었다. 그것들은 마디기 때문에 한 번에 화락 타지를 않고 은근히 하루나 이틀을 두고 차근차근 타들어간다. 마치 왕겨가 타는 듯했다.

어느새 바람이 일지 않아도 까락 타는 냄새가 골목에 숨어들었다. 그 냄새가 골목을 지날 때마다 매캐하면서도 사람 사는 맛을 나게 했고, 그 연기는 우리들을 불렀다.

그즈음 광에는 햇감자가 있었고 우리들은 그걸 가져다가 작은 산소처럼 모아둔 불타는 그 속을 헤집고 감자를 묻었다. 서로가 모르는 사이에 몰래인 것처럼 눈대중으로 표시를 잡고 몇 알의 감자를 묻어둔다. 나만이 아는 범위다. 하지만 조금은 걱정이 되었다. 내 맘이 그런 것처럼 이웃의 다른 아이들도 나와 같이 슬며시 감자를 묻어둘 거였다. 모닥불에는 주인이 따로 없었다.

사실 어떤 때는 내가 묻어 두려고 불씨를 파내다 보면 먼저 묻어둔 감자가 보였고, 그럴 때면 무안해 할 것도 없었다. 장소를 좀 다른 곳으로 옮기면 되었다. 바로 옆에 묻어두면 서로 헷갈려 괜스레 내가 묻어둔 감자가 서로 뒤바뀔 것도 같고, 또 손해인 것도 같고, 자칫 남이 익기가 무섭게 가져갈 수도 있을 것 같아 은근히 망을 보고 싶었다.

그 맛. 다 익은 감자의 맛은 어디에 비하랴. 검게 그을린 감자를 두 조각으로 나눌 때면 보리 까락의 불 냄새와 감자의 익은 냄새가 온몸으로 숨어들었고 그걸 먹는 순간만큼은 그 어떤 것에도 비할 수 없을 만큼 독특하고 추억이 어린, 세상에 둘도 없는 맛은 언제나 잊히지 않는다. 아니 그 분위기가 주는 한여름의 정취에 빠져들게 된다. 그 미각과 불씨와 꾸준히 타오르는 연기의 냄새를 언제 다시 맡아 볼 수 있으랴.

보리타작이 끝나면 어른들은 이삭이 털려 나간 보릿짚을 대충 묶어 추녀의 한편에 세워두곤 했다. 뭐든 땔감으로 유용했던 시절이었다. 그럴 때면 우리들은 구겨지지 않은 대궁을 묶음에서 몇 가닥씩 추려냈다. 우리들은 어딘가에 앉아서, 혹은 길을 가면서도 무엇인가 엮어댔다. 바로 여치 집이었다. 추려낸 보릿짚을 하나씩 연결을 해서 마름모꼴로 빙그르 틀어 올리며 운치 있는 여치 집을 만들곤 했다. 다 완성이 될 때면 여치 집은 판매대에 오른 공예품처럼 나의 작은 손에서 어느새 어여쁘게 피어났다. 성냥개비처럼 가벼웠다.

시골의 어린 누구에게서나 만들어지는 여치 집은 걸어놓고 보기만 해도 치장이 되었다. 마루의 어디쯤에 매달려 바람이 일면 빙글빙글 돌아가며 그 멋을 한껏 높여주었다. 어린 손끝에서 하나의 장식품이 생겨날 거라고는 만드는 자신도 제대로 가늠할 수 없었지만, 그래서 다 만들고 나서 그만큼 만족감은 배가 되었다. 그랬음에도 정작 여치 집에 여치를 키우려 들지는 않았다.

봄이면 푸르른 보리밭은 쳐다만 보아도 마음의 정화였으며, 아이들의 푸른 꿈이 거기에 담겨있었다. 언제고 신선했고 곁에 있는 것만으로도 우리를 지켜줄 것 같은 푸르름의 믿음으로 꽉 차 있는 듯했다. 바람이 일면 바람에 따라 몸을 일제히 눕히고, 덜 여문 보리 이삭은 작은 수염을 달고 고개를 숙여 인사를 했다.

우리들은 아깝지만 길을 가다가 두 손으로 보리 대궁을 달래듯 뽑아 올린다. 자칫 그것들은 힘의 조절을 조금만 잘못해도 끝내 견디지 못하고 중간에서 툭 끊어지기 일쑤였다. 우리들은 뽑아 올린 연한 부분을 잘라내고 적당한 크기로 자른 다음 입에 넣어 피리를 불곤 했다. 풀피리 소리는 각기 달랐다. 입술에 닿는 부분을 조금만 아무린 것과 납작하게 아무린 것과는 그 소리는 사뭇 달랐다.
살짝 아무린 피리 소리는 그 울림이 굵직한 통음의 소리를 뿜어내
고, 좀 더 입술에 눌린 피리 소리는 가늘고 째지는 음을 뿜어냈다.
그 소리는 들판의 바람을 타고 저 멀리까지 날아갔다.

사람도 태어나면 다 고르지 않듯이 보리도 병이 든 보리가 있
곤 했다. 깜부기였다. 간혹 이삭 부분이 검게 색칠해져 있었다. 우
리들은 그 근처에 가는 것을 꺼려했다. 자칫 검은 물이라도 들까
봐 그랬다. 깜부기의 출현으로 보아 보리밭 어디쯤에는 봄부터
울어대던 어미 종달새도 새끼를 키우거나 집을 떠나 어딘가에서
어미기 주는 먹이를 빌아먹고 있을지도 몰랐다.

보리밭은 곡식 외에도 우리들의 눈을 즐겁게 해주는 놀이터요,
마음의 한 마당이었다. 거기에는 푸른 꿈이 언제나 가득했다. 보
리밭은 어느 것에도 비할 바가 못 되었다. 언제나 희망과 커감이
묻어 있었다. 세상의 것들을 다 몰라도 되었다. 자연을 통한 근본
만을 느끼면 되었다. 보리밭은 자라난 크기가 천편일률적이면서
도 사람들의 마음을 언제나 받아들이며 거기에 젖어들게 했다.
아니 우리들을 불렀다.

밭은 푸르름이었고, 그 푸르름 속에는 낱알을 키우기 보다는
커가는 보리싹의 출렁거림에 나도 한껏 뭔가를 가슴속 깊이 채워
가고 있다고 믿었다. 그것은 청춘을 향한 푸른 물결이었다. 그때
는 이웃과 골목의 아이들만 있으면 되었던 시절이었다. 이젠 누

구도 보리를 심으려 들지 않게 되었다.

　가고 싶어도 갈 수 없는 세상의 것들은 모두 잠들어 있다. 그 자리에 있던 아이들도 지금은 뿔뿔이 흩어져 어딘가에서 살고 있다. 되돌아갈 수 없는 것에의 추억은 우리들의 가슴속에 아련히 떠오르는 것만으로 이제는 세상에 묻혀야 했다. 우리가 경험할 수 없었던 선조들의 것들이 그렇듯, 이 모든 것들의 사라짐은 후대에게 이어질 리 만무하다. 세상은 돌고 돌아 새로운 것을 쫓게 되었나 보다.

　그때 있었던, 집안에 보였던 농기구들…. 짐승들…. 그 정겨움의 여운은 아직도 우리들의 가슴을 떠나지 않고 있다. 모두 골목에서 들락거리며 놀던 아이들…. 그 시절의 골목을 지키던 어른들마저도 지금은 세상에 존재하지 않는 이가 많아졌다. 그래도 하늘은 그때처럼 푸르고 맑다.

밥의 시대는 지는가

사람이 태어나서 제일 많이 먹게 되는 게 뭘까. 여러 음식이 있지만 그 중에서도 밥은 단연 으뜸이다. 매 끼니마다 밥을 굶지 않으려 애쓰는 모습은 어쩌면 우리들의 사는 모습이었다.

누구나 일을 하러 갈 때도, 놀러 갈 때도 우선적으로 밥은 먹어 둬야 했다. 금강산도 식후경이란 말은 어쨌든 때가 되면 먹어야 했고, 그 먹거리가 국수나 라면을 뜻하는 것은 아닐 것이다.

우리는 늘 밥을 먹어야 했다. 아침부터 밀가루 음식을 먹기를 꺼려왔던 조상의 내력을 지금껏 따라왔다. 으레 식사는 밥이었다. 살아 있다는 것은 밥을 먹는 일이요, 죽었다는 의미는 밥숟가락을 놓았다는 의미로 쓰였다.

밥은 생명이요, 밥은 우리들에게 없어서는 안 될 식량의 보배였다. 밥이 없이는 살 수 없다고 믿어왔다. 오죽하면 남의 집에 일을 가는 것을 밥벌이 하러 간다고 하지 않던가 말이다. 남의 집에서 밥을 얻어먹을 때면 밥값을 해야지 하며 일을 거들어 주고는 했다. 그만큼 밥은 우리들에게 친숙한 말이다. 때론 사람이 밉게 보이면 밥맛 떨어진다고 하지를 않던가. 밥맛이 없으면 안 되었다.

그저 밥만 있어도 사는 데 문제가 없던 시절이 있었다. 밥만 잘 먹어도 되던 시절이었다. 밥을 굶어본 사람이 있다면 밥의 소중함을 누구보다도 잘 알 터이다. 밥을 잘 못 먹고 산다는 것은 창피함의 노출이다. 순박한 사람들이 밥 굶기를 툭하면 한다는 것은 서글픈 일이다. 착한 백성이 얼마나 밥을 굶고 살아왔던가. 나의 윗세대들의 삶의 궁핍은 더 심할 수밖에 없었다는 것을 모르지 않는다.

전쟁터에서도 밥은 먹어야 했다. 주먹밥이라도 말이다. 쌀은 예로부터 가장 보배로운 존재로 여겨왔다. 쌀의 떨어짐은 불안함이요, 굶음이요, 가장으로서는 아이들에게 면목 없음이요, 가장의 체면을 구기는 일이다. 쌀이 떨어지면 어디서든지 쌀을 사와야 했다. 뒤주가 채워져야 그 집안이 제대로 돌아가는 집안이라 여길만했다. 밥은 삶의 바로미터였다.

어릴 적 골목에서 뛰어놀다 보면 해는 저물고 어딘가에서 나를 부르는 소리가 들린다. 어머니의 목소리였다. 어서 밥을 먹으라는 소리였다. 누구나의 어머니나 할머니는 가족의 밥을 먹이는 것이 전부처럼 보였던 시절이었다. 그저 '아키바레'라는 품종의 햅쌀로 지은 기름기가 좔좔 흐르는 밥을 한 그릇 먹노라면 아무런 반찬 투정을 할 겨를이 없었던, 그야말로 밥맛이 꿀맛이었던 시절이었다.

이제는 밥만으로는 소원이 풀리지 않게 되었다. 미각은 다양하고 간편한 것으로 바뀌게 되었다. 쌀은 어느새 뒷전으로 물러나고 있었다. 커가는 아이들의 입맛을 채우기에는 뭔가 부족한 것처럼 되었다. 이제는 먹고 살만하고 풍족한 시대에 살면서 입맛도 그만큼 까다로워졌다.

언젠가부터 쌀은 골칫거리가 되었다. 밥을 잘 안 먹는 시대로 접어들었다. 매년 밥을 먹는 사람들 숫자가 현저하게 추락하고 있다. 밥이 하찮게 보이는 시대가 온 것 같아 옛 시절을 떠올리게 된다. 그땐 잘 사는 사람이나 못사는 사람들도 쌀을 금쪽같이 여기곤 했다.

이제는 남아도는 쌀의 비축을 둘러싼 문제들이 수면 위로 올라오게 되고, 농민들의 땀은 눈치거리로 전락할 정도가 되었다. 창고마다 쌓이는 쌀의 재고를 감당할 수 없는 처지가 되었다.

언제까지나 논농사만을 고집할 수 없는 처지에 나이를 먹은 농민들은 힘을 낼 수 없게 되었다. 옛적의 쌀을 고집하기에는 많은 세월이 흘렀다.

나이가 꽤 든 사람들은 지금도 밥 한 톨을 귀중하게 생각한다. 밥을 먹다가 밥 한 톨이라도 떨어지면 얼른 주어서 입안에 넣기 일쑤다. 그런 쌀의 소중함은 어렸던 우리들에게도 일깨워 주곤 했다. 초등학교 때는 가을걷이가 끝나고 빈 들판일 때면 수업이 끝나고 일제히 논으로 달려갔다. 벼이삭을 줍기 위함이었다. 아이들의 손에 한 줌씩 모아진 벼이삭은 밥도 제대로 먹을 수 없는 곳에 쓰이곤 했다.

세월이 갈수록 사람들의 마음이 순수함에서 멀어지듯이 먹거리에도 변화가 찾아온 셈이다. 먹는 것에 순종하는 시대는 이미 지난 것 같다. 특히 젊은 층이 밥을 선호하려 들지 않게 된 것 같다. 성격이 그러하듯 각자의 기호에 따르게 되었다. 습성까지도 세월은 변화를 감당해 내지 못하게 되었다.

사람으로 보자면 어쩌면 밥은 진국이다. 오랜 세월 변방에 있거나 누구나 외면하려 들지 않았던 게 사실이었다. 사람은 태어나서부터 면 종류를 먼저 먹고 커오지는 않았으리라. 밥에는 그만큼 귀중한 존재의 근본이 어려있다. 한편으로는 흔하게 됐다고 그 소중함마저 잊어서는 안 되었다. 밥은 지주였다. 밥은 안방이요, 주방마님의 정성이요, 빼 놓을 수 없는 자리의 으뜸으로 군림했다.

'밥심'이란 게 있다. 밥을 먹어야 힘이 난다는 말이다. 특히 육체적인 노동에는 밥의 중요성이 얼마나 중요한가는 겪어보면 자연히 알게 된다. 일을 하다가 허기가 지면 힘은 급속도로 저하되기 때문이다.

밥에는 민족의 정기가 숨어있다. 오랜 세월 우리의 조상은 밥을 먹고 힘을 냈다. 밥은 어머니다. 언제나 변함없이 우리들의 밥상을 지켜왔다. 누군가는 밥을 먹고 밥값을 하기 위해 오늘도 출근을 하고 있다.

우리들의 조상들과 우리들을 있게 한 밥은 가장 소중한 우리들의 자산이었다. 먹거리의 기본이었다. 나는 지금도 그런 것에 변함이 없다. 눈만 뜨면 밥을 먹어야 했다.

아침이 되었다. 골목에 어른이 지나간다. 아침 인사는 난 한마디가 전부였다. 진지 잡수셨어요, 라는 말이다. 누구나 그랬다. 그 말들의 정겨움 속에는 우리들의 지나온 과거가 있다. 욕심이 없던 시절이었다. 밥만 잘 먹으면 되었다. 밥은 사람이라는 생명체를 지탱 해주는 근본의 뼈대에 다름 아니었다.

밥은 우리들의 조상과 우리들을 있게한 가장 소중한 자산이었다. 부러움의 대상이었다. 밥은 나에게, 나를 이만큼 있게 해준 그 원동력의 밑바탕에서 언제나 꿋꿋이 나를 지켜주었다. 우리 고유의 이어져 내려온 불변의 밥은 천대를 받거나 등한시되어서는 안 되었다. 밥의 외면은 그동안 밥이 우리를 지켜준 것에 배반하는 일에 다름 아니라 본다.

밥의 천대는 곧 개구리가 올챙이 적 생각을 못하고 으쓱대는 꼴이다. 꼴값 떨고 까분다는 말은 밥을 등한시하는 사람에게 던지는 말이 되어야 할 것 같다. 밥은 우리들의 가족이요, 친구요, 생명줄이다. 밥을 앞에 놓고 장난질을 하거나 하면 부모님에게 혼나던 시절이 있었다. 밥은 공손함이요, 감사의 기도다. 밥의 등한시는 먹거리의 배반이요 배은망덕이다.

세상에 밥이 없다면 어찌 살란 말인가. 밥이 있어서 오늘도 저 하늘에 뜬 태양처럼 하루를 밝힐 수 있음에 그저 감사할 따름인 것을 안다. 밥은 절대로 하늘에서 떨어지지 않는다. 할머니를 떠올려도, 외할머니를 떠올려도, 어머니를 떠올려도 가장 먼저 생각나는 것은 밥을 통한 부름이었다. "애, 어여 밥을 먹으라."던 그 소리를 들을 수 없음이 무엇보다 그립다. 세상이 이만큼 살게 된 것도 밥을 잘 챙겨먹고 힘을 냈기 때문이다.

아내는 이따금 말한다. "밥, 밥" 한다고. 그러면서 조금은 귀찮아할 때도 있다. 그럼 무얼 먹는가. 빵만으로는 살 수 없다. 그저 눌은밥이라도 좋다. 거기다 장아찌 몇 조각이라도 좋다.

나는 밥을 적게 먹고 있다. 언젠가부터 도시는 그렇게 만들어 놓았다. 도시에 올라오기 전에는 고봉밥을 먹었었다. 제사를 지내고 나서 놋그릇을 그대로 받아들고 먹던 시절이 있었다. 내남 없이 누구나 그래왔다. 그러던 것이 도시에서 살다보니 어느새 공깃밥으로 바뀌게 되었다.

나는 고봉밥을 먹고 싶다. 아마도 도시를 떠나서 시골에 살게

되면 바뀌려나 모르겠다. 그때 아내는 나를 보고 그럴 것이다. 밥
통이라고. 그렇다, 나는 밥통이 되고 싶다. 나를 찾는 이가 많은
그런 밥통 말이다.

국수를 끓여보세요

얼마 전에 나는 국수를 삶게 되었다. 살아가면서 남자란 음식을 만드는 일에는 어떤 한계를 느끼며 살아가야 하나 보다. 국수를 삶는 일이 내게는 그랬다. 그러다 보니 어려운 일인 줄만 알고 이제껏 아내의 눈치를 보며 살아왔다. 나와는 달리 어릴 때부터 국수를 좋아하지 않는 집안에서 태어난 아내는 그렇기에 국수를 좋아할 리 만무였고, 그런 나는 아내에게 국수를 삶아 달라는 것이 쉽지만은 않았던 터였다.

어쨌든 나는 내 스스로 대견했다. 긴 터널을 벗어난 순간 잘 삶아진 국수는 내 앞에 놓여졌고, 나는 국수를 배불리 먹을 수 있었다. 나는 맘속으로 얼마나 기쁜지 몰랐다. 왜 나는 진작에 국수를 삶는 방법을 배우지 못했던가. 그러나 이제는 나 혼자서도 언제든지 국수를 삶을 수 있다는 자신감을 얻었고, 앞으로도 사는 날까지 내가 국수를 먹고 싶으면 아무 때나 끓여 먹을 수 있다니 이얼마나 다행인가. 그 실행을 나는 행운으로 보고 있다.

나는 아내에게 국수를 끓여달라는 일이 때론 더럽고 치사해서라기보다도 이제는 남자들도 지금이 무슨 조선 시대도 아닌 이상 그 금기시 되던 것을 꼭 지켜야 하는가에 이르러서는 현대를 살아가는 데는 구식의 예법이 적합하지 않다는데 결론을 내리게 되었다. 내가 배가 고프면 과연 아내만을 믿고 바라보며 살아가야 하는가 말이다. 물론 현모양처를 만나 그저 가만히 앉아 있으라는 그런 천사같은 이를 만나면 모르겠지만 말이다.

나는 비록 지금은 여러 가지 음식을 만들지는 못하지만 엄연히 나도 손과 발이 있고 미각과 후각이 살아 있는 한 까짓 거 뭐를 못할까 싶기도 했다. 게다가 여자들은 음식을 매일 해 와서 그런지 무엇을 만드는 것에 조금은 힘들어할 때도 있는 것이어서 이참에 에라, 한 번쯤 내가 직접 조리를 했으면 싶을 때가 있었던 터에, 유튜브에 마침 국수를 삶는 장면이 떠서 잠깐 보니 이것은 그리 어려운 게 아니었다. 비교적 간단함을 알 수 있었다. 국수를 삶다가 물이 끓어오르면 그때마다 찬물을 조금씩 서너 번 부어주면 면이 고들고들해서 맛이 좋다고 하니, 그 유튜버의 말대로 한번 시험 삼아 아내가 없을 때 슬쩍 가스레인지에 물을 올려놓아 보았다.

그러고 보면 나만 그런지는 몰라도 남자는 참으로 음식을 만드는 것에 도통 무지한 것 같다. 국수를 삶아보는 것이 태어나 처음이라니. 하지만 나는 해냈다. 그것도 단 한 번에 말이다. 나는 알려준 대로 시계의 분침을 놓치지 않으려고 애를 썼다. 마지막에는 삶아진 국수가 뜨거워 순간 조금은 애를 먹었지만, 국수는 드디어 내 손에 의해서 찬물에 헹구기에 이르렀다. 과연 맛은 어떨까 싶었다.

그리고 본 것은 있어서 얼른 열무김치를 위에다 얹고 국물을 조금 부은 다음 적당히 섞어 곧바로 한 젓가락을 입에 넣어보았다. 아니 이럴 수가 있단 말인가. 국수를 망친다 해도 나에게는 처음이기에 그러려니 할 수밖에 없는 처지인 것을 모르지 않는다. 그러나 국수는 초짜인 나에게도 그럴듯하게 삶아져 나왔다는 사실에 더욱 놀라웠다. 이것은 수십 년을 부엌에서 살다시피 한 아내보다 못할 게 없어 보였다. 먹을수록 입맛에 착착 붙었다. 나는 내가 삶아낸 국수를 단숨에 다 먹어버렸다. 순간 나는 내 스스로 먹는 것에 천군만마를 얻은 듯했다.

국수는 감질나게 먹지 않고 그릇에 가득 담아 먹는 것이 제격인 것 같다. 자랄 때도 늘 그래왔다. 아버지는 국수를 볼 때면 언제나 얼굴이 밝으셨다. 그런 나도 덩달아 기분이 좋을 수밖에 없었다. 그리고 보면 국수는 추억의 맛이요, 거기에는 어머니와 아버지의 모습이 담겨있다.

그저 마루 한편에 장에서 사온 국수가 관으로 놓여 있다 싶으면 양식을 걱정할 필요도 없을 만큼 쳐다만 보아도 든든했다. 그 당시는 한여름이면 국수를 삶아 먹는 일이 내남없이 이웃 간의 흔하던 풍경이었다. 자동차도 없던 시절에 국수를 사서 자전거에 싣고 오거나 할 때여서 이웃집의 부탁을 들어주는 것만으로도 서로의 돈독함을 쌓는 일이 되었다.

이제 나는 누가 뭐래도 국수를 끓일 줄 안다. 그러므로 국수를 먹는 것에 언제든지 자유로울 수 있다는 어떤 해방감은 내 자신을 흐뭇하게 해 주었다. 그것은 내가 살아남기 위한 한 가지의 기술이었다. 아니 좀 더 실질적으로 보자면 하나의 경쟁력이었다. 어찌 보면 앞서나감이었다. 라면에서 이제는 커트라인이 높게만 보였던 국수라는 과목을 이수한 자격증 없는 합격생이요, 내 입맛에 맞는 나만의 후한 점수를 나는 먹고 살게 되었다. 그것도 세상을 다하는 날까지 말이다. 나는 아무나에게 떠벌리지 않을 것이다. 나이를 먹어감에 따라 나만의 어떤 무기를 가지고 있다는 것을 숨겨보는 것도 나쁘지 않으리라.

나는 순간 이런 생각도 해 보았다. 처음으로 국수를 끓인 솜씨가 이 정도라면 분명 손이 잰 나는 실력을 쌓는다면 여러 명이 먹을 수 있을 만큼의 많은 양도 단숨에 끓여낼 것 같았다. 그렇다. 나는 드디어 한 가지의 기술을 배웠고 앞으로도 아내가 알게 모르게 어떤 음식이든 요리의 기술을 습득해 나갈 것이다.

이것은 몇 해 전부터 느꼈던 것이기에 절실함이 묻어 있다고 보아야 할 것이다. 어찌 아버지처럼 평생 라면 하나도 끓이지 못하는 남편으로 각인되어서야 쓰겠나 싶었다. 누구든 상대편의 남편이 음식을 만드는 것을 자랑으로 꺼낸다면 바로 우리 남편도 그것은 할 수 있노라고 말할 수 있는 그런 남편이 되고 싶었다.

국수는 뭐니 해도 고명에 있는 것 같다. 나는 여름철에 애호박을 보면 국수를 떠올리게 된다. 저 애호박을 길쭉하게 썰어서 살짝 삶은 다음, 양념을 넣고 버무려서 국수 위에 수북히 얹고 깨소금을 살짝 뿌려서 젓가락을 들어보라. 그럴 때면 먹느라 누구와 이야기를 할 시간이 없을 게다. 면은 무엇에 쫓기듯이 빨리 후루룩 먹어야 제 맛인 것 같다.

콩국수를 좋아했던 아버지. 여름이면 그래서 늘 어머니의 손길이 분주했다. 그래서 그런지 나도 콩국수가 싫지 않았다. 생각해 보니 이제는 콩물을 사다가 부으면 그만인 그 콩국수를 일 년에 한두 번 먹기도 힘들었으나 이제는 열 번이고 스무 번도 먹을 수 있다니 그게 어딘가 말이다. 한마디로 '꿩 먹고 알 먹고'이다.

콩국수를 손수 해준 어머니는 고마운 존재였다. 그 번거로움을 알기에 나는 콩국수가 먹고 싶어도 그런 말을 아내에게 꺼내지도 못하고 살아왔다. 참는 자에게 복이 있다는 말은 그럴 때는 내게 가장 얄미운 말이었던 지난 오랜 시간은, 그러나 이제는 그 말을 지울 수 있어서 좋았다.

언젠가는 더 큰 목표에 도달하리라. 비교적 어렵고 까다로울 것 같은, 그 옛날 마을의 잔칫집에서나 얻어먹던 그 꿀맛보다도 더 맛있던 잡채 말이다. 그리하여 그땐 아내도 자신의 영역을 침범한 것을 부정할 수는 없을 것이고, 그런 아내는 내심 편안한 듯하면서도 겉으로는 웃음을 띠지 못하고 애매한 표정으로 이러지도 저러지도 못하면서 어쩔 수 없이 젓가락을 드는 모습을 꼭 보리라. 남편이란 아내가 없으면 못살 것 같이 말하던 것을, 단숨에 불식시킬 날이 분명 오리라고 나는 믿는다. 그래서 이 앞이 보이지 않는 세상은 참 재미있는 것 같다. 내 손은 언제고 어디로 도망가지 않으니 말이다.

그렇다. 이제는 좀 보수적이던 나도 드디어 늦게나마 변화의 물결에 노를 젓게 되었다. 가다 보면 거센 물결이라는 실패는 있을지 몰라도, 저 수평선 어디쯤에 있을 맛을 향해 그럴듯하게 항해해 보리라.

국수, 이제는 입맛이 높아져 그런 음식은 어쩌면 좀 투박한 것이 되었는지도 모른다. 하지만 국수는 국수다. 그 고유의 맛을 내는 네가 있어서 먹는 것에 한없이 즐거웠으며, 젊은 시절 나의 성장에도 많은 도움이 되었으리라 믿는다. 변함없이 이어진 너의 그 맛은 조선 시대에도 그렇듯이 미래에도 변함없이 이어지기를 기대해 본다.

어느 진미의 음식보다도 단순하면서도 소박하고 나름의 미각을 맛볼 수 있었음에 나는 국수에게 감사의 마음을 보낸다. 국수여 세상에 너를 아끼고 먹고 싶어 하는 사람은 비단 나 하나뿐이 아니라 무수히 많다는 것을 알아야 한다. 그리고 그 긴 가닥을 오래도록 유지해서 가는 두 젓가락을 길게 들어 올리며 후루룩, 하고 목구멍으로 들이키는 날은 운이 좋은 하루라고 여기리라. 국수, 네가 있어서 우리들의 식욕을 자극하고, 우리들을 며칠을 굶은 사람처럼 얼른 너를 입속으로 끌어들일 수 있어서 행복하다. 나는 그토록 먹고 싶었던 너를 얻었기에 먹는 것에 구세주로 알고 그 고마움을 기억하리라.

그 옛날 잔치국수는 결혼식이라는 입맞춤의 축제에 단골로 너를 초대했었지. 그저 국물은 멸치를 우려냈을 뿐인데도 담백하고 맛이 좋았으며, 마른 실고추가 칼에 실처럼 가늘게 썰어져 국수위에서 축가를 부르듯 붉은 빛으로 축제의 작은 한마당을 그릇 속에서 물들였지. 청실홍실처럼 두 부부의 탄생을 알리는 국수는 쟁반 위에서 이 사람 저 사람 앞에 놓여 영락없이 너를 집어 들게 되었지.

국수여, 살아가며 언제든 우리들의 입맛을 돋아주렴. 나는 너의 탄생을, 너와의 추억을 지금껏 그래왔던 것처럼 오래도록 잊지 않으련다.

국수는 꽃처럼 활짝 웃으며 언제나 내 곁에 있으리.

비가 오면

비가 내린다. 언제부턴가 나도 비를 맞기를 꺼리게 되었다. 그
것은 자연에, 하늘에, 몸을 적신다는 것에 왠지 자신이 없어서 그
런지도 모른다. 어려서는 그래도 그러려니 했었다. 소나기에 몸
을 숨겼을망정, 옷이 젖는 것에 그다지 신경을 쓰지 않았던 것 같
다. 젊어서도 비를 싫어하지 않았던 나는 뜻하지 않게 비를 맞을
때면, 이런 때 아니면 언제 비를 맞아보나 하며 하늘 저편을 바라
보며 가슴으로 받아들인 적도 있었다.

그러고 싶었다. 비를 흠뻑 맞고 나면 겉으로는 투덜거리는 척해
도 내심으로는 뭔가 목욕을 한 것보다 더 큰 개운함과 함께 마치
색다른 경험이라도 한 것처럼 기분이 나쁘지 않았다. 몸에서는 어

떤 찌꺼기 같은 게 빠져나가는 듯도 싶었으며, 자연이 전해주는 것과의 어울림도 그렇고, 어떤 격정의 소용돌이 같은 게 있어서 밋밋한 것보다 뭔가 살아 있는 듯한 감정들이 밀려들곤 했다.

비는 모든 발아를 돕고 성장의 토대가 되어주기도 하지만, 지나치면 해가 되기에 이래저래 걱정을 하게 된다. 가뭄이 심하면 작물이 타들어 가게 되고 그걸 바라보는 농민의 심정은 애가 타기 마련이다. 전에는 논바닥이 쩍쩍 갈라지는 꼴을 보며 농부들은 마른 땅에서 솟아난 풀이라도 애써 뽑아내곤 했다. 그런가 하면 장맛비에 냇물이 벌창을 해서 논에 모래가 쌓일 지경이 될 때도 있었다.

봄비. 봄비가 대지를 촉촉이 적실 때면 누구든 탓하려 들지 않는다. 세상에는 사람들만 사는 게 아니었다. 사람들과 더불어 사는 것에는, 특히 주어진 땅에 붙박여 유동할 수 없는 초목의 경우는 더 그러했다. 사람은 들판에 인정이 있어야 한다는 것을 나는 커가면서 느끼게 되었다. 한 차례의 내리는 빗물만으로도 작물들은 살아나고 우쭉 큰다. 소나기가 흠뻑 내리고 난 뒤에 옥수수의 경우는 더욱 그러하다. 작물들에게 비처럼 좋은 거름은 없다. 빗물이 고인 웅덩이 속에서는 또 어떤가. 여름날 비가 흠씬 쏟아지고 난 뒤 해가 쨍쨍하면 숨어있던 맹꽁이도 일 년 만에 처음으로 코 먹은 목청을 드러낸다.

여름의 비는 화단에 자라던 화초를 감쪽같이 살 수 있게 다른 곳으로 옮길 수도 있으며, 이참에 아낙네는 밭에 들깨와 같은 등 속들의 것들을 그때그때 그릇에 담아 모종을 하러 나간다. 다 비가 내렸기 때문이다. 비는 생명이요, 온갖 것들의 구세주일 때도 있다. 물고기도 그렇다. 냇가의 물고기도 비가 제법 내려야 봇도 랑으로 춤을 추러 올라온다. 비가 오고 난 다음 날의 들판을 보라. 산을 보라. 그보다 깨끗할 수는 없다. 인위적이지 않은 청명함을 비는 몰고 온다.

비가 와야 힘들게 일을 하던 농부들도 이때다 싶어 어쩔 수 없이 하루를 쉴 때도 있다. 구준하면 국수나 전을 부쳐 막걸리를 먹어도 좋은 때가 있디. 비는 그런 것에 친구와도 같다.

도심도 마찬가지다. 비는 도심의 빗자루 중에서 가장 깨끗하게 씻어낼 수 있는 확실한 도구다. 온갖 찌꺼기들을 그 어떤 걸레질 보다 말끔하게 빗질해준다. 비는 그 어떤 인력으로도 차단할 수 없는 무기다. 우리들의 생명줄인 물의 근원도 결국은 빗물의 걸 러짐이다. 비 옴이 극도로 인색해지면 그 어떤 물의 흐름도 정지시킬 수 있다. 눈물조차도 우리가 먹어둔 수분이요, 비의 근원이 막히게 되면 우리들은 슬퍼도 울 수가 없게 된다. 살아갈 수가 없다. 피도 본질적으로는 수분이요, 폐에서 뿜어내는 날숨도 수증기의 미세한 입자가 아니던가. 비와 몸은 어쩌면 한통속이요, 가족이다. 비가 있어서 그 옛날 냇가에서 미역도 감고 물고기를 잡던 추억도 빗물이라는 근원이 있었기에 가능했다.

어디 그것뿐인가. 비가 있어서 황순원의 「소나기」도 그토록 애틋한 사랑을 그려낼 수 있었다. 원두막이나 수숫단만 있었다면 어찌 그런 분위기를 자아낼 수 있으랴. 비의 내림보다 더 큰 역할은 없다. 비가 내렸기에 둘은 비를 피해서 머물며 그 속에서 마음의 감정이 극대화되고, 그래서 서로의 빗물에 의한 부딪힘으로 꽃물과 검붉은 진흙물이 옷에 물들게 되고, 서로는 뗄 수 없는 마음속의 인연이 되고, 첫사랑을 느끼게 되었듯이 말이다.

그곳에서의 장면은 하늘과 둘만이 안다. 내가 죽거든 내가 입고 있던 옷을 그대로 묻어달라던 소녀의 애틋한 사랑의 정은 그래서 슬프고도 애잔한 여운으로 남는다. 여간 잔망하지가 않다는 말은 소나기의 마지막 대명사가 되었듯이 말이다.

비는 쉼이요, 추억이요, 색다른 분위기의 연출이다. 지나치지만 않다면 비의 내림을 가만히 바라보는 것만으로도 유동하는 실체를 체험하는 것과 다르지 않음을 느끼게 될 것이다.

나는 비가 오면 우산을 쓰고 공원이라도 걷거나 비를 피해 가만히 앉아 있곤 할 때가 있다. 우산에 쏟아지는 비는 생동감이 있고, 그래서 비는 살아서 숨 쉬고 있다고 믿는다. 지루하지가 않아서 좋다.

비가 오고 난 후에 어쩌다 보이는 무지개는 또 어떤가. 비의 희생이 있었기에 무지개는 깨끗하고 더욱 아름다움의 표상으로 하늘에 일곱 색깔을 수놓게 된다.

비에도 질서가 있다. 빗줄기도 서로 간에 어느 정도 일정한 간격을 두고 흩뿌린다. 굵고 가는 빗줄기의 편차가 우산 위에 느껴진다. 주룩주룩, 우산 위로 떨어지는 비를 맞아보자.

비의 내림은 아무도 막지를 못한다. 하늘의 주관이기에 우리들은 비의 내림을 다만 예측만 할 뿐이다. 하늘이 하는 일이기에 비는 하찮은 게 아니라고 보아진다. 인위적인 것에는 작은 움직임이 있지만, 하늘의 움직임은 인간이 어쩔 수 없을 만큼 거대하다. 그래서 비를 때로는 무섭게 볼 수밖에 없나 보다.

하지만 비가 없는 세상이란 생각하기도 싫다. 사막은 살아본 사람만이 알 것이다. 목마름은 배가 고픈 것보다 위에 있다는 것은 나는 군에서 경험을 했다. 목이 몹시도 타면 머릿속에는 오로지 물밖에 생각이 안 난다. 그래서 나는 갈증을 식히려 밤에 밖으로 나와서 비가 내리는 하늘을 향해 얼굴 들어 빗물을 받아먹었던 적이 있었다. 어느 칠월의 훈련병 때의 일이다.

그런가 하면 오래 전에 책을 통해서 보았던 어느 문인의 이야기도 떠오른다. 알드레 지드의 「지상의 양식」을 읽고, 그 속에 있는 한 구절 '나타나엘이여, 우리는 비를 받아들이자'에 감동해서 폭우 속을 우산도 없이 걸어 다녔다는 이야기는 나의 기억에서 쉬 잊히지 않고 있다.

비여, 비여, 추억의 비여, 그렇더라도 몹쓸 정도로 많이 내려주지는 마옵소서. 우리네 인생도 보살펴 주옵소서. 어디까지나 비

는 이로울 만큼만 내려주옵소서. 비로 인하여 마음마저 떨지 말
게 하옵소서. 비야, 비야 내려라. 추억을 되새기고 그저 농부들이
흡족할 만큼의 수분만을 뿌려다오.

산과 들판을 누비던 지게

사라진 것들이 있다. 아니면 그 존재 자체가 퇴색되어 이젠 누구도 거들떠 보려하지 않으려는 것들이 있다. 면면히 이어져 내려오던 지게는 어느새 사람들의 등에서 벗어나게 되었다.

농촌이라면 집집마다 없어서는 안 되는 줄 알고 써왔던 지게는 그러나 지금은 천덕꾸러기가 되어 아예 집안에 없거나, 있더라도 헛간의 한편에 방치되어 쓰지 못할 정도로 부실해져 있다.

누구나 지게가 무엇인지는 알아도 세상에는 직접 지게를 져보지도 않은 사람이 많을 터이다. 여자들의 경우가 더 그러하다. 예전에는 간혹 아주머니들도 그 어색한 지게를 마지못해 지고 다니고는 했던 시절이 있었다. 억척스럽거나 남편이 일을 할 수 없을 때의 보고만 있을 수 없음이 부른 처사였으리라.

길이 좁아 리어카도 갈 수 없을 때 지게는 조건을 가리지 않고 사내의 등에 업혀 어디고 갈 수 있었다. 논두렁이나 밭둑에 거름을 지고 가거나 쇠꼴을 벨 때는 지게 없이는 불가능할 정도로 지게의 필요성이 높았던 때였다. 하지만 지금엔 누구든 지게를 지지 않으려 한다. 아니 아예 사라진 것처럼 보인다. 나이가 드신 분들이 어쩌다가 지던 지게는 이제 그분들의 사라짐과 동시에 거의 소멸되어 갔다.

몇 해 전에 우리 집에 지게를 빌리러 온 아주머니가 있었다. 내가 중학교 때부터 쇠꼴을 베던 지게니 손때가 묻은, 그야말로 우리 집안과 한 세대를 같이 지냈다고 해도 과언이 아닐 정도로 정든 지게였다. 꼭 필요했으니, 그것도 골목에 알아보고 여의치 않아서 외지에 있는 주인인 것을 알고도 아마 빌려 썼던 것 같다. 지게도 잘 쓰지를 않으니 늙은 농부처럼 다 낡아빠졌다. 아버지는 불필요한 것을 버리기도 하셨지만 나는 그렇지 않았다. 어머니가 쓰던 낡은 소쿠리 하나라도 광에 버리지 않고 손때가 묻은 채로 그 모든 것들이 고스란히 보존되어있다. 어머니의 숨결이 집안 곳곳에 살아 있다는 게 얼마나 다행인지 모른다.

앞으로도 내가 살아 있는 한 그 모든 집안의 내려오던 하찮은 것까지도 오래도록 보존을 하려고 한다. 거기에는 내가 어려서 썰매를 만들곤 할 때 쓰던, 자루에 손때가 묻은 작은 망치도 그대

로 있으며, 못을 뺄 때 쓰던 작은 제비집게도 어디로 가지 않고 연
장 그릇에 그대로 있어 나의 유년의 기억을 되살릴 수 있었다. 새
것과는 비교도 안 되는 연장이다.

마을에서는 아예 지게를 지고 다니는 사람을 볼 수가 없게 되
었다. 트랙터를 타고 다니는 마당에 웬 지게가 대수냐 싶을 정도
로 농부들의 안중에도 없는 것이 되어버린 지게는 그러나 나에게
는 지금도 유용할 수밖에 없을 때가 있다. 논이 맹지에 있기에 매
년 모내기를 할 때면 하는 수 없이 지게로 모판을 날라야 했다. 나
는 남이 보는 앞에서는 투덜거렸어도 내심 불만은 없다. 오랜만
에 옛 시절에 먹던 음식을 음미하는 기분으로 대하려 했다.

지게는 아무나 지는 게 아니란 걸 농부들은 안다. 지게의 균형
은 하루아침에 되는 게 아니었다. 옛날의 어른들은 더 지게질을
잘했다. 논이나 밭으로 갈 때면 으레 등에 지게가 지워져 있었던
시절이었다. 지게는 특히 산에서 나무를 할 때면 없어서는 알 될
그야말로 나무가 없으면 밥을 끓여 먹을 수 없었고, 지게는 밥을
만들 나무라는 재료를 운반하는 필수 요건으로 굳건히 자리를 잡
아왔다. 지게는 옛 조상들의 지혜요, 살아 있음이었다. 지게질은
생각보다 쉽지 않다. 무거운 짐을 어깨로 버틸 때면 오래도록 걷
지 못한다. 숨이 가빠오기 때문이다.

나는 중학교에 올라서는 좀 더 무거운 짐을 져보려고 애를 써
보았다. 어른들로부터 다 컸다는 소리를 빨리 듣고 싶어서였는지

도 모른다. 그 당시 어디든 흔한 게 지게질이었다. 그러던 것이 언젠가부터 사람의 등을 외면하기 시작했다. 하지만 어른이 되어 도시에 살면서 지게질이 그리워질 때가 있고는 했다.

어쩌다 시골에 내려가서 지게를 질 때면 세상에서 나에게 가장 잘 맞는 옷이라도 입은 듯 벗기가 싫을 때가 있고는 했다. 지게를 지는 순간 나를 찾은 듯이 내 몸에 딱 맞는 지게질은 마음속으로 자랑거리라도 만난 듯이 힘이 났다. 다 커서도 지게질을 해오던 나는 한때 겨울이면 뒷산에 올라 나무를 하던 시절이 있었다. 그저 밥만 먹으면 지게를 지고 나무를 해오던 시절이었다.

그랬음인지 언젠가는 나무를 하고 싶어 지게를 지고 산에 올라가 나무를 몇 짐 해와 마당 한편에 본보기처럼 쌓아놓은 적이 있었다. 아마도 지나가던 사람들이 이 나무를 왜 해왔을까 궁금했을지도 모른다. 왜냐하면 그땐 누구든 나무를 하던 시절을 한참 넘기고 있던 시절이었다. 결국 그 나무들은 다 때지 않아 한동안 헛간에 삭은 나무로 있었다.

지게질도 하던 사람이 하면 아무렇지도 않은 거였다. 조상이 물려준 지게는 그야말로 사람과 동물들의 먹거리를 나르곤 하던 없어서는 안 될 소중한 거였다.

나는 지게를 지련다. 내게 지게의 필요성을 별반 느끼지 못하더라도 말이다. 옛 시절의 추억을 떠올리며, 남들이 지게를 지지 않더라도 나는 밭으로 지게를 지고 갈 것이다. 그때그때 여러 가지 농작물을 담아서 지고 오면 될 거였다.

시골에 살게 되면 우선 쓰던 지게를 잘 고쳐서 오래도록 그 정을 간직하리라. 그리고 필요할 때면 지게를 지고 느릿느릿 걸어보리라. 지게는 어쩌면 서로 간에 마음을 흐뭇하게 해주는 친숙함이요, 뗄 수 없는 우리들의 과거로의 추억의 산실이다. 우직한 지게는 사람이 둔 대로 언제나 제자리에 있다. 지게에는 조상들의 땀과 힘듦이 찌든 때처럼 반질반질 지게에 묻어있다. 그 많던 지게는 어디에 숨어 있는가. 되돌아올 수 없는 지게의 지워짐을 우리는 어디서 보아야 하나. 누구든 힘든 일은 하려고 하지 않으니 밀이다. 하시만 힘이 든 것노 익숙하다 보면 그 속에서 뗄 수 없는 고유의 매력이 몸을 감싸게 된다. 몸에 지워지는 순간 몸에 딱 맞게 된다. 가뿐해진다. 지게는 거짓이 없다. 기운만큼 짐을 얹어야 한다. 욕심은 결국 무릎을 굴복시킨다.

누구든 지게를 져보라. 지게는 세상 간편한 농기구 중에 으뜸의 힘을 내며 사람에 따라 힘을 겨룰 수도 있는 놀이요, 지게질 하나로도 그 사람을 어느 정도 알아보는, 몸의 균형을 가늠하는 하나의 잣대가 된다.

지게는 소리 없이 사람 곁을 떠나가게 되었다. 하지만 사라져가는 지게를 누군가는 살려서 그 명맥을 유지하고, 그 아름다운 조상의 지혜를 감사하고 존귀하게 받아들이는 것 또한 현대를 살아가는 우리들의 마음가짐이 아닐까 한다. 지게여, 숨을 쉬라.

잊혀진 꽃나무, 그 아름다운 부겐베리아

어느 날 나도 모르는 사이에 꽃이 피어났다. 삽시간이었다. 잎이 돋는가 싶었는데 마술과도 같이 어느새 잎새는 꽃으로 변했다. 처음으로 길러보는 사람에게는 새순과 꽃으로 피어남의 구분이 어려운 식물이었다. 꽃을 보는 순간 나는 꽃나무에게 너무도 미안했다.

이 꽃나무는 돈을 주고 산 게 아니었다. 그야말로 사람으로 따지자면 고아에 다름 아니었다. 길거리에서 꽃을 파는 아주머니가 나를 안다고 그냥 키워보라며 주는 꽃나무였다. 하지만 화분도 그렇거니와 비쭉 몇 가닥 가는 줄기를 뽑아 올린 볼품없는 모양새가 영 탐탁지 않았다.

그냥 받는 거라지만, 눈에 든 꽃나무를 선뜻 줄 리 만무한 세상인 것을 모르지 않는 바, 주는 이의 성의를 거절할 수 없어서 나는 내색하지 않고 받아들었다. 상대방은 솔직히 말하자면 팔리지 않아서 주는 것 같았다. 꽃나무의 이름마저 묻지 않았다. 분명 집에 가서도 놓을 곳이 마땅치 않을 것 같았다. 장식으로서의 가치가 될 수 없음을 나는 단정했다.

그래도 꽃나무도 한 생명체인 것은 분명했다. 그래서 우선 거실에 놓아두었다. 그리고 나는 이 볼품없는 꽃나무를 어떻게 할까 궁리해 보았다. 아무래도 거실에 오래도록 두고 싶지는 않았다. 그래서 겨울이 오기 전에 아파트 앞의 화단에, 그것도 몰래 심어놓으려 했다. 정리된 화단에 무턱대고 심는 것도 남의 눈치가 보였기 때문이었다.

거실에 놓인 이 꽃나무에 누구 하나 눈길을 주지 않았다. 게다가 가지의 크기도 볼품없이 들쭉날쭉했다. 가만히 보니 아카시아 나무처럼 가지마다 작은 가시가 줄줄이 붙어 있어서 자칫하면 손을 긁을 수도 있을 것 같았다. 그런 모습들은 영 마뜩찮았다. 그런 만큼 이미 주인의 마음을 떠난 꽃나무는 잊혀진 꽃나무와 다르지 않았다. 눈으로 보아도 건성으로 보거나 아끼지 않게 되면 잊혀진 거나 매한가지가 아닌가 싶었다. 이 꽃나무가 그랬다.

물을 주는 것보다 밖에 심게 되면 죽을지도 모른다는 생각은 들었지만 어쩔 수 없다는 생각이 앞섰다. 그러다 어떻게 그 일마저 차일피일 미루게 되었다. 길게 자란 가지는 의지를 할 때가 없어서 창문에 기대어 미끄러지듯 겨우 지탱하고 있었다. 그런 천덕꾸러기는 그러나 어느 날 스스로 보란 듯이 일어났다. 겉보기와 달리 감춰진 꽃이라는 무기를 품고 있었다. 그것도 갑자기 한 줄기에 하나둘 꽃이 피어나더니 전염되듯 소리 없이 무더기로 탐스런 꽃을 만들어 냈다. 그 재주에 나는 감탄했다.

그제야 우리 집 식구들은 수선을 피웠다. 이 꽃나무의 이름도 궁금하고 어떤 특성을 가진 것인지 묻고 싶어졌다. 저편에서 신호음이 들린다. 꽃을 건네준 주인의 목소리가 들린다. 상대편은 이른바 부겐베리아라는 꽃나무임을 알려준다. 나는 생경했다. 이 꽃을 본 적도 없지만 이름 또한 생소했다.

그러나 한 번에 그 이름이 맘에 들었다. 탐스러운 꽃을 보니 그 이름마저 멋져 보였다. 일명 종이꽃이라고도 했다. 그럴 만도 했다. 언뜻 보면 조화처럼 생긴 것도 같았다. 향기가 없는 것도 그랬다. 하지만 한 줄기에 열 개에서 스무 개 정도의 핑크빛으로 활짝 핀 꽈리꽃 모양의 무더기로 탐스럽게 가지를 따라 몇 군데 피어난 모습이 너무나 아름다웠다. 풍성했다. 길게 뻗어 피어난 모양이 축제의 장을 마련한 기분마저 들었다.

나는 비로소 부겐베리아에게 관심을 두게 되었다. 원산지가 브라질이라는 것도 알게 되었고, 새로 나온 잎새가 꽃받침이 되는 것도 알았으며, 꽃을 피우기 전에 잎이 시든다는 것도 알아냈다.

어찌 보면 엄살이 심한 꽃나무가 아닌가도 싶었다. 툭하면 잎이 시드는 습성을 가진 것 같아 그때마다 물을 달라는 것만 같았다.

그래도 좋았다. 너는 꽃을 피우러 세상에 존재한다는 사실을 알았다. 한 번도 아니고 자주 새끼를 낳는 어미 토끼처럼 일 년에 네 번을 그렇게 우리들을 즐겁게, 꽃의 향연에 초대한 너는 과연 위대했다. 많이 피워내고도 그 꽃이 오래도록 시들지 않은 것처럼 너를 오래도록 기억하리라. 한때 너를 등한시했던 나는, 너를 영원히 잊지 않고 키우는 것으로 대신하겠다. 인간의 간사함을 이해해 주려무나.

나는 되돌아본나. 이처럼 보기와 달리 모든 이의 삶도 존귀한 것이었다. 사람들도 자신의 잠재력을 키워서 나중에 이 꽃과도 같이 보란 듯이 아름답고 이롭게 세상을 이끌어 갈 수 있을 거라 믿는다. 당장에는 그저 그렇더라도, 별 쓸모없이 보일지라도 얼마든지 사람들의 예상을 빗나갈 수 있음을 우리는 이 꽃에게서 배울 수 있었다. 무릇 이처럼 거친 나무에게 예쁘다고 나무를 쓰다듬을 사람은 누구인가. 나는 사람을 하찮게 본 적은 없는가. 나는 각기 다른 성격을 배척한 적이 있다. 나에게 상처를 줬기 때문이다. 아니 기본적인 상식의 기준에 차이가 컸기 때문이다. 나는 고결한 성품을 좋아하지만, 그런 사람은 못 된다는 것을 스스로 안다.

부겐베리아는 겉보기와 달랐다. 내면의 아름다움을 숨기고 있었다. 겉치레의 인간들과는 너무 다른 모습으로 다가왔다. 까칠한 데서 어찌 쉼없는 에너지로 계절마다 꽃을 피울 수 있는 너는 부지런하지 못한 사람들보다 더 위대했다. 엄살을 피울망정 할 일을 다한 너는 모범생이었다. 늘 새로운 가지를 키워 자식을 길러내듯 잎을 달고, 그곳에 화사한 꽃받침을 만들고, 한가운데 하얀 별 모양의 작은 꽃을 세 개씩 찍어 냈다.

올 봄엔 너를 닮은, 너의 자식을, 삽목이라는 도구로 키워내겠다. 그리하여 다른 이에게 시집을 보내겠다. 계절을 가리지 않고 꽃을 피우는 너에게 안녕이라는 말은 붙이지 않겠다.

1984년을 노래하다

박관식(소설가)

서충원 작가와의 첫 만남은 1984년 3월 초였다. 우리는 그 해 군대를 다녀온 예비역으로 서울예술대학 문예창작학과에 입학한 신입생이었다. 그는 A반이었고 나는 B반으로 같은 교실에서 함께 수업을 듣지 못하는 관계로 처음에는 잘 모를 수밖에 없었다.

나는 그해 이른 봄 남산 드라마센터 교내 입구 게시판에 붙은 벽보를 보고 서둘러 소설을 쓰기 시작했다. 그 당시 고학으로 대학 생활을 시작했던 때라 상금이 걸린 소설 응모에 목을 내걸다시피 하고 써야 할 만큼 절실했다.

서울예대 학보사에서 단편소설 공모에 10만 원 상금을 내걸었는데, 저것은 당연히 내 몫이라 하고 덤벼들었다. 사실 그렇게 건

방질 수밖에 없던 것이, 나는 이미 군대에 들어가기 전에 장편소설을 완성한 경험이 있었기 때문이다. 장돌뱅이인 아버지에게 공무원 시험공부를 한다고 선의의 거짓말로 불효하면서 경기도 용문사 상원암에서 장편소설 『수렵조』를 썼었다.

물론 그런 사실을 그 당시 입학한 친구들은 도저히 알 턱이 없었다. 그런 나였기에 단편소설을 쓰는 일은 그다지 어렵지 않았다. 그때 나는 조그만 학교 도서관 한쪽 구석의 책상에서 소설을 쓰고 있었다. 더욱이 연습장 노트가 아닌 원고지에 직접 썼으니 그것을 목격한 친구들은 어이가 없을 터였다.

그런 황당한 모습을 서충원이 우연히 목격하고 나에게 자연스럽게 말을 걸어왔다. 아무래도 원고지에 달필로 쓰는 모습이 신기했던 모양이다. 그때 쓴 소설 내용은 군대 이야기로 제대한 지 2년도 안 돼 술술 잘 풀려 이틀 만에 완성했다.

그리고 그 단편소설을 의기양양하게 학보사 편집장이었던 조현석 시인에게 제출했다. 조 편집장은 내 소설을 보고 학보에 게재할 것처럼 말했다.

그러나 그 후 학보사 주간이었던 최창학 교수가 나를 불러 "이 소설 자네가 쓴 게 맞나?"며 물으시더니 "학보에 게재하기에는 좀 그렇다."라고 반려했다. 나는 쌀과 반찬을 살 돈이 날아가는 아쉬움에 당황했지만 받아들일 수밖에 없었다.

하지만 나는 그 소설을 가지고 있다가 그해 가을 고려대학교

전국대학생 현상문예에 응모해 당선되었다. 오히려 상금도 더 많고 전화위복이 되었다. 원래 제목이었던 「대장과 이등병」을 「전당포에 맡긴 여자」로 바꾸었을 뿐 내용과 문장은 그대로 제출했다. 나는 그 상금의 일부를 장석남 시인 아우와 함께 동해로 놀러 가 마음껏 쓰는 일탈을 저질렀다.

서충원 작가는 나의 그 당시 이야기를 이 책에 '1984년을 노래하다'란 제목으로 써서 깜짝 놀랐다. 물론 그 이후 서충원 작가는 꾸준히 연락하고 만나 세월이 한참 지난 현재까지도 교류하고 있는 사이이다.

이번 수필집 『달빛의 향기』의 원고를 읽어 보면서 그동안 내가 알던 서충원 작가의 다른 면모를 보고 좀은 고개가 끄덕여졌다. 서 작가가 그토록 소설을 쓰기 위해 노력한 필요충분조건이 그의 유년 시절에 숨겨져 있음을 인지한 탓이다. 어느 장면에서는 눈물이 찔끔거리기도 했고, 어떤 데에서는 웃음이 절로 터져 나왔다. 서충원 소설가가 인기 작가였다면 충분히 매스컴에 오르내릴 만한 수필집인데 그래서 아쉽기도 하다.

이 책에서 처음 안 것은 나의 부친과 엇비슷했던 서충원 아버님의 술버릇이었다. 그 무렵 아버지들의 삶이 다 비슷했지만 그럴 수밖에 없었던 이유를 훗날 세월이 흐른 후 알아챌 수 있었다. 좋은 환경에서 자랐다면 뭔가 한 자리씩 할 당신들이었지만 그렇지 못한 신세를 한탄하며 술로 부아를 삭혔던 셈이다.

서충원 작가는 언젠가 한 번은 그토록 어머니를 불편하게 했던 아버지에게 불효의 행동을 저질렀다고 술회했다. 물론 홧김에 한 것이지만 오죽하면 그랬을까.

나 역시 장돌뱅이였던 아버지가 술에 취하면 장터에서 집까지 손수레에 판매용 가축과 함께 싣고 온 어린 시절이 있었다. 물론 그런 경험이 나중에 소설을 쓰는 데 일조했지만…. 그런 점에서 우리는 특이한 경력의 소유자들이다.

요즘은 그런 말을 안 하지만 내가 예전에 서충원 작가를 만나면 그의 특이한 경험을 소설로 써보라고 권유하곤 했었다. 문창과를 졸업한 대부분 사람이 다 글만 써서 먹고살 수 없듯이 그 역시 특이한 생업 전선에 뛰어들었다.

그는 생업에 종사하는 동안 그 바쁜 와중에도 끊임없이 소설을 써왔다. 2016년에 펴낸 역사 장편소설 『윤비』는 '세종도서 문학 나눔 선정 도서'로 추천받을 만큼 관심을 끌기도 했다. 그의 이런 노력은 마냥 쉬운 일이 아니다.

아무튼 오랜만에 서충원 작가의 진심이 오롯이 담긴 수필집을 읽어 무척이나 행복하다. 그리고 보니 서충원 작가의 또 다른 장편소설이 그리워진다. 서충원 형의 정진을 기대하고 고대한다.

도시 속 자유인

이용원(소설가)

누구나 '현재'를 살고 있지만, 우리는 누구나 '과거형'이다. 과거를 동력으로 삼아 현재에 발을 딛고 앞으로 밀고 나가는 게 우리네 삶이다.

이 책을 통해 서충원 작가의 과거를 읽었다. 그와 알고 지낸 지가 어언 30여 년. 그동안 함께 식사도 자주 하고 술자리도 여러 번 가졌다. 그래서 나는 그를 웬만큼은 안다고 여겼다.

그런데 책을 읽고 나서 나는 그의 전부에서 한 3할 정도쯤만 알고 있었구나 하는 생각이 들었다. 그만큼 여태껏 내가 모르던 그의 과거 얘기가 곳곳에 들어 있었다.

그의 얘기들을 읽으며 청년시절에 그가 왜 문학을 시작했는지도 이해가 되었다. 외가 이야기를 하면서 열 살짜리 풋내기가 느낀 이모에 대한 봄날의 아지랑이 같은 감정, 수학 문제를 풀기보다는 토끼의 숫자를 늘리는 데 골몰했던 소년의 열정, 빈 외양간에 들어가 소똥 묻은 지푸라기를 움켜쥐고 눈물 글썽이던 정 많은 아이, 늘 자식의 밥걱정만 하셨던 어머니와 무뚝뚝한 아버지, 무릎베개를 내주시던 할머니, 이 모든 유소년기의 기억들은 그의 가슴 속에서 문학의 자양분을 이루었다가 마침내 청년이 되었을 때 용솟음쳐 그를 남산의 배움터로 이끌어 간 것일 게다.

도시에 살고 있지만 그는 항상 들판이 펼쳐진 고향을 꿈꾸며 산다. 아니 '두 집 살림'에서 말했듯 그의 촉수는 항상 고향 집과 밤나무와 배추밭으로 향해 있다. 대쪽 같은 아버지의 부름이 아니더라도, 아니 이제 그 부름은 환청처럼 기억 속에서만 울릴 뿐이지만 고향은 늘 향기롭고 감미롭다.

그의 머릿속에선 항상 들에서 일하는 모습이 펼쳐진다. 그에게는 들일보다 재밌는 게 없다. 환갑 넘어서까지 무슨 일 욕심이 그리 많으냐고 하면, 세상은 놀러 태어난 게 아니라고 한다. 자기가 좋아하는 일이 있다면 힘들더라도 할 수 있을 때까지 하는 것 또한 행복 아니냐고 반문한다. 일 욕심에다가 글 욕심까지, 그건 그의 천성인 것 같다.

그래서일 것이다. 그는 아직까지 산을 끼지 않은 곳에서는 산 적이 없다고 했다. 고향에서 살고 있지는 않지만 그는 스스로 '자연인'임을 자부한다. 틈날 때마다 아파트 근처의 산에 오르면서 나무 향을 맡고, 새들과 인사하고, 꽃들과 대화한다. 가끔은 풀을 베고 누워 하염없이 구름과 눈을 맞추기도 한단다. 종편 방송 프로그램 「나는 자연인이다」를 즐겨 보면서 진행자 두 사람을 부러워하며 찬양하는 그다. 자연을 탐하는 일 역시 그의 천성이 아니고 무엇이랴.

한번은 내게 핸드폰에 적힌 메모들을 보여준 적이 있다. 화면을 손가락으로 밀어 올리자 수백 수천은 될법한 짧은 글들이 차르르르 올라갔다. 물론 거기 메모들을 읽어보지는 못했지만 이 책의 근간이 되었음은 의심의 여지가 없으리라. 비와 꽃과 지게에 대한 단상에서부터 길을 대하며 성찰한 글 역시 저 메모장에서 솟아 올린 결과물일 것이다.

계약할 때 일면식뿐이었던 세입자가 12년 만에 집을 옮기면서 보낸, "그간 많이 배려해 주셔서 감사하다"는 정중한 문자 한 줄을 받고 아쉬움에 애를 태우는 초로 작가의 인간미를 보여주었던 그 메모장에는 아직 미완의 사색들이 수두룩하게 들어 있을 것이다. 그 까닭에 나는 은근히 이 책의 '시즌 2'를 기대하고 있다.